Annie Bruel

MARIE-MARSEILLE

Roman

Production Jeannine Balland
Romans Terres de France

PRESSES DE LA CITÉ

ISBN 2-258-05331-5

Avertissement

Ne cherchez pas Juzan sur la carte de France, vous ne l'y trouverez pas.

Par contre, tous les événements rapportés dans ce livre ont eu lieu quelque part en Provence…

… même si je me suis permis de les romancer.

Annie BRUEL

A mes amis Denise et Peter Goss.

Prologue

Barnabé Blanc n'avait que vingt ans lorsqu'il quitta la ferme de ses parents pour s'embarquer sur un cargo en partance pour le Venezuela.

— Je ne me satisfais plus de remuer sans cesse cette terre de misère et, ô ciel, comment vous dire combien m'importunent les barrières que la colline voisine oppose à mes rêves, aurait-il pu dire à son père en l'embrassant.

C'était au milieu du XIXe siècle, époque bouillonnante où l'Amérique nouvelle fascinait le monde.

Après avoir longtemps vagabondé de Montevideo au Guatemala, Barnabé rejoignit le Mexique, où la chance l'attendait enfin sous l'apparence d'un petit bazar crasseux niché dans les faubourgs de Guadalajara. On vendait de tout dans ce cloaque immonde : du savon à la poudre de riz, des souliers à clous aux armes de poing, des alcools aux dollars américains. Très vite, la vigueur de Barnabé et son sens inné des affaires en repoussèrent les murs, en soulevèrent le toit et firent de ce commerce minable une juteuse affaire, qu'il acheta à temps, revendit au bon moment, avant de s'en aller vers Mexico voler de ses propres ailes.

Tous ceux qui l'avaient vu partir vingt ans plus tôt l'avaient oublié lorsque Barnabé Blanc réapparut un beau matin dans les ruelles de Juzan. Bien qu'il fût habillé de velours brun et coiffé d'une casquette à la mode paysanne, on hésita à reconnaître dans cet homme pesant le gamin frêle qui s'en était allé un jour à pied sur la route de Marseille.

Cependant, en ce temps-là comme en d'autres, il ne suffisait pas de partir au Mexique pour amasser des richesses. Si Barnabé avait excellé dans cette gageure, c'était non seulement parce qu'il était un formidable entrepreneur mais aussi parce qu'il était né « avec la crépine », ce qui veut dire que la chance le suivait pas à pas. A peine revenu au pays, toujours bien inspiré, il choisit d'investir dans plusieurs petites fabriques faméliques, qui, entre ses mains, resplendirent immédiatement.

Un long murmure incrédule parcourut les ruelles de Juzan lorsque, l'année suivante, Barnabé le Mexicain, comme on l'appelait désormais, parla d'acheter le château de son village.

— Le fera, le fera pas…

Ce n'était pas bien le connaître, Barnabé ne parlait jamais à tort et à travers. Plus de vingt années passées à barouder au-delà des mers n'avaient pas réussi à lui faire oublier le rêve dément de son enfance, une promesse têtue qu'il s'était faite au temps de l'école, lorsqu'il contemplait sur un document épinglé au-dessus du tableau noir le château de Boichosey dans toute sa superbe.

C'était alors une petite citadelle du XIIIe siècle, mi-bastide, mi-château fort, à la fois massive et coquette, érigée en fief pour les barons de Boichosey, grande famille provençale de l'époque. Un domaine fastueux qui avait brillé de tous ses feux durant de longues années comme un diamant enchâssé dans une bague, comme un diadème posé en plein cœur de Provence.

Après la disparition du dernier Boichosey dans les convulsions de la révolution de 1789, le château, pillé et dévasté, fut mis aux enchères et finalement cédé pour presque rien à un intendant de l'Empire, qui le dépeça afin de le vendre à l'encan, des pierres d'angle aux dalles des grandes salles, à ceux qui construisaient d'autres bastides plus modernes dans les environs d'Aix. Cet homme calamiteux vendit aussi les dernières terres, et le peu qui resta de cette curée barbare s'enfonça doucement dans la désolation pour ne devenir rien de plus glorieux qu'un cube vide, un éboulement de tuiles et de pavés noyés dans une forêt d'épines et de broussailles. Excepté quatre lambeaux de muraille et deux tours trapues qui dominaient toute la campagne.

Quand Barnabé le Mexicain eut acheté le château et que sa folie devint certaine, le village entier rigola :

— Le soleil du Mexique lui aura rousti la cervelle, que va-t-il donc faire de ce machin-là ?

Mais Barnabé Blanc, aventurier et visionnaire, laissa ricaner les moqueurs et se consacra tout entier à son rêve. Il s'assura les services du plus illustre architecte et, grand prince, commanda à celui-ci la régénération des décombres. Cinq années furent nécessaires à toute une armée de tailleurs de pierre, de sculpteurs, de gypsiers et de maçons pour faire renaître le château plantureux et resplendissant comme il l'avait été quatre siècles auparavant.

Lorsque sa demeure fut achevée, Barnabé le Mexicain se dépêcha d'épouser une blanchisseuse de Marseille, belle fille aux hanches pleines, qui lui donna un enfant, un garçon, qu'on appela Barnabé, comme son père.

Barnabé le Mexicain sollicita alors l'autorisation d'ajouter à son patronyme le nom de son domaine, et c'est ainsi que l'ami Barnabé Blanc, celui des Rapières, s'éteignit comblé sous le nom de monsieur Barnabé Blanc de Boichosey, le châtelain.

Entreprenant, chanceux encore, Barnabé deuxième ne fit qu'accroître le patrimoine que lui avait laissé son Mexicain de père. Mieux instruit et plus distant que ses rustiques ancêtres, avide de plaisirs et de choses nouvelles, ce Barnabé-là passait l'hiver à Paris et ne revenait en Provence qu'à la belle saison, ainsi qu'il était de bon ton de le faire. A son arrivée, en grand équipage, le château entrait en fête et Barnabé paradait dans les jardins en compagnie d'hommes importants et de femmes élégantes tout en regrettant amèrement les manières fort peu délicates de sa mère, laquelle battait encore son matelas à la fenêtre et ne parvenait pas à éliminer de son vocabulaire certaines expressions gouailleuses des vieux quartiers de Marseille.

Prologue

Orgueilleux, beau parleur, ambitieux et riche, il réussit à se faire accepter dans les salons parisiens et finit, alors qu'il atteignait la cinquantaine, par épouser une toute jeune fille, Marie-Thérèse de Valcombet, héritière sans dot d'une famille de noblesse d'Empire, illustre mais ruinée, qui lui donna un fils, Barnabé troisième.

PREMIÈRE PARTIE

L'avant-guerre

1

Il existe en Provence toute une multitude de villages agrippés aux reins d'une roche et dont les maisons hautes et frêles se pressent le long de torrentueuses ruelles. Il en est d'autres nichés dans l'étroit contrefort d'un mamelon boisé, d'autres encore paisiblement enroulés autour d'un vieux château ou d'un clocher.

Mon village, lui, s'étale si langoureusement sur une cassure faite à la montagne qu'il semble, tel un chat, se prélasser au bord d'un vaste palier. De pouvoir s'étendre quasiment de plain-pied n'est pas son unique privilège, il est aussi à ce point riche d'espace qu'il peut s'étirer de tout son long sans penser à l'économiser. Il va de place en place, de l'austère place de la Mairie à celle de l'Eglise, toute résonante du son aigrelet de son campanile.

Mais la plus belle, la plus vivante place de mon village est celle qui regarde le midi, celle qu'une petite brise traverse et rafraîchit. C'est la place de la Fontaine, celle où, dans son milieu, la bouche lippue d'un Neptune chevelu dégueule l'or des sources dans un bassin circulaire, celle où se suivent des murs roses percés de portes dressées sous leurs linteaux arqués.

Cette place est si vaste que les joueurs de boules l'ont adoptée, si fraîche que Benvengu y a installé les quatre tables de son café. Si paisible aussi que, les soirs d'été, les vieux et les vieilles viennent s'y reposer, à l'ombre des platanes, sur le petit muret. Ils y bavardent, se taisent ou contemplent une fois encore, à leurs pieds, la plaine, les collines et les vallons, enfin toute la terre qui les a faits.

Côté levant, entre les piliers ornés d'un vase de marbre rose, s'ouvre un portail gigantesque, un portail lourd comme la somme de tous les péchés du monde.

Ainsi entre-t-on dans le château de Boichosey.

A travers les solides barreaux de sa grille, par-delà une sobre cour d'accueil, les regards curieux se cognent sans rémission à une façade sévère percée de hautes fenêtres et d'un porche imposant, surmonté d'un linteau triangulaire.

Cet aperçu austère est trompeur puisque, dès la porte passée, on entre dans un monde fabuleux, un monde où les mesures n'ont plus leur signification ordinaire. Au centre d'un hall dallé de blanc et de brun, et meublé de deux confortables radassières [1], part un escalier monumental, dont la rampe anguleuse repose sur de solides balustres carrés. La montée, faite de sept douces marches incurvées, s'arrête bientôt devant une fontaine en mosaïque bleutée, puis se dédouble et s'élance vers l'étage supérieur. De là, tout au long des couloirs pavés de marbre, de hautes portes s'ouvrent sur de vastes chambres aux plafonds boisés dans lesquels se reflètent les flammes allumées au fond de colossales cheminées.

Il y a la chambre d'or, celle où le soleil règne en maître

---

1. Canapé provençal très large et très profond.

au-dessus du lit, de la commode et du semainier. La chambre d'automne, aux tentures gansées de cuivre et de vert emmêlés. La chambre des vendanges, avec ses rosaces en grappes suspendues ou débordant de larges paniers d'osier. Celle des moissons, dans laquelle les épis en bouquets s'accrochent au-dessus des glaces et des consoles dorées… Celle de l'eau qui coule et court, celle de l'olivade, celle des fusils de chasse entrecroisés ; enfin celle de la mer longuement traversée… Rien n'a été oublié par le vieux Barnabé, paysan avant tout, de ses racines pastorales ni de sa vie passée. Les meubles y sont imposants, simples et lourds, tous sculptés dans leur chair mordorée.

Une niche, où parade une statuette, un vase de marbre, une toile champêtre agrémentent les pans de murs pour parfaire les décors parfois sobres, parfois frivoles, mais toujours incroyablement raffinés.

Au rez-de-chaussée, deux salons se succèdent jusqu'au fumoir, antichambre du bureau et de la bibliothèque. Sur la gauche, la salle à manger traverse de part en part l'épaisse bâtisse et côtoie la cuisine gigantesque assortie de son office, du cellier et de la vaste lingerie tout entière placardée d'armoires et de buffets.

On entre dans les tours d'angle par deux petites portes basses. Leur haut cylindre n'abrite que des escaliers dont la spirale vertigineuse conduit à une salle déserte, sans utilité, mais si proche du ciel que nous l'appelions le paradis. Nous y montions souvent en nous arrêtant à chaque fenêtre, avant d'en redescendre dans une dégringolade tout aussi périlleuse qu'une descente au centre de la terre…

Au-dehors, pas de bosquets géométriques ni d'essences

rares, pas plus de belles étendues de fleurs bichonnées. Sur un flanc du château, l'eau sauvage court sous les feuillages des platanes pour conduire au jardin, qui descend doucement vers le sud et s'arrête face à la mer lointaine, comme pour la contempler, à l'aplomb des restanques de vignes et d'oliviers.

Une profonde terrasse s'étend tout le long de la façade et s'achève par une balustrade, d'où l'on domine le jardin merveilleux. De palissades en escaliers, de pergolas en charmilles, de balcons suspendus en fontaines perdues, on peut s'y promener par des allées sablonneuses, ombragées d'arceaux d'églantiers ou frangées de noisetiers. Mais on peut tout aussi bien s'y perdre par des sentiers sauvages, qui mènent de grottes en petits puits ronds ou en ruisselets. Dans ce jardin s'enchevêtrent librement les arbustes qui se plaisent en Provence, amandiers, oliviers, micocouliers, arbousiers, lauriers, jasmin, et puis la lavande, le romarin, la santoline, la balsamine, l'œillet et les mille fleurettes des sentiers. Le jardinier ne s'applique qu'à stopper leur envol, qu'à sectionner leurs avant-postes, qu'à nourrir grassement leurs pieds.

Ici ou là, quelques statues nous surprennent par leur posture. Une armée de nymphes, habillées ou à demi nues, voisine avec des monstres sortis de bestiaires bucoliques : loups hurlants, louves et louveteaux, aigles, buses et sangliers. Plus loin, surpris en plein labeur, le Moissonneur et le Vendangeur se penchent vers la terre à deux pas d'une ribambelle de corbeilles de fleurs et d'envolées de feuilles à jamais pétrifiées.

Les escaliers descendent de quatre marches puis remontent de deux ; trois bassins se succèdent de surverses en surverses maigrelettes jusqu'à une fontaine au-dessus de laquelle se prélasse un dauphin dodu.

Sur la droite, le long du mur d'enceinte, les anciennes écuries de mon arrière-grand-père ont été transformées en ferme de poupée. Joseph, le jardinier, y loge avec sa femme Denise et leur fils Jiget. A côté de leur logement et sous le large toit à deux pentes, granges parfumées et remises poussiéreuses entassent leurs trésors anciens – outils, charrues, calèches noires et charrettes vertes – avec lesquels nous jouions à perdre haleine, à en oublier l'heure, à nous salir de la tête aux pieds.

Si, parvenu à sa fin, extasié et même soûlé par tant de beautés accumulées, le promeneur se retourne pour se reposer, il reçoit en plein cœur l'imposante façade que l'or du soleil fait resplendir. Les fenêtres, toutes pareilles, joyeuses, courent d'un côté à l'autre jusqu'aux deux tours obèses qui encadrent l'ensemble comme deux gardes trop bien nourris.

2

Ce n'est ni dans les salons ni dans l'imposante salle à manger mais dans l'humble lingerie que bat le cœur de mon enfance, mes sens y puisent tous leurs souvenirs. Je n'ai qu'à inspirer, le nez levé, pour sentir de nouveau l'odeur puissante des nappes damassées qui s'exhalait sous la semelle brûlante du fer à repasser. Je n'ai qu'à fermer les yeux pour revoir le bouquet d'or et de verdure qui s'étendait à mes pieds. Je n'ai qu'à joindre mes mains pour retrouver sous mes doigts la douceur du bois de platane, lisse, infiniment lisse.

Quand ils revenaient de leur pension pour les vacances, mon frère et ma sœur s'installaient à chaque bout de cette longue table afin d'étudier des choses importantes, et moi je les imitais. Comme eux, j'ouvrais un livre ou gribouillais sur des pages blanches ; en les écoutant, j'apprenais les leçons qu'ils récitaient.

Je me souviens aussi de mes cris et de mes rires à leur poursuite dans les allées du jardin enchanté. Nous jouions à cache-cache en sautant les taillis et les bosquets, nous piétinions les feuilles et les fleurs, nous enlacions sans vergogne les statues… Tout nous était permis.

Mes aînés avaient hérité de notre mère l'amour de tout ce qui est fragile et, donc, ils me pouponnaient en se jalousant mes caresses et mes baisers. J'étais leur jouet, l'objet précieux qu'ils se prêtaient et qu'ils se reprenaient. Je n'avais qu'à dire un mot, qu'à plisser douloureusement les paupières, qu'à bouder un instant pour qu'aussitôt ils surenchérissent de cris de remords et de gestes d'amour.

Ma mère, mon adorée, n'était faite que d'une épaisse pâte de douceur pétrie de tendresse et de gaieté. Bien sûr ne possédait-elle pas que des qualités. Elle n'avait, disait mon père pour la taquiner, pas une once de bon sens et avait la cervelle bien légère, mais nous, ses enfants, combien nous nous moquions de ces imperfections dérisoires au milieu de son infinie bonté !

Je l'ai aimée plus que le cœur peut aimer.

Mon père, très bousculé par l'importance de son travail, partait dans sa belle Hispano-Suiza tous les lundis matin pour ne revenir que le samedi. C'était un homme doux, trop naïf peut-être, et qui n'avait assurément rien d'un pionnier. Peu sûr de lui en secret, il tremblait à l'idée de souiller par la ruine le glorieux passé de son ancêtre, d'être le premier à descendre une orgueilleuse échelle qui, jusqu'ici, n'avait fait que monter. Il n'avait que dix-neuf ans quand la mort de son père l'avait contraint à prendre en main des affaires pour lesquelles il n'avait aucune attirance et peu de capacités. Il s'était marié tout aussi précocement avec ma mère, son amie d'enfance, et depuis lors, toujours aimant, il s'agenouillait volontiers devant elle, au propre comme au figuré.

Chaque dimanche, lorsque enfin notre père nous

revenait, le château prenait un air de fête. Ma mère gazouillait en trottinant de la cuisine à la salle à manger et nous, les enfants, excités et ravis, nous délaissions le lointain jardin et la vaste lingerie pour hanter les couloirs et les escaliers, nous riions haut, nous parlions fort, nous inventions mille sottises pour nous faire remarquer.

Moi, la plus jeune, la dernière, il m'arrivait souvent d'user d'un privilège dont ma sœur et mon frère étaient privés. Au petit matin, encore toute barbouillée de nuit, j'entrais en douce dans la chambre de mon père afin de me frotter à ses jambes et de m'accrocher à sa robe de chambre jusqu'à ce qu'il m'accordât un baiser.

Un jour, je m'en souviens, j'étais assise sur son lit défait, au beau milieu des draps froissés, et je le regardais, fascinée. Il allait et venait d'une fenêtre à l'autre, une serviette sur l'épaule, et, tout en tapotant ses joues enflammées par le feu du rasoir, il fredonnait sur l'air de *Frou-Frou* les phrases qui lui venaient tout naturellement à l'esprit :

— Frou-frou, j'ai trouvé des débouchés au Sénégal et au Niger, Frou-frou, partout en Afrique et demain en Asie peut-être...

Puis il s'immobilisa devant moi, l'air volontairement ahuri, et repartit en dansant pour encore revenir. Soudain, les yeux écarquillés et la mâchoire pendante, il tendit son cou, amena son nez contre le mien et grimaça tel un clown jusqu'à ce que, vaincue, séduite, j'éclatasse de rire en même temps que lui. Un rire profond et complice, un rire témoin d'un bonheur infini, un rire qui résonne encore dans ma tête lorsque je pense à lui.

C'est alors que la cloche du portail, en retentissant, brisa cet instant magique. Mon père, redevenu sérieux, s'éloigna de moi pour se pencher au-dessus du large appui de la fenêtre profondément enfoncée dans le mur :

— Holà, Fabien ! s'écria-t-il en faisant signe à son ami. Je suis dans ma chambre, monte donc !

Et, soudain hâtif, il enfila sa chemise.

Je fronçai mon nez de dépit. D'aussi loin qu'il m'en souvienne, je n'ai jamais aimé cet ami.

Un bien curieux personnage en vérité.

Fabien Lestrade était le fils d'un commerçant marseillais. C'était un homme d'une toute fraîche quarantaine, assez bien de sa personne, mais à la personnalité double, comme en témoignaient ses paupières clignotantes, toujours soucieuses de dérober aux autres la mobilité de ses yeux.

Tout jeune, mais déjà plein de mépris pour l'épicerie modeste où se déroulait son enfance, il rêvait d'une autre existence, de celle qu'il voyait passer en calèche sur les boulevards chics de Marseille et s'engouffrer sous les porches grandioses des hôtels particuliers. D'une vie si ostentatoire qu'elle s'exposait aux façades ainsi qu'à la cocarde des cochers. Il frissonnait de convoitise en esquivant les attelages superbes qui fendaient la foule avec dédain. Il ne rêvait pas à proprement parler de richesses entassées, il rêvait du faste et de la morgue qu'elles permettent.

Pour arriver à ses fins, pas même doté du titre de bachelier, il choisit d'entrer dans la société en utilisant les armes qu'il possédait : un esprit rusé, un physique sympathique et une grande duplicité. Il ne demanda jamais rien, ne pria personne ; il s'imposa avec opiniâtreté. Sa bonhomie bravait la circonspection des hommes tandis que ses compliments charmaient les femmes et faisaient d'elles ses alliées.

C'était un homme tout aussi bien capable de se montrer de fort bonne compagnie, spirituel même, si autour de lui rôdait la promesse d'un bienfait, que de faire preuve de rusticité et d'insolence quand nulle éventualité ne l'obligeait à se grimer.

Cela faisait dix ans qu'il était suspendu aux basques de mon père sous les titres usurpés d'ami et de conseiller financier afin de vivre au soleil de sa notoriété. Obséquieux, il ne le quittait pas d'une semelle ; flagorneur, il lui tapait dans le dos sans cesse, et, comble de tout, Judas, il courtisait sa belle femme en secret.

Mon père, hélas, était un brave homme pour qui une telle fourberie n'existait pas. Pour lui, Fabien Lestrade était le frère qu'il n'avait pas eu, un compagnon fidèle dont l'amitié chaleureuse ne saurait être, au grand jamais, une feinte pour approcher de ses biens ou de sa jolie compagne. Une si extravagante et abjecte hypothèse ne l'avait jamais effleuré.

Mon père accueillit Lestrade d'une chaleureuse accolade et tous deux s'envolèrent dans des échanges compliqués. Ils conversaient en allant et venant, de la chambre à la salle de bains ; mon père enfilait son gilet, fixait sa montre de gousset, Fabien Lestrade le suivait en laissant traîner ses yeux envieux sur les peintures et sur les objets.

Par-delà une porte masquée qui conduisait aux appartements de ma mère, on entendit éclater un rire de pleine gorge étonnant de gaieté. Ma mère riait, d'un rien sans doute, d'un ruban lui chatouillant le cou ou de l'effronterie d'une mésange bleue. C'était un plaisir de l'entendre roucouler ainsi, du matin au soir, les jours gris comme les jours ensoleillés.

A cet instant justement, elle poussa la porte et vint vers nous. Lestrade s'empressa vers elle.

— Bonjour, Fabien, avez-vous vu ce joli temps de fin d'automne ? Avez-vous fait bonne route ? lui demanda-t-elle d'un air distrait.

Lestrade ne lui répondit pas. A la vérité, il n'entendait jamais ce que disait ma mère tant son être tout entier s'appliquait à guetter sur son visage l'apparition d'un trouble qui lui aurait permis d'espérer. D'autant plus que, même lorsqu'il était en compagnie d'autres hommes, il était bien difficile de trouver un sujet de conversation qui éveillât son intérêt. Le plus sincèrement du monde, et si violemment qu'il ne pouvait le déguiser, il se moquait comme d'une guigne des saisons et de leur charme, de la beauté des arts, du ciel et de ses saints, de l'enfer et de son diable, de la royauté comme de la république. Seul son devenir le passionnait.

Il porta la main de ma mère à son sein en débitant une multitude de compliments outrés. Ma mère supporta sans rien dire la pression que les doigts du bonhomme infligeaient à sa paume. Enfin, lasse, elle se dégagea et marcha vers mon père pour l'embrasser.

— Es-tu prêt, chéri ?

Enfin, elle me découvrit :

— Ma perle ! Tu étais donc là ?

Et elle m'emporta dans ses bras.

Derrière nous, mon père et Lestrade bavardaient :

— Sais-tu que nous partons bientôt pour Chamonix ?

Fabien Lestrade s'exclama et, tout en flattant mon père d'une affectueuse bourrade :

— Je vous accompagnerai donc, si tu le permets ! affirma-t-il.

C'était ainsi qu'il concevait la vie.

3

Ce fut au beau milieu de cet hiver-là, un hiver redoutable, que toute ma famille reçut un coup de faux donné à l'aveuglette et fut anéantie par sa lame imbécile. Etouffés par la masse cruelle d'une avalanche alors qu'ils traversaient le flanc retiré d'une montagne honnie.

Je n'avais que cinq ans quand survint cette tragédie, trop petite encore pour faire avec eux cette funeste randonnée, trop faible pour monter à pied les pistes glacées.

— Nous sommes désolés, c'est la dernière fois que tu restes au chalet avec Grammie, avait dit ma mère avant de partir pour une fête de neige et de soleil où ils moururent tous, en nous laissant, ma grand-mère et moi, seules en vie.

Ma grand-mère, que nous appelions Grammie, était une femme bien moins âgée que ne le laissaient paraître ses robes noires et son chignon serré dans le creux de sa nuque. Bien qu'âgée de quarante-huit ans à peine, elle prenait plaisir à attirer notre compassion en se mouvant avec peine et en se nourrissant de tisanes, de pilules et de cachets.

Aux temps heureux, aux temps où nous étions tous rassemblés, elle siégeait à l'extrémité de la table, à l'opposé de son fils, et, très vite, son furieux appétit démentait le prétendu délabrement de sa santé. Mon père se moquait affectueusement d'elle :

— Quelles pilules prendrez-vous aujourd'hui, mère ? lui demandait-il. Les rouges, les vertes ou les blanches ? Celles pour l'appétit, les rides ou les taches brunes ?

— Contre l'ennui, répondait-elle, piquée au vif. Je ne supporte plus d'être recluse ici alors que nous pourrions vivre à Paris.

Vivre en Provence, en province, était pour elle une punition infinie.

— Mais qui vous empêche d'aller vous y installer ? s'exclamait ma mère avec gaieté. Vous êtes jeune encore et pleine de santé ! Vous pourriez y vivre à votre aise et, pourquoi pas, vous remarier, n'est-ce pas, mon ami ?

Grammie, prise au piège de ses désirs velléitaires, secouait la tête d'un air pincé.

En ce temps-là, à l'heure où mon frère, ma sœur et moi étudiions dans la vaste lingerie, Grammie descendait au salon et s'asseyait au piano pour y jouer des ribambelles de notes nostalgiques, puis elle parcourait les allées du jardin avec la démarche affectée d'une douairière, en ruminant peut-être comme une bouchée d'herbe amère la médiocrité du destin qui avait permis qu'elle-même, fille d'une noble famille, ait dû se résoudre par pauvreté à épouser, âgée de seize ans à peine, le fils de Barnabé Blanc, ferrailleur, chercheur d'or et, comme on le disait encore ici, un peu bandit.

Elle exigeait donc en contrepartie que les domestiques la gratifiassent d'un « madame la Comtesse », titre usurpé sans aucun doute mais destiné, à la longue, à faire oublier l'aventure mexicaine de sa nouvelle famille.

Elle vivait le reste de ses heures dans l'appartement qui lui était réservé en prétextant à haute voix que nous, les enfants, nous étions trop mal élevés.

— Je ne sais pas ce que vous pourrez faire de ces galopins, disait-elle en toisant ma mère.

Grammie n'aimait pas sa belle-fille et, quand celle-ci se pendait sans retenue au cou de son mari, elle s'en offusquait en disant ces démonstrations inconséquentes et communes. Les réflexions douces-amères que toutes deux échangeaient à divers propos ponctuaient chaque heure de nos journées.

Nous, les enfants, nous ne l'intéressions guère puisque, d'aussi loin que je m'en souvienne, ses yeux passaient sur nous sans s'y arrêter. Quand, après le désastre infâme, elle dut prendre en charge ma destinée, sur ma tête se posa sa main un tantinet rancunière. Cependant, après de longues années passées en sa compagnie, je dois à la vérité de dire que Grammie n'était pas la marâtre que j'avais vue en elle lorsque j'étais petite. Elle n'était en réalité qu'une enfant gâtée, pusillanime et lunatique, peut-être trop tôt mariée, et que le soudain drame laissa désarmée. Sans grand pouvoir de décision, loin de saisir les problèmes à bras-le-corps, elle les repoussait avec vigueur ou les niait avec furie. Son attitude envers moi en fut l'exemple parfait.

— Je vais faire de toi une jeune fille accomplie, me dit-elle en revenant du conseil de famille qui lui accordait ma tutelle.

La prise en main promise dura une semaine, puis se

dilua dans le brouet de ses nombreux soucis. La pauvre femme ne parvenait pas à supporter le poids de sa nouvelle charge et s'insurgeait à longueur de journée contre les mille et un petits tracas bouleversant son existence jusqu'ici paisible :

— Ces bonnes ne savent donc rien faire par elles-mêmes ! Faut-il donc tout leur dire ?

Chaque jour, elle s'irritait non pas de ma présence mais de la responsabilité qui en découlait, voilà de quoi était faite sa cruauté. Si elle m'eût fait volontiers disparaître, elle ne m'a jamais martyrisée.

Moi, livrée à cette femme qui menait ma barque en souhaitant qu'une tempête providentielle la fît se renverser, je vivais une vie à double face, deux faces aussi différentes qu'une vitrine l'est de son arrière-boutique. Je passais la majeure partie de la journée dans la lingerie en compagnie des bonnes ou de mon institutrice, et Grammie ne me rappelait à elle que pour de brefs instants de vérifications, de constat, de sermon, pour les repas et quelques rares visites.

De mon deuil je ne me souviens de rien, sinon des phrases amères que ma grand-mère lançait en ma présence, tout aussi bien aux domestiques qu'aux amis venus lui témoigner leur sympathie :

— Ce drame est de la faute de ma belle-fille. C'est elle qui entraînait mon fils aux sports d'hiver et dans des excursions imbéciles.

Je dus donc effacer de ma mémoire les tendres souvenirs qui me liaient à ma mère et n'y resta, peu à peu, que celui, brûlant, du visage de mon père, hilare, émerveillé, et du regard plein d'adoration qu'il me jetait à tout moment, mais surtout lorsque je venais le retrouver dans sa chambre et que je m'asseyais sur son lit.

Ma grand-mère me tint si bien à l'écart du drame que je crus longtemps mes parents abandonnés sous une épaisse couche de neige et si profondément enfoncés qu'on ne les retrouverait jamais. Lorsque, un jour, je l'interrogeai à ce propos, elle me répondit :

— Peu importe où ils sont, pensez donc à autre chose et ne m'en parlez plus.

4

Quand je fais appel à une autre mémoire, bien plus récente celle-là et ô combien plus cruelle, je me revois encore assise au bord de la longue table de la lingerie mais, hélas, mon frère et ma sœur n'y sont plus. Devant moi, Denise, la femme de chambre, cousait et repassait tandis que Josette, la cuisinière, frottait le cuir et l'argenterie.

J'écoutais Josette qui, logeant au village, ramenait avec elle l'essentiel de la vie de celui-ci. Et moi, recluse, je me régalais à l'entendre expliquer par le menu les va-et-vient, les cris et les murmures. Je me revois, fine mouche, les bras croisés sur le bord de la table, les paupières basses, les yeux fixés sur la première ligne d'un livre, mais les oreilles grandes ouvertes, aspirant de toutes mes forces les battements de cœur de l'univers qui s'étalait de l'autre côté de la grille.

Les deux femmes racontaient le village tout en travaillant de leurs bras et de leurs mains dans des gestes automatiques. Elles s'envolaient parfois dans de grands éclats de rire ou bien elles baissaient la voix pour chuchoter des choses cruelles ou impudiques. Elles ne se méfiaient pas de moi puisqu'elles parlaient dans la langue du pays, que j'étais censée ne pas connaître. Mais moi, qui avais été bercée dans leurs bras et avais grandi dans leurs jambes, je la comprenais même si je me gardais de dévoiler ce savoir secret.

S'il n'y avait pas de méchanceté délibérée en Grammie, il n'y avait pas non plus de tendresse ni même de sollicitude. Tout entière occupée d'elle-même, elle me laissa grandir sans un seul geste d'amour, si ce n'est ces petits baisers froids qu'elle déposait sur mon front après que je me fus relevée de ma révérence matinale. Rien qui eût pu remplacer l'adoration dont jusqu'alors j'avais été l'objet.

Grammie avait la certitude d'être faite d'une essence supérieure à celle du commun des mortels, et cette absolue conviction la confinait dans une vie retirée. Elle ne se promenait jamais dans le village et ne conversait avec les Juzanais que dans une logique de domination et de mépris.

Un jour où je lui rappelais les promenades que je faisais, tout enfant, avec ma mère dans nos ruelles, elle haussa les épaules avec dédain :

— Votre mère était une femme du peuple.

Je garde un souvenir amer de ces deux ou trois premières années pendant lesquelles elle m'interdit toute escapade hors de nos murs, fût-elle accompagnée. Elle, si placide, ne retrouvait sa vigueur que pour s'y opposer :

— Il ne manquerait plus que vous vous mêliez à ces poivrots, à ces femmes grossières et à ces miséreux pleins de vermine...

Pas plus on ne venait au château pour nous rendre visite, l'indolence de Grammie découragea toutes les tentatives de rapprochement de nos anciennes relations. Seuls des cousins éloignés nous priaient, de loin en loin, pour un repas de famille, invitation que ma grand-mère ne rendait jamais, la simple perspective de recevoir lui donnant des insomnies.

Enfin, comble de solitude, quand je fus en âge d'apprendre, Grammie m'interdit de fréquenter l'école du village où j'aurais pu me faire des amies.

— Quelles amies ? hurla-t-elle. La fille de l'épicier ou du garde champêtre ? Vous délirez, ma pauvre petite !

Dès lors, bien que fût immense mon besoin d'amour, je m'enfermai dans ma coquille ou bien je cherchai compagnie auprès des bonnes en cachette de Grammie. Celles-ci me témoignaient autant de tendresse et de pitié que le leur permettaient les menaces de madame la Comtesse, elles me chouchoutaient tout en restant distantes, de peur de se faire renvoyer.

En vérité, je n'étais faite que de vide et d'absence, mais aussi de violents sursauts de chagrin, d'évocations inracontables, noyée dans un bain apparemment immobile mais dont les attaques inattendues creusaient douloureusement ma poitrine. J'étais une enfant abandonnée dans un château jadis enchanté et dans lequel j'errais à présent pleine de souvenirs, à leur recherche éperdue. Je parcourais seule le jardin beau comme le paradis pour le fuir soudain lorsque, au détour d'un sentier, les ombres de mon frère et de ma sœur apparaissaient. Alors je traversais en courant le hall de marbre et de pierre, j'escaladais comme une flamme le grand escalier et je m'enfermais dans ma chambre, où, peu après, l'une des servantes venait me chercher.

— Allez, zou, mademoiselle Marie-Marseille ! Venez jouer en bas, à côté de nous, disaient-elles.

Mais quelque chose dans leur voix compatissante donnait un autre sens au mot « jouer ».

5

Je dépérissais subrepticement de sécheresse et de solitude, à ce point brûlante encore d'envie de caresses dont j'avais été pétrie que j'aurais été capable de tout pour retrouver la douceur d'un compliment ou d'un baiser.

J'allais de pièce en pièce et me livrais parfois à des jeux bizarres, comme celui qui consistait à arpenter le grand salon en calculant combien il me fallait faire de pas de géant ou de piétinements de fourmi pour atteindre l'autre mur. La traversée nécessitait cinquante et une enjambées à l'aller, un peu plus au retour, sans doute à cause de la fatigue. Quant aux pas de fourmi, je n'ai jamais pu les compter jusqu'au bout. Au cours des années, le nombre de mes pas diminua et c'est ainsi que je me vis grandir.

D'autres fois, j'entrais sur la pointe des pieds dans le bureau de mon père, je m'asseyais dans le fauteuil des visiteurs, face à lui. « Papa », murmurais-je pour lui faire lever les yeux.

Un jour, je m'en souviens, j'avais six ans à peine lorsque, lassée de tremper mes doigts dans l'eau de la fontaine de mosaïque, un de mes autres jeux favoris, je bravai la froideur de ma grand-mère et me faufilai sur ses genoux pour lui faire un baiser. Elle me repoussa vivement en s'exclamant :

— Descendez, petite malheureuse, vous froissez ma jupe !

J'acceptai ma maladresse et je lui fis des excuses. Confuse, je me dirigeais tête basse vers la porte du salon quand, apercevant le piano, j'eus une idée magnifique. La musique enchantait Grammie, pensai-je, et, pour lui plaire, il me suffisait donc de m'en enchanter moi aussi. J'allai vers l'instrument, l'ouvris et posai mes mains sur les touches. Elle me laissa égrener quatre notes puis elle s'écria, exaspérée :

— Vous me cassez les oreilles, allez donc jouer dans votre chambre !

— J'aimerais apprendre, dis-je.

— Nous verrons cela plus tard, allez !

Le soir même, dans mon lit, me revinrent alors, par bribes, des mots et des intonations que j'avais jadis entendus lorsque maman et Grammie, face à face, entraient en joute.

Dès lors, tout empreinte de l'hostilité que lui témoignait ma mère, à l'image de celle-ci, j'entrepris de contredire ma grand-mère et de ne plus répondre à ses désirs. Je feignis de ne pas comprendre ses ordres et je renouvelai mes bêtises. J'inventai le mensonge inutile et, bien vite, elle me jugea sotte, mollassonne et fourbe, alors qu'en vérité je n'étais faite que de rancune et de révolte envers ce ciel maudit qui, en me volant ma famille, m'avait laissée entre ses mains égoïstes.

« Pourquoi ma mère et pas elle ? » était ma phrase favorite.

J'entrais dans ma septième année, dont deux entièrement façonnées de solitude, de chagrin et d'ennui, lorsque, un jour comme les autres, un bavardage des servantes me fit comprendre la conséquence de mon attitude envers Grammie.

Denise repassait une de mes robes tandis que Josette fourbissait le cuivre quand la première, en provençal, dit à l'autre :

— Sais-tu ce que la comtesse m'a dit, ce matin ?

— Pardi, je le saurai quand tu me l'auras dit !

— Elle a dit, comme ça, en me le disant mais sans me le dire vraiment : « Bien malin qui pourra me dire ce que je vais faire de cette petite godiche ! »

Et toutes deux éclatèrent de rire. Un rire impertinent et persifleur qui me glaça de la tête aux pieds, bien que sa raillerie ne me fût, à l'évidence, pas destinée.

Je me souviens d'avoir brusquement levé les yeux vers elles.

— Qu'est-ce que c'est qu'une godiche ? demandai-je.

Confuses, elles refusèrent de me répondre. Ce fut ce jour-là que, stupéfaites, elles réalisèrent que je comprenais leur langage. Ce fut ce jour-là qu'alarmée, déjà fière, j'allai me coller à la grille.

Cette grille, plantée dans un mur ouvragé haut de deux pieds, était doublée d'un feuillage épais dans lequel je me faufilais, comme pour m'enfuir, lorsque soudain je me cognai à ses barreaux armés de pics.

Et c'est ainsi que, dissimulée dans les feuillages mais les yeux béants, je pénétrai dans mon village en m'installant clandestinement sur la place de la Fontaine un lundi après-midi.

Des enfants revenaient de l'école en bandes bruyantes, les plus petits accrochés au bras des matrones, d'autres solitaires lambinant dans leur tablier de satinette, les plus grands jouant à la paume contre le mur de l'église. Une lavandière longea la grille sans me remarquer, elle chantonnait. Un homme lança un coup de pied au derrière de son fils pour le faire avancer. Une vieille femme chapeautée de paille tira derrière elle une chaise avant de s'y asseoir, à côté de sa voisine. Un homme titubant sortit du café en faisant un geste, que je devinai grossier, en direction de la compagnie attablée... Les gens allaient et venaient, préoccupés, des gens de toute sorte, des jeunes et des vieux...

Je découvris ce jour-là, ébahie, que le monde fantastique dont parlaient Josette et Denise avait une réalité dans laquelle je pouvais me glisser, moi aussi.

C'est alors qu'apparut Andréloun lou Parpaïoun, le fada comme on l'appelait.

C'était un garçon d'une dizaine d'années peut-être, un enfant dont les parents n'avaient pas tenu à se faire connaître et qui l'avaient placé en nourrice chez la femme du quincaillier. A la façon dont les deux servantes en parlaient, je sentais bien que l'existence de cet enfant était marquée au fer rouge par un mystère, un mystère qui ne cessait d'agacer. Par chance, sa « simplicité », la toute naturelle conséquence de sa naissance obscure et la preuve de la divine équité, était venue tout arranger.

Andréloun lou Parpaïoun, André le Papillon, mince et plutôt petit, tenait toujours les mains dans ses poches afin de pouvoir agiter ses coudes ainsi qu'un papillon bat des ailes avant de s'envoler.

Un vieux béret lustré enfoncé jusqu'aux yeux pour cacher la terrible cicatrice qui zébrait son front, il allait d'un groupe à l'autre, des joueurs de boules aux grands-mères assises, et, toujours battant des ailes, il commentait la partie de cartes ou la rude journée à travers le filtre magique de la vision des fées qui l'habitait.

A droite, il clignait constamment d'un œil ; à gauche, il reniflait d'un côté du nez.

Je le suivis longtemps des yeux. Son air, tantôt canaille, tantôt ahuri, me rappelait celui que prenait mon père lorsqu'il voulait me faire rire.

Dès lors, le spectacle de ce village bourdonnant, haletant, laborieux, avec ses moments de silence et ses instants de passion, avec sa logique et ses rites, devint le seul remède parvenant à modérer mon chagrin et à me distraire de mon ennui.

Quand, peu après cette importante découverte, Grammie décida que j'étais assez grande pour l'accompagner le dimanche à l'office et que nous traversions le village pour nous y rendre, mon regard s'enfonçait dans les ruelles pour y dénicher un peu de vie. Je volais leurs mines aux visages, aspirais en sourdine les odeurs, les chuchotements et les éclats de rire.

Les joueurs de pétanque, fieffés mécréants, lançaient

leurs boules au son de la cloche de l'église tandis que les chasseurs revenus des forêts entraient au Cercle républicain en frottant leurs talons sur les pavés. Au sortir de la messe, les femmes endimanchées bavardaient en petits groupes dans les allées du marché avant de descendre à pas pressés vers leur campagne lointaine, où le travail incessant les attendait.

J'aurais tant aimé qu'on s'attardât brièvement ou même qu'on s'assît quelques instants à la terrasse du café. Hélas, à la traîne de Grammie comme un esquif lié à la poupe d'un puissant navire, je traversais le village jusqu'à franchir la petite porte jouxtant le grand portail et, soudainement, le village disparaissait.

Si je m'en plaignais, Grammie, les yeux au ciel, s'en affligeait, puis elle me répétait patiemment que notre destinée n'était pas de se mêler au peuple et qu'il était essentiel de s'en souvenir, de maintenir des distances – ce qui n'empêchait pas l'intérêt –, qu'il était périlleux, voire pervers, de vouloir s'y mêler, que l'on monte plus difficilement que l'on ne descend et que, quoi qu'on fasse, on ne gomme jamais les différences…

Moi, je voulais bien la croire, mais je ne parvenais pas à lui exprimer de quoi était fait mon désir. Ça bougeait dans tous les coins, ça vivait à l'air libre, ça résonnait d'une puissance de haine ou de plaisir, de bonheur peut-être, qu'en savais-je, dont mes sens étaient assoiffés. Mirages sans doute, illusions sûrement, mais désir furieux d'affronter la vie d'une autre façon que celle, désertique, à laquelle on me condamnait.

6

Le dimanche suivant, désœuvrée, je revins me coller à la grille. J'étais bien nichée au milieu du feuillage, à l'angle du pilier, quand, par hasard, Andréloun lou Parpaïoun s'adossa également aux barreaux, mais de l'autre côté.

Je ne fis pas un geste qui eût pu l'alerter, je restai figée, heureuse même de savoir que d'un doigt, si je l'avais voulu, j'aurais pu le toucher.

Comme moi, il observait le village et le temps passait.

Une araignée grêle monta sur ma main, je fis un mouvement brusque, Andréloun se retourna et me découvrit.

— Tiens, tu es là, princesse ?

— Pourquoi « princesse » ?

— Ce sont les princesses qui habitent les châteaux, et les châteaux qui sont habités par les princesses, on ne te l'a jamais dit ?

Il souriait d'un air niais. Il cligna d'un œil, aspira d'une narine, remit son dos contre la grille et dit, sans se soucier de savoir si je l'écoutais :

— J'aime le dimanche, le dimanche j'ai envie de chanter.

— Moi, je m'ennuie, murmurai-je faiblement.

Il m'entendit pourtant et il se retourna pour me dévisager. Il ne cligna pas de l'œil, n'aspira pas de sa narine ; il planta son regard dans le mien, réfléchit un instant sans battre des paupières, sans me quitter des yeux :

— Peuchère, pauvre, pardi... Toute seulette comme tu es ! Mais regarde donc la mésange tout là-haut, elle est seule elle aussi...

Puis il reprit sa pose, une semelle contre les barreaux, les mains dans les poches et son vilain béret enfoncé jusqu'aux yeux.

— Qui c'est, celui-là ? lui demandai-je, un instant plus tard, en tendant mon petit doigt vers un homme curieusement vêtu.

Il suivit la direction que je lui indiquais et répondit :

— Celui qui a les brayes qui lui arrivent aux mollets ? C'est Rasclou, le pleure-misère. Figure-toi que pour ne pas les user à les frotter il n'a pas changé de culottes depuis le jour où il s'est marié. C'est l'homme chez qui on m'a placé...

— Et vous, pourquoi vous appelle-t-on « lou Parpaïoun » ?

— On m'appelle lou Parpaïoun parce que je bats des ailes comme si j'avais envie de m'envoler. Tous ici pensent que je ne le fais pas exprès, que c'est une manie... Mais ce n'est pas vrai, je voudrais vraiment m'envoler... m'envoler très haut dans le ciel, disparaître dans le bleu ou bien me laisser emporter jusqu'à la mer Méditerranée... Médite-terre-année... Imagine un peu, si un jour j'y arrivais ! Et toi, comment t'appelles-tu ?

— Marie-Marseille, répondis-je.

Il se retourna, stupéfait.

— Comment dis-tu ? Marie-Marseille ! Voilà bien un

nom qui chante à l'oreille ! Marie-Marseille, Marie-Marseille…

Il partit en secouant ses ailes, l'air ravi.

Désormais, le jeudi et le dimanche, quand, vers cinq heures du soir, Andréloun venait s'appuyer à la grille, je ne manquais jamais d'être au rendez-vous. J'y étais d'ailleurs bien avant l'heure afin de le regarder changer d'orientation comme les aiguilles d'une pendule. Il tournait autour de la place tel un lézard qui fuit l'ombre et arrivait à moi au soleil couchant pour y rester jusqu'à la nuit tombée. D'anecdotes moqueuses en confidences murmurées, il m'expliquait le village et ses habitants avec une indéniable perspicacité. Souvent, il se parlait à lui-même sans s'inquiéter de savoir si je l'entendais. Il rêvait en ma compagnie.

D'autres fois, parce qu'il tenait à ce que nos entretiens restent confidentiels, il me donnait des conseils pour que je demeure invisible :

— Ne laisse dépasser que le bout de ton nez, crois-moi, personne ne doit savoir que nous sommes amis… Qui s'allonge plus que le drap se découvre les pieds…

Il discourait en regardant droit devant lui et, pour ceux qui allaient et venaient, il parlait seul et c'était bien là une autre preuve de sa folie. De temps en temps, soudainement, il quittait sa place pour aller faire un tour parmi les villageois, puis il revenait vers moi, clignait de l'œil et s'adossait de nouveau à la grille.

Ensemble, nous regardions les enfants du village traverser bruyamment la place. Bien qu'il fût du même âge qu'eux, Andréloun en parlait comme s'ils fussent très jeunes et lui très vieux. Il m'expliqua qu'il existait deux cliques de vauriens et de vauriennes bien distinctes : les gosses du pays et les enfants d'immigrés italiens. Ce n'était pas en réalité deux clans ennemis, mais, diable, il fallait bien à ces drôles un prétexte pour se diviser en deux armées et un motif pour s'affronter. Celui-là avait été choisi en toute impartialité. Leur rivalité ne commençait que dans la rue et leur hostilité faisait partie du simulacre, ils faisaient tout aussi semblant de se détester qu'ils mimaient des massacres partagés.

— Pourquoi ne jouez-vous pas avec eux ?

— Parce que je suis imbécile.

Moi, italiens ou pas, tous me fascinaient. Quand, les uns derrière les autres, ils descendaient les ruelles dans leurs carrioles à roulettes puis traversaient la place de la Fontaine, telles des étoiles filantes, en zigzaguant entre les jambes des passants exaspérés, j'oubliais le monde entier. J'étais comme au spectacle, comme si devant moi s'écoulait la vie, comme si moi-même j'en étais privée. Chaque jour un peu plus, je mourais d'envie de m'échapper.

Rien qu'à leur mine, rien qu'à les regarder passer, Andréloun savait à quel plaisir les garnements allaient se livrer.

— Té, ceux-là vont se baigner dans le bassin du père Maurice. Vois comme, l'air de rien, ils s'assurent que celui-ci est bien en train de jouer à la manille et que la partie ne fait que commencer. Les Italiens, eux, iront dans le trou d'eau de la barrière et quand ils en reviendront avec leurs brayes toutes boueuses il y aura du martinet dans les familles…

A d'autres heures, le jeudi, les filles se rendaient

sagement au patronage tandis que les garçons trouvaient mille prétextes pour ne pas y aller.

— Vé, Georges s'est caché dans les pissotières. Gare, si l'envie vient à son père d'aller pisser !

Le curé traversa la place pour rejoindre le presbytère, où avaient lieu de mémorables leçons de catéchisme. Andréloun me raconta que le malheureux homme, gazé et durement blessé lors de la dernière guerre, toujours fatigué et déprimé par sa longue misère, tapait sur le crâne des jeunes mécréants à l'aide d'une longue canne afin d'y faire entrer la bonne moralité.

— Moi, pour ne pas la sentir, je mets mon catéchisme sous mon béret, m'avoua-t-il. Mais ce curé-là n'est pas bien méchant, il part en biberine, voilà tout. Pauvre, moi je me souviens de l'autre curé, celui qui était là quand j'étais petit. C'était un barjacaïre [1] vilain comme le diable, avec la figure plissée comme une figue sur sa canisse. Il parlait tout le temps de l'enfer. Fan ! Il en parlait si bien et avec tant de détails qu'on aurait dit qu'il y avait passé sa vie ! « Lève-toi la carcasse, bougre de canaillou ! me disait-il. Le feu de la forge n'est rien à côté des flammes qui t'attendent si tu n'apprends pas ton catéchisme ! Elles sont hautes comme des montagnes et t'avaleront d'un seul coup ! »

Même si on le disait imbécile, Andréloun était un garçon doux, qui souvent me faisait rire en disant des choses simples comme lui.

---

1. Bavard.

Ce jour-là pourtant, parce que la chose était importante, j'osai lui demander :

— Qu'est-ce que c'est qu'une godiche ?

Il se retourna vers moi, la mine ébahie.

— C'est que je ne sais pas, moi ! Peut-être bien que c'est une araignée, une fleur ou un oiseau ? Mais de toute manière ce n'est pas quelque chose de par ici.

— Une petite fille comme moi ? risquai-je.

Il me regarda, les yeux écarquillés.

— C'est comme ça que ma grand-mère m'appelle quand elle est en colère, expliquai-je.

Il prit le temps de souffler longuement la fumée d'un vieux mégot ramassé sur le pavé, puis il agita ses bras, cligna de l'œil et renifla d'un côté.

— Laisse-la dire, princesse, fais comme moi et bats des ailes. Tu verras, tant que tu es petite et sans force, c'est la seule chose à faire.

— Vous me le direz, dites, ce que cela veut dire ?

— Je m'en vais le demander à mes amies les fées et dimanche prochain, promis, juré, je te le dirai...

J'attendis le dimanche suivant avec anxiété. Quand il vint et qu'Andréloun s'appuya à la grille, aussitôt je l'interpellai :

— Alors ?

— Alors quoi ?

— Qu'est-ce que c'est qu'une godiche, avez-vous oublié ?

Il prit un air étrange, les prunelles vers le ciel, comme s'il rêvait.

— Penses-tu ! Je me suis renseigné : vois-tu, c'est ainsi qu'on appelle les petites filles hautes comme trois pommes, avec les cheveux frisés du volubilis mais avec dans les yeux tout le vert des flaques que la pluie laisse dans les creux des sentiers...

Je compris bien que cela n'était pas vrai, mais j'en restai bouche bée.

Comme le soir tombait, Andréloun me quitta.

— Adieu, princesse...

Et il traversa la place de la Fontaine en chantant à pleine voix, puis il s'arrêta devant les derniers clients attablés au café de Benvengu.

— Va bien, Parpaïoun ?

— Va tout droit, répondit-il.

Et toute la place, jusqu'ici morose, s'emplit d'un éclat de rire. C'est bien là l'art magique des simples, qui offrent le plaisir sans rien demander en contrepartie, qui donnent du bien-être à tout le monde puisqu'un fada n'a pas d'ennemi.

— Où vas-tu ?

— Ce soir il fait doux, je m'en vais voir mon ami Jiget.

— Dis-dis-dis... lui-lui-lui... bon-bon-bon... jour-jour-jour... pour nous tous, dit l'un en imitant Jiget qui bégayait.

— Je lui dirai et ça lui fera plaisir, répondit Andréloun.

— Tiens, bois un coup dans mon verre, dit un autre.

Andréloun but le verre tout entier, ce qui fit s'esclaffer toute la compagnie, et soudain, de façon inattendue, il révulsa ses paupières et, les yeux au ciel :

— Grand merci, l'ami, dit-il. L'anis me monte à la tête et me fait me souvenir. Figurez-vous qu'hier, alors que j'allais vers le bàou, j'ai vu une fée belle comme le jour et qui conduisait un troupeau de moutons si nombreux qu'il emplissait la campagne du nord au midi. La poussière soulevée dans le soleil semblait brûler le ciel, et le troupeau descendait de la montagne comme un long fleuve... Il courait, courait tout au long des vallons, loin jusqu'à la mer où, enfin, chaque toison s'engouffrait dans les vagues pour les fleurir.

— Bêêê, bêê... fit l'un.

— Bêê, bêê... fit l'autre.

Ils semblaient s'amuser, se rire de lui... N'empêche que tous, dans un éclair miraculeux, avaient vu le merveilleux troupeau passer.

— Adieu, l'Andréloun !

— Adieu, les amis, portez-vous bien !

Sa voix était si enjouée qu'en s'éteignant elle laissa du regret.

Andréloun se glissa le long des murs et disparut par le chemin de terre qui longeait le château de Boichosey. Il pressa le pas, les mains dans les poches, le vent de l'après-midi était tombé, l'air sentait la résine et les genêts.

Arrivé au bord du vallon qui descendait droit vers la grande plaine de vignes et d'oliviers, Andréloun obliqua immédiatement et, sans jamais cesser de longer le mur du château, traversa une forêt de pins noirs et d'arbousiers rabougris. Il atteignit enfin une large porte par laquelle jaillissaient jadis les équipages des Boichosey et par laquelle, aujourd'hui, entraient les charretées de terre ou de fumier. Il l'ouvrit, fit les trois pas qui menaient à la ferme où Jiget soignait les poules, les lapins et le jardin potager, tandis que Joseph, son père, fameux jardinier, prenait soin des fleurs, des fontaines et des sentiers.

Andréloun entra et salua Denise, la mère de Jiget.

Jiget, lui, ne parlait guère, parce que sa langue était

fâchée avec son palais et que ce désaccord le faisait bégayer.

Il accueillit Andréloun sans rien dire, les bras grands ouverts, mais Andréloun l'entendit quand même et lui répondit :

— Adieu, Jiget, je suis venu t'aider.

Puis ils sortirent dans le jardin pour soigner les bêtes et les légumes.

Andréloun leva le bécut au-dessus de sa tête et le laissa retomber.

— Pauvre pitchoun, murmura Denise qui le regardait.

7

Une ou deux années passèrent encore, trois peut-être, je ne sais plus. Je n'ai jamais su compter le temps quand rien ne dépasse, quand rien ne compte, quand rien n'émeut. Qu'importe, malgré tant de jours accumulés, je ne parvenais pas à me libérer de ma mélancolie et je rejoignais sans cesse ma famille dans toutes sortes de pays imaginaires et neigeux où je les retrouvais, tantôt sereins comme les statues couchées sur les tombeaux des princes, tantôt misérables dans la posture où la mort les avait laissés. Je m'étendais alors sur le lit de ma chambre et tentais de les rejoindre en fermant très fort les yeux. Je sentais venir sur moi l'avalanche, je tremblais de froid, je pensais mourir...

J'étais sage, diable, trop sage pour mon âge, disait parfois Denise.

Contrairement à la promesse qu'il avait faite à mon père, Fabien Lestrade ne nous avait pas accompagnés à Chamonix. Ainsi échappa-t-il au désastre qui fit périr ma famille. Il avait pris en main la direction de nos usines et, tous les mois, conformément aux décisions du conseil de famille, il venait rendre compte de leur bonne marche à Grammie. A son habitude, il demandait l'ouverture de la grille en klaxonnant impatiemment, puis il pénétrait sans attendre dans le hall et franchissait les salons à grands pas nerveux. Enfin, il s'installait au bureau de mon père et, mimant la hâte irritée de l'homme affairé, il faisait appeler Grammie par une domestique.

Il m'arrivait souvent d'être à l'affût derrière l'angle de la porte et de le regarder. Quand ses mains, que je devinais avides, se posaient sur un objet ou sur le bois de la table pour le caresser, je frissonnais. Quand elles fouillaient dans les tiroirs paternels, j'entrais en furie.

Une fois Grammie assise en face de lui, il prenait la parole tout en compulsant d'une main fiévreuse les dossiers qu'il avait apportés. Les mots se faufilaient à toute vitesse à travers ses lèvres paresseuses. Grammie hochait la tête pour cacher son ennui.

Lorsque, avant de s'en aller, il me lançait un regard inquisiteur, je me recroquevillais dans une révérence machinale, paupières basses, tout autant pour lui voiler mon hostilité que pour échapper à sa curiosité.

— Il a volé la place de mon père, dis-je à Andréloun. Et moi, il me regarde comme s'il voulait me manger.

Andréloun le baptisa l'*Aragne*, qui veut dire l'araignée, celle qui observe ses proies à la dérobée avant de les dévorer.

Mais très vite, les manœuvres de l'Aragne ne s'en tinrent pas à ces brèves entrevues officielles. De l'angle de la porte d'où j'aimais l'observer, je le surpris un jour jouant une autre comédie.

Une fois achevé le rapport obligatoire sur le bon fonctionnement des affaires familiales, il quitta son air important et se fit enjôleur. Tout en riant très fort, il saisit Grammie par la taille, se frotta à elle, lui chuchota quelques mots, puis recula d'un pas pour juger de leur effet. Grammie, le rose aux joues, minauda de la bouche et des paupières avant de s'éloigner un instant, offusquée, me sembla-t-il, mais elle revint bien vite vers lui. Elle, d'ordinaire si dolente, pétillait de plaisir.

Dès lors, entre eux, la plus grande familiarité fut de mise. La preuve en fut que Lestrade revint au château plus souvent que de coutume. Un jour, sous un quelconque prétexte, il y resta jusqu'au soir ; une autre fois, il y passa la nuit.

Alors Grammie mit ses vieilles robes noires au rebut et se rendit à la ville pour en revenir coiffée, chapeautée et vêtue de toilettes printanières qui lui donnèrent l'allure d'une jeune fille.

Un jour que j'étais devant elles, Josette et Denise parlèrent de Grammie à mots couverts, puis l'une conclut en sourdine :

— Coquin de Dioù, la coquine ! Qui l'aurait cru ?

— Et lui donc, il va lui espeiller la couenne en moins de deux...

Les jours passaient et, qu'elles soient frisquettes, ventées ou brûlantes, mes rendez-vous du dimanche avec Andréloun ponctuaient mes semaines comme autant de rayons de soleil traversant la brume. Il m'écoutait fustiger les agissements de l'Aragne en scandant mes craintes de clins d'œil entendus et de pensifs reniflements de sa narine.

— Il a volé la place de mon père et maintenant il s'installe, il embobine ma grand-mère ! Bientôt, il s'occupera de mes affaires !

— On ne le laissera pas faire, répondit sérieusement Andréloun.

8

Venaient aussi parfois s'asseoir au café de Benvengu les gens importants, les bourgeois du village, le percepteur en tête, le docteur parfois, le pharmacien et, plus rarement, l'ancien notaire.

Revenu des colonies et tout habillé de blanc, le percepteur ne s'asseyait pas sur une chaise ou sur un banc, il tournait autour des gens assemblés sans jamais les frôler et leur serrait la main de sa main gantée. Il s'approchait de la fontaine, se courbait au-dessus du bassin en prenant bien soin de ne pas l'effleurer, sortait le verre qu'il avait dans sa poche, le lavait longuement avant de le remplir et de le boire enfin, à petites gorgées.

— Il a peur des microbes, m'expliqua Andréloun. Il pense qu'ils vont lui sauter à la figure et s'accrocher aux poils de son nez. Tiens, regarde-le ouvrir la boîte à lettres avec le bout de sa canne pour y glisser son enveloppe sans rien toucher !

Le maire, monsieur Consé, un parapluie rouge sous le bras, un nœud papillon sous le menton et la rosette à la boutonnière, venait s'asseoir au café tous les jeudis après-midi. Assis bien droit devant son pastis, il tenait sa permanence en plein air. Il écoutait les doléances de ses électeurs en prenant les autres à témoin quand l'affaire se gâtait.

A la table voisine, Bartoumièu le berger, Jiget et Boudièu, trois fameux amis, frondeurs et buveurs, comme dans un ballet bien rythmé, posaient chacun à leur tour un domino sur la table avant de lever le coude pour porter leur verre de vin à leur bouche.

Tous les premiers dimanches du mois, le rémouleur arrivait de bonne heure en tirant sur sa bricole, puis il déposait sa machine toujours à la même place, à l'ombre des platanes, contre le muret. Dès qu'ils l'apercevaient, ceux du café de Benvengu s'écriaient en chœur :

— Té, voilà le rémouleur !

C'était un gai luron, l'alouette bavarde qui allait de village en village et qui jacassait volontiers sans cesser d'appuyer sur la pédale qui faisait aller sa meule.

Des femmes chargées de lourds paniers de linge remontaient du lavoir et passaient devant la grille.

— Sais-tu, me dit Andréloun, qu'il paraît qu'à force de se frotter le ventre aux margelles les femmes n'ont plus de nombril ?

Le soir enfin, quand le temps était doux, arrivaient, les unes après les autres, toutes les commères du quartier. Elles s'asseyaient et prenaient dans leurs mains un ouvrage de couture tout en surveillant les bambins qui jouaient à leurs pieds. Plus loin, les jeunes gens et les jeunes filles rassemblés parlaient haut, riaient fort. On eût dit une grande famille, un moment d'intimité savouré en plein air, en pleine connivence, en totale habitude.

Je mourais d'envie de me joindre à eux.

Un dimanche comme les autres où j'étais à mon poste plus tôt que de coutume, deux enfants traînant derrière eux une carriole à roulettes vinrent s'appuyer à l'endroit même où Andréloun s'installait et, aussitôt, ils m'aperçurent. La fillette avait à peu près mon âge et s'appelait Paulette ; le garçon était un peu plus âgé et s'appelait Roger.

— Bonjour, me dit timidement la petite fille tandis que son copain me regardait avec curiosité.

— Que fais-tu là ?

— Je m'ennuie, répondis-je.

— Tu ne peux pas sortir ?

— Cela m'est défendu.

Paulette fixa sur moi ses prunelles bleu porcelaine, elle compatit :

— Alors, tu nous regardes jouer ?

L'horreur de la situation lui agrandit brièvement les yeux.

Ensuite, parce qu'un différend les préoccupait, ils m'oublièrent pour reprendre le cours de leur dispute. Il s'agissait de savoir lequel s'assiérait sur le devant de la carriole et lequel accepterait le rôle du passager. Roger assurait que, la conduite de l'engin étant très périlleuse, Paulette n'en serait pas capable. Mais celle-ci, volontaire et un tantinet garçon manqué, mourait d'envie d'en faire l'expérience. Aucun des deux ne voulait céder à l'autre et leurs arguments s'entrecroisaient indéfiniment.

Enfin, parce que Paulette frottait ses yeux, Roger céda, confus.

— Viens, lui dit-il, tu vas conduire, mais nous irons dans la rue du Moulin, la pente n'y est pas trop mauvaise...

Ils enfourchèrent leur engin et Paulette prit les commandes. Je les reverrai toujours, elle, glorieuse, battante, une main serrée sur le bâton de frein, l'autre agrippée au rebord de la carriole, prête à affronter le péril, et lui, tendu, inquiet, réajustant un coin de la jupe retroussée avant d'enlacer son amie comme pour la protéger. Ce moment de crâne liberté et de suave tendresse s'imprima à jamais dans ma mémoire.

Quand, oublieux de moi, ils s'élancèrent, mon cœur éclata de dépit.

Andréloun vint un peu plus tard. Ce jour-là, il me dit les braves gens mais aussi les malfaisants comme les frères Paul et Justin, deux adolescents de belle taille qui allaient toujours ensemble, épaule contre épaule, comme si une partie de leur bras leur était commune.

— Tout ce qu'ils n'ont pas dans leur tête ils l'ont dans leurs poings, me confia-t-il.

On ne savait pas si c'était leur susceptibilité qui les conduisait à la bagarre ou bien si c'était la bagarre qui était nécessaire à leur survie, mais ils étaient toujours à l'affût d'un prétexte pour se prendre de querelle, et cela d'autant plus volontiers que la victoire leur était acquise.

Ils étaient les enfants d'un couple d'agriculteurs, couple singulier fait d'un homme paisible et d'une superbe matrone aux appétits, disait-on, insatiables. Quand les deux vauriens naquirent, l'un très peu de temps après l'autre, beaucoup se plurent à douter qu'ils fussent nés de leur père légitime et, au lieu de les surnommer les « enfants de personne », quolibet dont on affublait les bâtards, on les appelait en secret les « enfants de quelqu'un »... ce qui n'était guère plus gentil.

Un couple de braves gens qui ne cessait de se disputer passa devant la grille et s'assit sur le muret. A la fin de leur querelle, lui, très digne, appuya son menton sur le haut de sa canne et ne bougea plus. Elle, vigoureuse, les mains sur ses hanches, lorgna le monde avec sévérité.

— C'est Jourdan et Margarido, dit en riant Andréloun. Vois, comme elle est terrible ! Gare, si un drôle passe près d'elle, elle va te l'attraper par l'oreille et te le moucher jusqu'à lui faire sortir la cervelle par la narine...

Mademoiselle Blanchard vint s'asseoir près d'eux. C'était une vieille demoiselle au dos bien droit, aux épaules toutes rondes, et dont la gorge potelée débordait de son corsage à jabot. Sa chair rose et moelleuse tout entière recouverte d'or, de perles et de pierres précieuses étincelait comme un arbre de Noël. Son frère était horloger et elle était bijoutière. Dans la vitrine de leur unique boutique, les pendules s'emmêlaient aux bagues et aux colliers.

Andréloun s'exclama :

— Quand viennent les heures justes, à midi surtout, toutes les pendules sonnent en même temps et de mille manières ! On se croirait à la porte du paradis... Ding, ding, ding, dong, dong, dong ! Voudrais-tu les entendre ?

Bien que je secouasse négativement la tête, j'eus un sourire plein d'envie. Alors il insista :

— Attendons six heures et nous filerons, nous en avons pour une minute.

Il était six heures moins cinq, mon cœur se mit à battre.

Je pensai à Paulette affrontant la périlleuse pente. Elle, elle aurait osé, sûrement.

Andréloun surveillait l'horloge de l'église.

— Viens, m'ordonna-t-il soudain.

Ce fut dans une sorte d'ivresse que je me dirigeai vers la petite porte, l'ouvris et me laissai guider par Andréloun. Ensemble, nous dévalâmes la rue du Four et nous figeâmes devant la devanture pleine de pendules et de bijoux.

— Reste derrière moi et ne dis rien.

Andréloun accompagna sa recommandation en mettant un doigt sur sa bouche.

Il poussa bravement la porte, dont la sonnette résonna frénétiquement, et fit un pas vers l'intérieur. Je m'accrochai au bas de sa veste. A cet instant précis, comme il l'avait prévu, horloges, pendules et coucous en folie se mirent à tintinnabuler.

— Alors, Parpaïoun, tu viens te régaler de ma musique ? s'écria l'horloger, qu'une loupe vissée sur son œil rendait monstrueux.

La symphonie des carillons emplit tout l'espace et se tut d'un seul coup. Andréloun se retourna vers moi d'un air ravi puis, sans attendre, comme promis, il m'entraîna vers le haut de la ruelle pour me remettre à l'abri derrière la grille.

— C'est bien meilleur quand sonne midi, affirma-t-il.

C'était la première fois que, transgressant les interdictions, je franchissais la porte de ma prison. Je passai la nuit suivante à me régaler du frisson ressenti, et me revint alors non pas le souvenir des gens et des choses mais la permanence des odeurs de la rue – celle du pain frais s'exhalant de la boulangerie, celle du café grillé que l'épicier torréfiait devant sa vitrine – et les bruits de la forge rythmant mon escapade impromptue.

C'est ainsi que, d'un seul coup, mon univers s'élargit. Les senteurs retrouvaient leur raison d'être, les bruits remontaient à leur source. L'envie d'y retourner afin de me frotter aux murs et aux gens pour faire partie de leur vie devint si forte que j'en rêvais chaque nuit.

C'est ainsi que, pour m'échapper, je commençai à mentir.

Tous les jeudis, mais aussi parfois à l'heure où l'école fermait ses portes, je délaissais livres et cahiers pour rejoindre Andréloun. J'annonçais aux bonnes qui me surveillaient que j'allais jouer dans le parc avec les chats, chats multicolores avec lesquels, en d'autres temps, au temps de l'obéissance, je passais de longues heures afin de tromper mon ennui. Il y en avait toute une colonie qui errait du cimetière à notre jardin, où ils se prélassaient en lustrant patiemment leur fourrure.

Les bonnes se laissèrent tout d'abord prendre à mes tromperies.

Une fois dans le parc, je me rapprochais du mur d'enceinte contre lequel badait la statue oblique d'une nymphe à moitié dévêtue, j'observais les alentours puis, vivement, j'escaladais les mollets, les hanches et le buste de la belle jusqu'à me hisser à la hauteur nécessaire au franchissement de ce rempart qui me séparait de la liberté chérie.

De l'autre côté, Andréloun me tendait des bras attentionnés.

Dès mon réveil, je mettais au point le mensonge de

l'après-midi. Mon imagination ne me fit jamais défaut. Je débordais d'inspiration et de fourberie. J'en sortis chaque fois triomphante et de plus en plus satisfaite de mes capacités.

Un jour enfin, j'osai carrément braver Grammie.

— Je vais acheter une petite brioche, j'en ai tant envie, lui dis-je.

Grammie, amoureuse de Lestrade, hocha la tête sans réagir.

9

Ce fut ainsi que, durant deux années entières, l'un derrière l'autre, Andréloun fiérot et moi intrépide, nous parcourûmes en tous sens les ruelles du village. Soucieux de me charmer, Andréloun m'entraînait dans les itinéraires les plus imprévus et vers les lieux les plus secrets, tous témoins de faits incroyables, guets-apens, vols ou crimes, qu'il me racontait en les brodant de mille détails propres à les rendre horribles. Il grossissait sa voix, jouait la comédie et, quand il me voyait bien affligée, prête à pleurer, il s'écriait, ravi :

— Heureusement que tout cela n'est pas vrai !

La rumeur ne tarda pas à mettre Denise et Josette au courant de mes escapades. Elles me grondèrent d'une même voix et menacèrent de me livrer à Grammie.

— Que dirait madame la Comtesse si elle vous savait en compagnie de ce pauvre petit !

Je fondis aussitôt en larmes. Alors qu'elles me consolaient, l'air encore sévère, je me remis à mentir :

— Elle me mettra en pension et Lestrade en sera bien satisfait !

Compatissantes, elles se turent.

A la faveur d'une courte journée d'hiver, Andréloun m'entraîna un soir dans une expédition beaucoup moins inoffensive. Dès que la nuit s'installa, alors que, de retour, nous nous dirigions sagement vers ma grille, il me promit une surprise fantastique si j'acceptais encore de le suivre. Envoûtée par le secret de sa voix, je courus derrière lui. Nous remontâmes une autre ruelle qui s'éloignait du village en paressant au milieu des oliviers déjà endormis. Nous longeâmes une enceinte de pierre jusqu'à l'endroit précis où un talus propice permettait de passer par-dessus le mur. Nous nous assîmes sur son faîte.

Je ne compris pas tout de suite, la lune était modeste.

— Vé, le bistrot des allongés, me renseigna Andréloun.

Puis il me prit par la main avec autorité et me força à sauter entre deux cyprès.

— Vois ces belles couronnes de fleurs en perles, en as-tu vu de plus belles ? Moi, elles me font devenir fou !

Il s'agenouilla sur une tombe particulièrement riche en témoignages de tendresse et de regrets et, subjuguée, je m'assis à côté de lui.

— Voudrais-tu un collier ?

Mais, sans attendre ma réponse, dans le clair-obscur, de la pointe de son couteau, il détacha une perle, puis une autre. Quand sa main en fut pleine, il les enfourna dans sa poche.

— Je m'en vais t'en faire un. Tu verras comme il sera beau.

Son ton était si émerveillé que je le crus.

Nous finîmes notre escapade par une promenade

joyeuse parmi les morts. Soudain Andréloun, d'un geste rude, m'obligea à faire demi-tour.

— Que je suis con, dit-il, que je suis con, nom de Dieu !

— Pourquoi ?

Il me regarda avec étonnement.

— Tu ne sais donc pas ?

— Quoi donc ?

Penaud, il s'efforça de parler d'autre chose tout en me ramenant vers le château. L'idée m'en vint alors qu'on arrivait à la grille.

— Mes parents ? lui demandai-je.

— Tu ne sais pas qu'ils sont là ?

— Non, on ne me l'a jamais dit. Je les croyais encore sous la neige…

— Ça alors !

L'emprise qu'Andréloun exerçait sur moi était telle que je le suivis jusqu'au superbe caveau de ma famille, une sorte de palais miniature.

— Ils sont là, murmurai-je, bouleversée mais ravie, déchargée soudain de l'horreur d'un mystère, d'un remords pernicieux, d'un chagrin infini.

Quelques jours après, j'exigeai qu'Andréloun me remît le collier fait des perles des couronnes. C'était un collier surprenant, que je glissai dans le tiroir de ma table de nuit.

Denise le découvrit un jour et devina la profanation à laquelle j'avais participé.

— Ce n'est pas bien, ce que vous faites, Mademoiselle. A fréquenter le Papillon, vous devenez une « voyouse ».

Je haussai les épaules.

— Je m'amuse tant avec lui ! dis-je en me jetant à son cou.

Attendrie, elle ronchonna pour le principe.

Quand, à la fin de l'hiver, le village eut dévoilé tous ses mystères et que mes yeux refusèrent de s'extasier, André-loun, à bout d'inspiration, m'entraîna hors de ses murs. Je franchissais à sa suite la porte Saint-Roch et nous allions par les chemins pierreux nous soûler d'autres paysages et d'autres diableries. Il me fit découvrir comment l'on court à en perdre le souffle derrière un cerceau dérobé au ventre d'une vieille barrique, comment on le dresse, comment on le fait bondir. Nous faisions des « concours de vol plané ». Il suffisait pour cela de lancer avec force notre engin contre une grosse pierre et de mesurer jusqu'où il s'envolait.

Il m'enseigna comment siffler entre deux feuilles tendues entre le gras des pouces. Avec lui, j'appris à reconnaître les herbes sauvages que nous pouvions mâchonner et à mesurer la profondeur des puits à l'aide d'un caillou. Enfin, assise sur la barre de sa bicyclette, il me fit traverser un océan de merveilles inconnues.

— Un jour, disait-il, je t'emmènerai jusqu'à la mer.

— L'as-tu déjà vue ?

— Non, mais je sais comment elle est faite, toute bleue comme le ciel, pleine de mousse blanche et profonde comme un puits…

Dans des clairières désertées par les charbonniers, nous jouions aux billes ; dans les postes de chasse, nous jouions aux osselets avec des pierres dorées.

— Avec toi, princesse, disait-il, je peux gagner la partie sans me faire massacrer…

Andréloun ne parlait jamais des choses courantes de la vie, comme de l'école ou de sa famille. Il planait bien au-dessus. Les jours de grand mistral, il m'emmenait vers les endroits les plus exposés à ses tourmentes pour donner libre cours à sa folie. Il écartait les bras et tirait sur sa chemise.

— Je suis un oiseau ! criait-il.

Il attendait qu'arrive la bouffée méchante et s'élançait avec elle du haut d'un éperon rocheux. Quand il se relevait de sa lourde chute, il se redressait avec fierté et me demandait d'un air convaincu :

— Tron de Dieu ! As-tu vu jusqu'où cette mistralade m'a emporté ?

Avec moi, il oubliait ses clignements d'yeux et les reniflements de son nez. Par contre, il tirait toujours son béret sur son front comme pour s'assurer que je ne verrais jamais sa cicatrice. Un jour, je lui dis :

— Enlève donc ce béret, tes cheveux sont si beaux et on ne les voit jamais.

Il se pétrifia et rougit comme une cerise.

— Vrai ?

Il lançait des pierres vers la lune lorsque celle-ci apparaissait en plein jour.

— Va te coucher, coquine ! Quand ce sera nuit, tu seras trop fatiguée pour briller et nous autres pauvres, on s'emplastrera dans les murs !

Il faisait l'intéressant, aurait dit Grammie, mais lorsque, vaincue par son inépuisable drôlerie, j'enfonçais le menton dans mon cou il se mourait de plaisir de m'entendre rire.

— Tu roucoules comme une pigeonne, princesse, ou comme une tourterelle, c'est plus joli.

Et c'est ainsi que je découvris un jour dans ses yeux le même regard extasié que celui que mon père avait laissé dans mon souvenir. Avec Andréloun, et par les mêmes pitreries, je retrouvai enfin le rire de mon enfance chérie.

Mes escapades, ignorées d'une Grammie éternellement figée dans son fauteuil, continuaient d'offusquer nos servantes sans que pour autant elles se résignent à me dénoncer.

— Vous ne devriez pas rôder avec cet Andréloun, répétait Josette. Ce n'est pas un garçon comme il faut.

Malgré la tendresse qu'elle nourrissait pour lui, Denise assurait qu'Andréloun n'était pas de bonne compagnie. Elle répétait comme une litanie :

— Que dirait madame la Comtesse si elle savait que tout le monde vous voit avec ce pauvre malheureux ? Il n'est pas méchant, soit, mais il n'est pas fait pour une demoiselle comme vous.

A chaque fois, j'y allais de ma petite larme et, comprenant que, sans Andréloun, j'aurais dépéri aussi sûrement qu'une fleur séparée de sa tige, elles tordaient le nez, secouaient la tête, mais elles me laissaient recommencer.

10

Le temps passa ainsi.

Un jour de juillet, alors qu'une chaleur torride repoussait tous les Juzanais dans les coins frais et sous leurs tonnelles de vigne, nous nous retrouvâmes comme les autres jeudis. Il m'entraîna au sommet de la « rompe-cul ».

— Dépêchons-nous, dit-il, aujourd'hui c'est la dernière fois.

Il prit une expression sérieuse que je ne lui connaissais pas et m'expliqua que, son temps d'école étant fini, il entrait, dès le lendemain, comme apprenti dans une imprimerie de la ville voisine.

— J'y dormirai même, pour ne pas payer le car à l'aller et au retour. Mon patron me servira la soupe, et moi je garderai les papiers et les machines...

Il m'avoua enfin qu'« aujourd'hui » était le jour du certificat d'études pour les autres mais que lui, il n'y était pas allé.

— Et pourquoi donc ? lui demandai-je.

— Pfut ! Cela ne m'intéresse pas !

Il gonfla la poitrine et révulsa les paupières.

— J'en sais plus que le certificat ! affirma-t-il.

Sa posture et sa prétention me ravirent. Mais Andréloun insista :

— On ne se verra plus.

Je réalisai enfin et refusai aussitôt :

— Et pourquoi donc ?

— Je te l'ai dit, je vais travailler à la ville.

Entêtée, je protestai encore :

— Je trouverai bien un moyen...

Andréloun eut un sourire triste et, pour faire diversion, il pointa son doigt vers les collines qui ondulaient bien au-delà de la plaine et me dit :

— Aujourd'hui, nous allons au bout du monde, je t'emmène à Vallon blanc.

Ce qui différencie Vallon blanc des autres multiples vallons de Provence est que celui-là n'est fait que d'éboulements de rochers argentés au milieu desquels ne persistent que quelques pins maigres et gigantesques. Point de terre et point d'herbe, rien que de la pierre lisse.

— Les fées y habitent, précisa-t-il en secret. Viens, en route, je te raconterai.

Il me cala sur la barre de sa bicyclette et commença son histoire :

— Parmi toutes les fées du vallon, il en est une que je préfère, on l'appelle la « fée Marie ».

— Marie, comme moi ?

— Oui, comme toi. C'est la plus belle et la plus timide. Elle est aussi si simplette, pauvre, qu'elle ne sait pas se servir de son pouvoir magique. Alors, parfois, quand elle est dans la peine, elle me demande de venir... La nuit surtout, ajouta-t-il avec un sourire ambigu.

Il continua l'histoire de la fée Marie, brave fille à n'en point douter, mais qui ne cessait de se débattre dans des tourments de fin du monde qu'elle-même provoquait. Je la jugeai même un peu sotte, mais je me gardai bien d'en faire part à Andréloun.

Quand nous arrivâmes à Vallon blanc, il ordonna :

— Aujourd'hui, nous allons faire comme si tu étais elle, et moi, je serai moi. Tu fais tout ce que je dis.

En premier lieu, la fée dut descendre jusqu'au fond du vallon pour étancher sa soif à l'eau du riou. Un riou diablement encaissé, un vrai casse-cou dans lequel moi, je ne me serais jamais aventurée, mais où la fée Marie, elle, s'aventura sur les ordres d'Andréloun.

Docile donc, elle se laissa glisser dans la pente, but à un filet maigrelet et s'essuya prosaïquement les mains au tissu de sa robe.

Hélas, comme prévu, s'il était périlleux de descendre dans ce trou, il était impossible d'en remonter tant la roche lisse, abrupte, manquait de prise.

Adossé au tronc d'un pin, l'air indifférent, Andréloun attendait.

— Viens m'aider à sortir de là ! criai-je.

— J'arrive, bonne fée !

Il se précipita avec un zèle extrême, me prit la main avec grand respect et me tira vers lui d'une forte secousse. Lorsque j'atterris sur sa poitrine, il amortit le choc en me serrant furtivement contre lui.

— Heureusement que j'étais là, dit-il, fiérot, sournois.

La bonne fée Marie continua ses imprudences avec un goût immodéré pour les situations inconsidérées. Elle se perdit dans la broussaille et dut, quand elle fut cernée d'épines, faire une nouvelle fois appel à Andréloun.

Celui-ci accourut volontiers, traversa les ronces sans y prendre garde grâce à ses pantalons de grosse toile, puis il saisit la fée dans ses bras, la souleva de terre et l'emmena hors du traquenard qu'il avait soigneusement organisé.

La fée Marie se perdit ensuite dans un épais maquis de genêts et dut hurler jusqu'à ce qu'Andréloun, qui passait par là, se précipitât et la menât, par la taille, hors du labyrinthe embaumé.

— Pauvre pitchounette, un peu plus et le renard te dévorait...

Enfin, épuisé par tant de rudes sauvetages, Andréloun se laissa glisser au sol à l'ombre d'un arbousier.

— Je suis mort, gémit-il. Il n'y a que la fée Marie qui pourrait me ressusciter.

— Comment ? demandai-je, moitié complice, moitié naïve.

— En me donnant un baiser. Là, ajouta-t-il en désignant sa joue.

Je me penchai vers lui et lui donnai un baiser, il ressuscita à l'instant et me remercia en m'embrassant à son tour, un peu plus longuement que je ne l'avais fait.

Il avait quatorze ans passés, j'en avais presque douze.

C'est ainsi qu'Andréloun enchanta un morceau de mon enfance. Il en est encore mon unique repère, mon unique sourire. Il apparaît inévitablement dans mes souvenirs, même si, dans la réalité, il n'y était pas toujours.

Hélas, comme prévu, Andréloun disparut dès le lendemain. A l'aube, il prenait le car qui le conduisait chez un imprimeur pour qui, en sa qualité d'apprenti, il balayait les salles, ramassait les chutes de papier, frottait l'encre des machines et menait à bien d'autres tâches encore plus obscures. Nous ne nous rencontrâmes plus qu'à l'improviste ou bien dans quelques brèves occasions, les jours de fête ou les dimanches après-midi.

11

Abandonnée une fois encore, l'ennui revint me dévorer.

Lasse de traîner sans but d'une pièce à l'autre, de ne plus parler ni rire, lasse de ma nostalgie latente et de mes occupations sans attrait, je décidai de partir seule à l'aventure, sans me soucier d'obtenir l'assentiment d'une Grammie que l'amour rendait stupide.

Afin d'assouvir un vieux désir que je n'avais jamais confié à Andréloun de peur qu'il ne s'en moquât, je contournai d'un pas assuré le jeu de boules et allai m'asseoir sur le muret de pierre, à l'endroit même où s'installaient le père Jourdan et Margarido. Je tirai sur ma jupe, posai mes mains sur mes genoux en m'efforçant d'imiter l'attitude blasée de tous ceux qui s'y asseyaient, du temps où j'étais derrière la grille. A mes pieds, les oliviers couvraient les hautes berges de leurs pompons argentés, tout un monde courbé allait et venait dans les rangées de jasmin et de roses qui leur faisaient suite, alors que, encore plus loin dans la plaine, sommeillaient les champs de vigne et de blé. A l'horizon, parmi les mamelons dodus qui nous séparaient de la mer, je devinais le vallon de la fée Marie.

A quelques pas du muret, Benvengu, le cafetier, un torchon sur l'épaule, servait ses clients en faisant irruption dans leurs conversations, en s'asseyant parfois à leur table pour boire un coup en leur compagnie. Pour lui, inaltérable bienheureux, tout allait pour le mieux dans le meilleur des mondes, et se montraient bien ingrats ceux qui n'étaient pas satisfaits. Ses clients l'engueulaient à pleine voix, d'autres le traitaient de dangereux imbécile, mais il en riait, il allait et venait, content de lui et du reste de la planète, à feu et à sang pourtant puisque nous étions dans l'année 1938.

Puisque lui-même allait bien, le monde entier allait de même. C'était sa philosophie. Les deux bras écartés en signe de béatitude, il s'exclamait :

— Hitler a dit lui-même qu'il n'avait plus de revendications territoriales en Europe ! Vous voyez bien que les Boches ne nous feront pas la guerre… Pardi, la Grande, la dernière, leur a suffi !

Puis, naïf ou matois, on ne le savait pas, il paradait devant les femmes en se montrant tel qu'il était, pistachier [1] et farfelu.

J'entendais, toutes proches, rouler et claquer les boules, j'étais ravie.

Je me dirigeai ensuite vers la place de l'Eglise, puis vers celle de la Mairie, vers la placette enfin où battait, plus fort encore, le cœur de Juzan. Petite place ombragée d'où part la « rompe-cul », une ruelle pentue qui file droit vers le précipice, ruelle traîtresse qu'Andréloun m'entraînait à

1. Coureur de jupons.

dévaler quitte à nous rompre le... Je la descendis d'une manière plus pondérée, en regardant mes pieds se poser sur ses pavés. Un troupeau de six ou sept chèvres en partance pour la garrigue me fit grand-peur et m'obligea à me réfugier dans un couloir donnant sur une cuisine parfumée.

— Entrez donc, mademoiselle, me dit une femme qui faisait bouillir une marmite de soupe au pistou.

En remontant sagement, je m'arrêtai devant l'étalage de la chapelière, vitrine devant laquelle Andréloun passait sans ralentir, puis devant celui du marchand de tissu. Celui-ci s'abstint un instant de palper sa marchandise.

— Alors, mademoiselle Marie-Marseille, on se promène toute seulette, aujourd'hui ?

Le barbier, qui rasait ses clients sur le trottoir, leva vers moi son « coupe-chou ».

— Je vous fais la barbe, ce matin ? demanda-t-il dans un bon rire.

A chacun, à chacune, je fis une révérence, qu'ils ou elles apprécièrent d'un sourire, et je devins alors celle qu'on saluait en l'appelant mademoiselle Marie-Marseille.

Je suis née une deuxième fois, dans la rue.

Mais très vite s'épuisèrent mes propres désirs. Languissante, regrettant fort la compagnie d'Andréloun, je m'ennuyais à parcourir sans but les ruelles et, d'être seule à entendre carillonner les horloges, de n'oser descendre que sagement la « rompe-cul », ma mélancolie, toujours aux aguets, reprit le dessus.

Ce fut en descendant de ma chambre qu'un beau matin je trouvai Grammie dans le hall, en costume de voyage, plantée à côté de ses valises.

— Je vais passer quelques jours à Paris, me dit-elle.

Puis, sans me laisser le temps de m'étonner, elle descendit le perron et s'engouffra dans la rutilante Buick que Fabien Lestrade conduisait. Elle me fit, de la main, un signe d'adieu plein de gaieté. L'automobile passa le portail et disparut.

Quand, un mois plus tard, Grammie et Lestrade revinrent au château, ils étaient mariés.

Lestrade s'installa sans vergogne dans l'appartement de mon père.

— Il a mis la main sur la poule et sur les œufs, dit Josette. Coquin de Dioù !

12

C'est ainsi que l'Aragne devint le maître de Boichosey. Mon maître, en quelque sorte, car sans attendre, à la faveur de l'indolence de Grammie, il prit en main toute la maisonnée. Il déclara d'emblée que j'étais en âge de faire des études sérieuses, lui qui n'en avait jamais fait. Il connaissait, affirma-t-il, une pension privée d'excellente réputation, dans laquelle les sœurs sauraient me donner l'éducation religieuse et les bonnes manières qui me faisaient défaut.

Ce fut notre premier duel. Il fut terrible.

— Vous n'êtes pas mon père, vous n'avez pas à me commander ! hurlai-je.

C'est alors que Grammie se rangea de mon côté de la façon la plus inattendue. Elle avança un argument auquel je n'avais pas pensé :

— Si elle s'en va en pension, je vais mourir d'ennui. Vous êtes si souvent en voyage… tellement pris…

Bien que surprise qu'elle fît état de l'utilité de ma présence auprès d'elle, je jouai à fond le rôle de la petite-fille aimante qu'une séparation d'avec sa grand-mère ferait dépérir.

Lestrade, vaincu, ne parla plus de pension, mais il s'ingénia à occuper mes matinées par la présence accrue d'une nouvelle institutrice, sœur Bernadette, qu'Andréloun, irrespectueux, baptisa Badette. Cette femme, fort peu rigolote – « triste comme un sac vide », aurait dit Andréloun –, m'enseignait les matières courantes, la morale et le catéchisme. J'appris ainsi que je vivais en compagnie incessante du péché.

— Avez-vous déjà menti ? me demanda-t-elle un jour.

— Ah bien, oui, répondis-je, un éclair dans l'œil.

Ma loyauté ne suffit pas à l'attendrir. Elle s'élança dans une diatribe scandalisée qui m'ennuya au plus haut point et me conforta dans la certitude que la franchise était source d'ennui. Elle dévoila pour moi un peu de l'enfer qui m'était promis.

— Recommencerez-vous ? conclut-elle.

— Oh non, ma sœur ! répondis-je.

Je répétai après elle les sept péchés capitaux en songeant que, pour trois d'entre eux au moins, l'enfer m'était déjà assuré.

Au prêtre qui me préparait à ma première communion, je n'avouai que des fautes microscopiques et, au lieu de faire pénitence, tête basse, j'interpellai les cieux :

— Vous feriez mieux de confesser l'Aragne et Grammie…

Lestrade compléta mon programme par des leçons d'anglais, d'allemand, de solfège et de piano dispensées par des professeurs venus de la ville.

J'avais treize ans et j'acceptais de bonne grâce ces heures d'étude, au moins emplissaient-elles le vide de mes journées. Je m'en amusais même parfois. Monsieur Reiner Link, mon professeur d'allemand – exilé politique –, me plaisait particulièrement par sa bonhomie communicative. J'aimais aussi mes leçons de piano, bien que mon professeur limitât son enseignement à des pièces de musique conventionnelles alors que j'eusse préféré interpréter les chansons que j'entendais à la radio.

Lorsque je me retrouvais seule avec Grammie, soucieuse de me dérober à sa curiosité, si médiocre fût-elle, je choisissais de me montrer irréprochable dans mon maintien, soumise, impalpable, plus effacée qu'une ombre. J'exagérai sans doute un peu la note puisque, un jour, elle me dit :

— Ma chère petite, quand vous serez en âge de vous marier et que nous vous conduirons dans le monde pour vous y choisir un époux, vous tâcherez d'être un peu moins insignifiante…

Je ne répliquai rien, par habitude ou par une mollesse étrange qui, en sa présence, me rendait imbécile.

« Si elle se doutait de quoi je suis capable, elle se ferait "autre que du souci" », grognai-je en moi-même en employant, à dessein, les tournures imagées d'Andréloun.

Sous mon petit air benoît, les frissons de fureur que j'éprouvais devant Lestrade, si je les avais laissés paraître, auraient à eux seuls prouvé que je n'étais pas aussi insignifiante que Grammie se plaisait à le dire. Dès que je l'apercevais, ma peau se hérissait de piquants acérés. Ce fut grâce à lui que j'appris à m'escamoter de mille manières. Revêche, grincheuse, menteuse par plaisir, je m'inventais des activités postiches, des opinions contrefaites dans le seul but de lui masquer ma vraie nature. S'il m'interrogeait, je fignolais des ripostes à grands coups de niaiseries et de remarques fielleuses, qui confirmaient durablement ma sottise et ma méchanceté.

La seule reconnaissance que je dois à l'Aragne fut d'avoir réalisé les travaux d'entretien et de rénovation du château, que Grammie, par veulerie, n'avait jamais entrepris. Il fit faire les réparations qui s'imposaient, puis il fit rafraîchir les peintures des plafonds, rénover les gypseries, nettoyer les tentures et les rideaux. Bien que ses manières de propriétaire, ses décisions arbitraires m'agaçassent au plus haut point, je suivis les travaux avec satisfaction et soulagement. Je le laissai même remplacer les précieux mais inconfortables sièges Louis XV des salons par de profonds et cossus fauteuils de cuir fauve.

Sa largesse et son goût certain étaient les seules qualités que je lui concédais. Il n'était pas avare de l'argent qu'il nous volait.

Le château ayant retrouvé sa splendeur, Fabien Lestrade disparut encore plus souvent de notre maison et tardait de longues semaines avant d'y revenir. Grammie, que d'éprouvantes bouffées de chaleur laissaient sans énergie, passait son temps à l'attendre, l'éventail à la main, près d'une fenêtre du salon d'où l'on apercevait la grille. Dans ces moments-là, elle était à ce point pathétique que je m'asseyais parfois près d'elle pour lui tenir compagnie. Je garde un souvenir ambigu de ce temps passé à ses genoux. Que venais-je faire en vérité ? Consoler une femme chagrine ou bien guetter l'instant où naîtrait enfin la rancune, une haine propre à renvoyer l'usurpateur hors de nos murs ? Les deux, sans doute. En tout état de cause, ce fut peine perdue : Grammie ne savait pas plus aimer sagement qu'elle ne savait haïr. Quand l'Aragne rentrait enfin au bercail, elle écoutait ses excuses.

Souvent, lorsqu'il revenait à l'improviste, Fabien Lestrade entraînait derrière lui une longue file d'invités inattendus. Les allées du château étaient alors envahies par une kyrielle d'éblouissantes carrosseries américaines, desquelles descendaient des hommes en costume de toile blanche et des femmes en robe fleurie. Tout ce beau monde s'éparpillait gaiement dans le jardin avant d'investir les salons en riant haut, en parlant fort, en s'émerveillant de tout. Lestrade, grand prince, paradait parmi eux comme un prélat au milieu de la foule.

Quand enfin, finement toilettée, Grammie se montrait, les invités de Lestrade accouraient vers elle et la félicitaient de sa belle mine.

En cuisine, les servantes affolées s'ingéniaient à mettre les petits plats dans les grands, puis elles déployaient des nappes sur les tables de la grande terrasse afin d'y servir un repas impromptu.

D'autres fois, il organisait des fêtes, des bals costumés, des repas de trente couverts durant lesquels il plastronnait, à la fois naïf et orgueilleux, enivré du plaisir d'étaler sa prospérité en régalant sans frein ses convives.

Comme personne ne me demanda jamais d'y apparaître, je ne franchissais pas la porte des salons, pas plus je ne me joignais aux invités. Je grignotais dans la cuisine en compagnie de Josette et de Denise tout en les écoutant parler des malheurs du pauvre monde et des tourments de la politique.

J'ignorais tout de l'état fiévreux de la planète. Durant les repas que nous prenions ensemble, Lestrade et Grammie ne se parlaient guère : lui pensait sans doute à la vie passionnante qu'il s'était faite à Marseille et à Paris ; elle n'élevait la voix que pour se plaindre de sa solitude. En tout état de fait, Lestrade n'était pas un homme à s'exalter ni à prendre parti. Hitler, Staline, Mussolini et tutti quanti ne parvenaient pas à le sortir de sa béate rêverie. « Que le meilleur gagne, devait-il se dire, et je serai avec lui… »

Ou bien alors considérait-il que le Front populaire, la guerre civile d'Espagne, l'Anschluss, l'envahissement de la Pologne étaient des sujets bien trop sérieux pour être débattus en notre seule compagnie. Grammie ne voyant pas plus loin que Lestrade, et Lestrade regardant par-dessus nos têtes, n'eussent été les bavardages de Josette et de Denise, il m'eût été facile de vivre dans un monde sans convulsions, sans guerre et sans souci.

Au mois de mai, je fis ma communion solennelle dans une église de Marseille, au beau milieu d'une foule d'inconnus.

13

Le 8 septembre 1938, je demandai à Grammie la permission de participer aux réjouissances prévues pour la fête de Notre-Dame. Lestrade étant absent, elle souleva les épaules avec indifférence. J'aurais pu tout aussi bien lui demander de m'envoler sur la lune.

Je filai dans ma chambre et m'habillai de blanc des pieds à la tête, enfin je défis mes tresses et relevai mes cheveux sur le haut de mon crâne en une sorte de chignon mal fichu. Denise eut l'idée d'aller chercher un chapeau de paille fleuri qui avait appartenu à ma mère :

— Peuchère, comme vous lui ressemblez, pauvre ! me dit-elle en le posant sur ma tête.

Josette, la cuisinière, m'accompagnait. Nous nous faufilâmes en lambinant dans les rues encombrées de gens endimanchés et nous entrâmes à regret dans l'église. Nous avançâmes vers le premier banc, qui était réservé à notre famille, et Josette s'assit à mon côté, non sans fierté. Paulette, qui chantait dans le chœur, me vit et me fit signe tandis que Roger, bien grandi, servait la messe avec sérieux. Enfin, sous la cloche battante, nous prîmes place dans la procession à quelques rangs derrière les quatre femmes qui portaient la Sainte Vierge pour l'emmener à travers le village jusqu'à la chapelle Notre-Dame dressée un peu plus haut dans la montagne, chapelle contre laquelle, jadis, me charmait Andréloun. En tête de la procession, une dizaine de fillettes aux cheveux enrubannés jetaient des pétales de jasmin sur le sol afin d'adoucir le chemin que la bonne sainte allait emprunter.

Andréloun allait et venait dans la foule, tantôt sournoisement recueilli, tantôt battant des ailes, prêt à s'envoler. S'il passait près de moi – il y passa souvent –, il me faisait un sourire qui s'achevait en grimace, puis il disparaissait d'un seul coup.

Quand la cérémonie s'acheva, un pique-nique s'organisa dans le champ d'herbe rase qui jouxtait la chapelle. Les familles formaient des groupes plus ou moins larges, les femmes assises, les hommes souvent debout. Telle une nuée d'hirondelles au début du printemps, des bandes d'enfants traversèrent le pré. Je les entendis hurler et rire, mais je n'eus pas envie de les suivre ; j'avais grandi sans doute. J'étais assise parmi les membres de la famille de Josette, qui me jetaient de brèves œillades en me tendant sans façon la tranche de pain, l'œuf dur et la part de tourte aux fruits. Soudain l'une des sœurs de Josette dit :

— Regardez donc, vous autres, avec ce chapeau, la demoiselle ressemble à la pauvre madame de Boichosey !

Tous me regardèrent et, bien malgré moi, une larme naquit dans le coin de mes yeux.

— Ah bah, il ne faut pas pleurer, mademoiselle. A vous voir toute pareille, ça nous fait plaisir de la retrouver !

Plus tard, après que nous eûmes ramené notre Sainte Vierge devant l'autel fleuri sous le carillon joyeux des cloches de l'église, le flot des mille et un villageois s'égailla par la grand-rue puis revint par les ruelles. Il allait et venait comme du sang dans les veines. Ce jour-là, parce que l'heure était grave, parce que la guerre menaçait, il affluait en masse, resserrait ses vagues, jaillissait sur la place de la Fontaine, qui, comme un cœur, l'accueillait puis le relançait, ragaillardi.

Lorsque nous passâmes devant le café de Benvengu, monsieur Consé, le maire, nous invita à nous asseoir à sa table.

— Cela me fait plaisir de bavarder un petit peu avec vous, mademoiselle.

La foule s'était assemblée autour de l'aire où les boules claquaient et roulaient dans des grondements sourds.

— Tire cette boule ! Celle-là, imbécile ! hurla le receveur des postes en direction du facteur, un homme frêle, largement moustachu, qu'il martyrisait à longueur de journée.

— Oh, coquin de Dioù ! s'écria Jiget sans bégayer.

D'autres, en petits groupes, tournaient et viraient de la fontaine au muret, sur lequel ils s'asseyaient par moments pour reposer leurs pieds fatigués par leurs nouvelles chaussures.

A deux pas du café de Benvengu, une estrade avait été montée. En attendant l'heure du bal, qui terminerait la journée, les enfants de l'école de musique donnèrent un petit récital. Je reconnus Paulette, un nœud blanc dans les cheveux, la tête penchée sur son violon, puis Roger, qui interpréta Mozart sans trop le dénaturer. Quand ils revinrent tous pour saluer, j'applaudis de toutes mes forces. Paulette, rouge comme une pivoine, les yeux embués, me reconnut et me sourit.

A huit heures, les musiciens s'installèrent un par un

sur l'estrade, en prenant leur temps, et l'on entendait parfois, par inadvertance, gémir l'accordéon et vibrer les cymbales. C'est alors que, battant toujours des ailes, Andréloun apparut. Il s'approcha de notre table de sa démarche chaloupée et se figea devant le maire.

— O grand maire, ô grand manitou ! Votre fête est magnifique, je n'en ai jamais vu de plus réussie !

Il ôta son béret et le fit virevolter.

— Nous avons de la chance d'avoir un maire tel que vous !

Le maire comprit bien qu'Andréloun le flattait, mais un compliment fait toujours plaisir et son visage s'éclaircit.

— Allez va, Parpaïoun, n'en rajoute pas trop, la marmite va déborder, répondit-il, les yeux luisants néanmoins de satisfaction. Vé, assois-toi donc à notre table un petit moment.

Andréloun se tourna alors vers moi et fit semblant de me découvrir. Il me salua en s'exclamant, comme s'il ne m'avait jamais vue de sa vie :

— Bienvenue, princesse !

— Bienvenue, Papillon.

Il me lança un furtif coup d'œil, puis il regarda de l'autre côté.

Moi qui ne le voyais plus guère ces derniers temps, je m'aperçus soudain qu'Andréloun avait grandi et qu'il semblait moins fébrile, moins rêveur, avec de la barbe mal rasée et des traits plus marqués aux pommettes et au nez. Cependant, il nous commenta la fête de sa façon habituelle, qui était de constater les choses d'un air ingénu.

— Il faudrait faire sa toilette à la Sainte Vierge, pauvrette, je l'ai trouvée bien poussiéreuse, peuchère, comme si elle avait passé la nuit dans un poulailler…

Un peu plus tard, le maire invita sa femme à danser, Josette éloigna sa chaise pour se rapprocher d'une voisine, et je me retrouvai seule face à Andréloun. Comme je restais muette, seulement ravie d'être parmi la foule, il me proposa de jouer avec lui à des jeux d'enfants comme *poun pougnet*, un jeu où l'on pose ses poings les uns au-dessus des autres à toute vitesse. Puis nous jouâmes à deviner dans quelle main se trouvait la quignolle, un bouchon de bouteille, et nous rîmes aux éclats. La foule nous lorgnait lorsqu'elle passait en tourbillonnant près de notre table.

— Alors, simplet, tu en prends à ton aise avec la demoiselle, dit l'un en se penchant vers Andréloun.

— Oh, Parpaïoun, te voilà bien familier ! dit une autre.

C'était amical, un peu envieux peut-être, mais pas méchant. Andréloun répondait par une phrase incompréhensible bafouillée entre deux reniflements.

Moi, je riais à toutes ses extravagances, à toutes ses sottises, tout entière à mon plaisir d'être avec lui. Soudain, sans que nous les eussions vus venir, Paul et Justin, les terribles frères, s'arrêtèrent devant nous.

— Qu'est-ce que tu fous là, imbécile ? dit Paul.

Andréloun ne répondit pas. Tout autour, la fête battait son plein, indifférente, joyeuse, toute à la gaieté. Comme ses mains tremblaient, il les serra l'une contre l'autre. Les deux gaillards se dandinaient en me dévisageant avec insolence et nous, nous attendions, figés, qu'ils s'éloignent enfin. Ce moment de souffrance impalpable semblait ne jamais vouloir finir quand Justin donna un coup de genou contre le plateau de la table. Nos verres se renversèrent en m'éclaboussant, puis ils roulèrent et tombèrent sur le sol dans un bref fracas. Je sursautai et relevai la tête,

Andréloun faisait face aux deux frères. Avec toute la hardiesse que lui permettait sa fragilité, il les provoqua.

— Allez, cognez, dit-il. Montrez à tous comment vous vous battez bien, à deux contre un. Allez, cognez donc !

Accoudés à leur dossier de chaise, les clients de Benvengu assistaient à la scène sans s'en mêler. L'orchestre entamait une valse, la place était pleine de brouhaha et de rires. Paul et Justin ricanaient sans faire un geste. Andréloun leur tourna le dos et me fit face. Son regard était douloureux. Il aperçut mon corsage trempé de limonade et me tendit son mouchoir, puis il s'accroupit pour ramasser les éclats de verre brisé.

Alors qu'il était penché vers le sol, Paul, d'un grand coup de pied aux fesses, l'envoya s'étaler parmi les autres tables.

Malgré l'accordéon et sa valse, malgré le tapage, les cris et les rires, je ne me souviens que d'un silence, un silence total, et puis encore de ces visages muets, figés, comme saisis sur une photographie. Andréloun se releva lentement, ramassa son béret, le remit sur son crâne et s'effaça dans la foule.

D'un coup d'épaule, chacun se remit d'aplomb sur son siège et reprit son bavardage. Je tournai la tête vers les deux gaillards, ils avaient disparu.

Monsieur Consé, sa femme et Josette revinrent à cet instant. Toute vibrante encore, au bord des larmes, je leur racontai l'incident en guettant sur leur visage l'apparition des stigmates d'une légitime indignation, mais ils eurent la même expression ambiguë que celle des autres témoins de l'affaire. Monsieur Consé gonfla les joues dans une moue ennuyée et se retourna vers la piste de danse, tandis que Josette et la femme du maire échangeaient une œillade. Comme elle me devina prête à repartir en guerre, Josette se leva.

— Allez, zou, mademoiselle Marie-Marseille ! Il faut nous recamper à présent.

Je la suivis sans un mot mais, dès que nous eûmes passé le portail, je lui fis face et hurlai de toutes mes forces :

— Vous êtes tous des monstres, des misérables ! Personne ne s'est levé pour aider Andréloun ! Pourquoi tout le monde déteste-t-il ce pauvre garçon ?

— On ne le déteste pas… mais que voulez-vous qu'on y fasse ? Laissez faire, va…

La nuit était bien noire déjà et je ne dormais toujours pas. Accoudée à ma fenêtre, je regardais le ciel se remplir d'étoiles nouvelles en faisant à volonté revenir dans ma mémoire les événements de cette journée exceptionnelle. Y apparaissaient tout aussi bien la déconfiture d'Andréloun que ma ressemblance avec ma mère. Je voguais d'une émotion à l'autre, en plein désarroi, riche comme je ne l'avais jamais été de sentiments contraires. J'émergeais lentement du fatras de non-sens qu'avait été mon enfance quand, brusquement, dans la quiétude parfaite du village endormi, j'entendis un cri, suivi d'une longue plainte. Je restai à l'écoute, mais ni le cri ni la plainte ne se renouvela – sans doute était-ce la clameur d'une bête sauvage. L'air était si clair, si calme, que j'entendais s'écouler l'eau de la fontaine. La place était déserte. Soudain une ombre apparut et se traîna sous l'unique réverbère, un homme soûl, probablement. L'ombre titubait, elle fit un pas encore et s'écroula sous le halo de lumière, sa tête blonde face contre terre.

— Andréloun !

Je courus au fond du jardin, frappai à la porte de la petite ferme.

— Venez, venez vite, je vous en prie ! soufflai-je à travers l'huis de la maison de Joseph et de Denise.

— Sainte Vierge ! s'exclama Denise en s'agenouillant près du malheureux garçon.

Andréloun, tant il avait été battu, ne put se lever. Sans attendre, Joseph se plia en deux, glissa sa tête et son cou sous le ventre du jeune homme, puis il se redressa pour l'emporter en travers de ses épaules, comme les bergers emportent leur brebis. Denise ramassa le béret d'Andréloun.

— Pauvre, tu n'es pas près de rebattre des ailes…

Une fois Andréloun bien à l'abri dans la grange de la ferme, je me penchai vers lui.

— Pourquoi t'a-t-on battu comme ça ? lui demandai-je.

Andréloun me sourit et se laissa tomber sur la paille sans rien dire.

DEUXIÈME PARTIE

La guerre

1

L'été vint, l'été de l'année 1939.

Les nouvelles du monde étaient exécrables. « Seule la guerre peut arrêter Hitler », avait dit Chamberlain, et l'ignominie de la dernière, la grande, la terrible guerre étant encore bien vivace dans les mémoires, les familles endeuillées sentaient remonter en elles leurs anciennes terreurs.

Le 23 août 1939, la signature du pacte germano-soviétique tomba comme une bombe sur cette contrée à dominante communiste et, sous la pression de l'indignation et de la colère, le Cercle républicain dut fermer ses portes. Dans la confusion que distillaient les compromis diplomatiques, les alliances de circonstance, mais aussi dans la résurgence des vieilles rancunes, dans la peur revenue, les consciences s'égarèrent, s'affirmèrent, se désolidarisèrent lentement, imperceptiblement. Le village perdit un peu de sa bonhomie.

Cependant, même si les différences d'opinions se lisaient sur les visages et s'entendaient à la terrasse de chez Benvengu, ce n'était encore qu'une affaire de famille, l'affaire des Juzanais, l'affaire d'un village tranquille.

Le 3 septembre 1939, alors que dans le ciel s'élevait un soleil apaisé, la cloche de l'église de Juzan se mit à battre pour annoncer la déclaration de guerre de la France à l'Allemagne. Sa jupe d'airain se balançait, funèbre, incessante, et ses martèlements s'en allaient bien au-delà de la commune pour s'emmêler à ceux des églises voisines.

Chez Benvengu, le journal passait de main en main tandis que, les unes derrière les autres, sans fin, les femmes entraient dans l'église pour s'y mettre à genoux.

Les petits papiers bleus, rappel sous les drapeaux, gonflaient la besace du facteur affairé. Sa tournée finie, il dut parfois s'en aller loin dans la montagne pour donner le leur à des bergers étonnés. Après un dernier tour dans les ruelles, les premiers mobilisés, soucieux mais bravaches, descendirent vers la ville.

— Ils vont bien vite moucher la morve de Hitler et puis ils reviendront, assura Benvengu.

Cette fois-là, la guerre n'enthousiasmait personne, le souvenir de la dernière, celle qui avait fait mourir quarante-huit hommes dans la seule commune de Juzan, était bien trop présent dans les esprits.

« Ils se servent de Hitler pour abattre le Front populaire, ça les emmerde que les pauvres gens aient droit aux congés payés, disait-on à gauche.

— Mieux vaut Hitler que Staline », affirmait-on à droite.

Mais tous auraient préféré la paix.

Boudièu, le boit-sans-soif, et Tatave, le légionnaire, deux anciens poilus de 14, s'installèrent un soir au beau milieu de la place de la Fontaine pour y allumer un feu avec quatre pierres et un petit fagot, sur lequel ils firent cuire un morceau de morue. Tout en soufflant à tour de rôle dans un vieux clairon, ils se partagèrent ce festin et descendirent une bouteille de gnôle. Boudièu et Tatave, sinistres, en faisant ainsi ripaille, se souvenaient à leur manière de leur mobilisation à eux, celle pour la « der des der » comme on disait alors.

L'ordre de réquisition des chevaux et des mulets par l'armée française sema un peu plus de mauvaise humeur. Bien sûr, c'était pour la bonne cause, mais comment vivre sur la terre de Provence sans homme, ni charrette ni charrue ?

Sur la place de la Fontaine, les conversations n'avaient plus autant de légèreté ni d'ampleur. Chez Benvengu ne venaient plus s'asseoir que les vieux, les boiteux, les manchots de l'autre guerre et puis encore les chanceux, trop jeunes pour l'une, trop vieux pour l'autre, sans oublier quelques gamins imberbes.

Un régiment de l'armée française vint cantonner à Juzan. Ces soldats venus de tous les coins de France apportèrent un peu de réconfort et d'animation dans les ruelles. Ils dormaient dans les maisons abandonnées par l'exode rural et passaient toute leur journée à apprendre à faire la guerre avec vaillance et bonne humeur.

« La guerre ne va pas durer, affirmaient-ils. Les Anglais sont avec nous. »

Ils partirent un beau matin vers le nord, courageux, en traînant derrière eux leurs canons tirés par des mulets pour s'en aller affronter, en fin de course, les chars de fer et d'acier ennemis.

La guerre commença réellement le 10 mai 1940 à l'aube et, aussitôt, le printemps s'assombrit sous les roulements des camions et des tanks, sous les vrombissements des avions et sous le martèlement des obus. Comme l'avait annoncé, en vain, un colonel nommé de Gaulle, le 13 mai, tandis que les régiments français, figés, surveillaient patiemment la ligne Maginot, quatre mille parachutistes allemands tombèrent sur la Hollande, trois unités de panzers s'engouffrèrent dans une brèche, encerclèrent nos alliés en Belgique et investirent Anvers, Liège et Namur. La Haye et Rotterdam agonisèrent bientôt : un demi-million d'hommes y laissèrent leur vie.

L'armée néerlandaise capitula le 15 mai ; le 28, l'armée belge déposa les armes. Les Allemands repartirent à l'assaut, sept panzerdivisions entrèrent en France et démantibulèrent armée, villages et civils.

Et alors que là-haut, bien loin, l'exode faisait rage et que, sous le mitraillage des avions, femmes, enfants, bêtes, soldats perdus, soldats fourbus mouraient en débandade, mouraient par milliers, alors que l'armée allemande était aux portes de Paris...

... le 10 juin 1940, l'Italie déclarait la guerre à la France.

Bien plus que partout ailleurs, la nouvelle frappa en plein cœur toute la terre de Provence sur laquelle, depuis fort longtemps parfois, nombre d'Italiens vivaient heureux.

Ils étaient ceux qu'on était allé chercher en 1880 par wagons entiers au temps de la reconversion industrielle pour faire marcher les usines. Ils étaient ceux qu'à partir de 1920 on était allé chercher par centaines, en Calabre ou dans le Piémont, pour remplacer tous les paysans de Provence que les tranchées maudites de la dernière guerre avaient fait mourir. Ils étaient ceux qui avaient lutté contre la haine sourde de tous les gens qui voyaient en eux des affameurs venus voler le travail des Français.

Mais ils étaient aussi les cousins niçois, les frères nourris du même blé noir, les voisins de toujours, des parents par la langue et par le sang.

Douze familles d'origine italienne vivaient à Juzan, depuis bien plus de vingt ans pour la plupart, depuis fort peu pour trois d'entre elles.

L'annonce de cette hostilité fratricide, décidée par un aventurier inculte à la traîne de Hitler et dans l'espoir d'une gloire facile, bouleversa des milliers de gens tranquilles...

2

Quelques jours après cette déclaration de guerre inimaginable, vers midi, alors qu'un soleil de plomb faisait courber les têtes, un car bleu et blanc, surmonté de valises et de vieux sacs, s'arrêta sur la place de la Fontaine. Il avait déjà traversé les villages d'alentour et, derrière ses vitres poussiéreuses, on pouvait voir des femmes brunes échevelées tamponner leurs yeux avec, sur leurs genoux, de petits enfants endormis.

Un grand remue-ménage emplit les ruelles quand les gendarmes entrèrent dans les maisons afin de rassembler, à grand-peine, les ressortissants italiens non encore naturalisés. Les femmes criaient, se signaient, imploraient tandis que leurs enfants se pendaient à leurs jupes.

Soudain, venus du plus bas de la « rompe-cul », où s'entassaient des baraques en planches et les maisons les plus misérables du canton, des cris et des plaintes terribles s'élevèrent.

La famille Bartolini vivait là.

Giuseppe et Maria étaient arrivés du Piémont trois mois

auparavant, lui miséreux et elle grosse d'un enfant prêt à naître, en traînant leur couvée pouilleuse et affamée derrière eux. Ils s'étaient entassés dans la pauvre maison qu'Amélia, la sœur de Maria, occupait déjà depuis dix ans.

A peine arrivé, Giuseppe avait dû s'en retourner au pays pour rejoindre l'armée italienne en laissant sa famille aux bons soins des Juzanais.

Maria avait mis au monde son enfant.

Celui-ci, né à Juzan, était donc français. Sa mère et ses frères ne l'étaient pas encore.

Amélia tenait le nouveau-né dans ses bras.

— Laisse-le-moi donc ! criait-elle à Maria. Puisque je te dis qu'il peut rester, je m'en occuperai, va !

— Jamais, sainte Marie, jamais ! hurlait Maria, défigurée par la fureur.

Toutes griffes dehors, elle tenta de se dégager de l'emprise de sa voisine pour arracher son bébé des bras de sa sœur.

— Rends-le-moi, voleuse !

— Tu préfères donc qu'il crève avec les autres ?

— Eh bien, oui, il crèvera, mais avec sa mère !

Un gendarme voulut s'en mêler mais Maria, hors d'elle, le gifla. La malheureuse était pleine de larmes, de désespoir et de sueur. Monsieur Consé s'approcha d'elle et lui dit avec douceur :

— Laissez le petit puisque vous le pouvez. Vous reviendrez bientôt le prendre… quand la guerre sera finie. Elle finira bien un jour, vaï. Elles finissent toutes…

Les yeux exorbités de Maria se fermèrent un instant.

Elle cessa d'aboyer comme une louve et laissa aller son corps.

— Vrai ? Je pourrai revenir ? Jurez-le-moi sur ça.

Elle tendit la croix qui pendait à son cou.

Le maire, mécréant mais compatissant, jura.

Elle lança vers son enfant un regard inexprimable et, comme si elle était désormais privée de voix, elle suivit silencieusement les gendarmes, d'un pas pesant, avec sa grappe d'enfants italiens autour d'elle.

La récolte des gendarmes, somme toute, ne fut pas fameuse : quatre femmes qui aidaient aux cueillettes et aux vendanges, dix enfants et un vieil homme, un seul, le menuisier du village, qui avait négligé de se faire naturaliser. La foule, tout à la fois stupéfaite et vengeresse, les accompagna jusqu'à la place et se serra le long du muret de pierre pour assister à leur départ.

— Où les emmène-t-on ?

— Chez eux, pardi. Bon débarras !

Ciel, que la rancune était forte ! La déclaration de guerre de l'Italie à la France n'était pas l'outrage d'un ennemi, c'était la trahison d'un ami.

Les enfants des écoles virent leurs camarades, leurs voisins de pupitre parfois, monter les hautes marches du car et venir coller leur nez aux fenêtres glauques. Derrière la vitre arrière du car, une fillette, les yeux noirs grands ouverts, balança ses doigts écartés de droite à gauche en guise d'adieu vers quelques fillettes avec lesquelles elle jouait encore la veille dans les rues. L'une d'entre elles leva le bras pour lui répondre, mais sa mère s'y opposa d'un geste sec.

— Pas de ça maintenant, entends-tu ? Ils nous ont déclaré la guerre.

Dans le car, la petite fille continua d'agiter sa main.

De longues minutes s'écoulèrent dans l'immobilité totale. Le car, isolé, portes fermées sous le soleil, ressemblait à un îlot de quarantaine, à une immondice ignorée de la foule. Devant la porte de chez Benvengu, son chauffeur discutait avec les gendarmes. Un silence équivoque régnait sur la place.

Le chauffeur serra la main des pandores, revint, plan planet, vers son engin et reprit sa place au volant. Le car s'ébroua enfin, un jet de fumée noirâtre s'échappa de son flanc, puis il manœuvra largement et disparut en emportant au loin son misérable chargement.

Rien de plus irréel que cette scène, rien de plus absurde aussi, mais hélas rien de moins improbable que la trajectoire d'une comète lancée en plein ciel, et les actes des coupables retentissaient sur la vie des innocents. Bien que logique à l'échelle d'une préfecture, l'événement avait quelque chose d'exorbitant à l'échelle d'un village.

Des cris de satisfaction saluèrent néanmoins la disparition du monstre bruyant mais, quelle que fût la rancune de chacun, le rang des villageois se disloqua dans un malaise évident.

Andréloun lou Parpaïoun poussa l'absurdité jusqu'à son comble. Il sortit de la foule et, battant des ailes, il exécuta quelques pas de danse en annonçant joyeusement :

— Les femmes et les enfants « bàbi » s'en retournent chez eux ! Nos ennemis s'en vont ! La guerre n'aura pas lieu !

— Imbécile, lui jeta un homme.

Alors Andréloun se pétrifia, puis il découvrit sa poitrine, les bras grands ouverts.

— Qu'on m'explique alors ce qui se passe ! Je ne comprends rien à cette affaire, moi !

— Les maris de ces femmes, les pères de ces enfants nous font la guerre !

Andréloun prit une mine ahurie, yeux ronds, mâchoire pendante... mais il s'illumina d'un seul coup.

— Mais, pauvre, peut-être qu'ils n'en voulaient pas, eux non plus, de cette pute de guerre ? Ou bien la faire avec nous ? Vu qu'ils étaient déjà sur place, c'était plus intelligent, non ?

Un murmure contrarié parcourut l'assistance.

— Ta gueule, imbécile, dit le même homme.

On en parlait encore – « D'accord, pas d'accord... bien fait pour eux... pauvres gens tout de même... » – lorsque, le lendemain, sans crier gare, le car vint s'arrêter au même endroit. Les mêmes familles en descendirent, tête basse. Après quelques heures passées dans des baraquements de Draguignan, elles s'en retournaient dans leur maison.

— Les « bàbi » reviennent ! La guerre est bien finie cette fois ! hurla Andréloun.

Il leur fit fête, émerveillé, ravi. Il dansa tout autour des femmes, prit Maria dans ses bras, caressa la tignasse des enfants et serra la main du menuisier en la secouant comme on secoue la corde d'une cloche. A quelques pas de là, les villageois, épatés, incrédules, bourrus encore, le regardaient sans dire un mot, sans faire un geste, comme si, dans leur désarroi, dans la confusion de leurs sentiments, Andréloun lou Parpaïoun avait été leur porte-parole.

Impénitent puisque fada, reniflant et sautillant, Andréloun souhaitait la bienvenue à ces pauvres malheureux sans toutefois perdre de sa fierté, puisqu'il est bien connu que la fierté est une conscience de soi que l'imbécile n'a pas.

3

Le 17 juin 1940, l'annonce de l'armistice décupla la confusion et plongea la population dans une intense détresse de l'âme. La rapide défaite de l'armée française emplit les cœurs d'un mélange de honte, d'amertume et de secret soulagement : au moins, celle-là de guerre ne durerait pas comme la dernière, et l'on se félicita de plus en plus ouvertement que le Maréchal ait su en limiter les dégâts. Dans les campagnes, les femmes attendirent, confiantes, le jour proche où leurs maris et leurs garçons, enfin démobilisés, reprendraient leur place dans les champs.

Quelques-uns revinrent enfin, une poignée ; les autres, les plus nombreux, prisonniers par surprise, ne seraient pas de retour avant cinq ans.

L'armée française déposa les armes et rendit les chevaux et les mulets, pas les mêmes, d'autres. Une sorte d'abattement s'empara des campagnes et des villages, et la résignation mêlée d'écœurement s'installa.

« On nous garde nos soldats mais on nous rend les bêtes, vé, despatouille-toi. »

L'appel du 18 juin du général de Gaulle ne fut guère entendu dans les villages et, lorsqu'il parut en première page du *Petit Provençal*, il n'eut pas un grand retentissement. Il y avait encore tant de problèmes à résoudre, tant de deuils, tant de peine et de découragement. Tant d'inquiétude dans l'attente de nouvelles de soldats dont on ne savait même pas s'ils étaient encore vivants...

La vie reprit son cours, même si les hommes manquaient un peu partout, même si le feu de la forge s'était éteint. Dans les campagnes, les femmes prirent la place de leurs maris, de la même façon que leurs mères, vingt-cinq ans plus tôt, avaient pris celle de leurs pères, derrière la charrue et au bout des manches des outils.

« Le combat continue », disait le général de Gaulle. Mais avec qui et avec quoi ? Pour la plupart, ceux qui en étaient revenus haussèrent les épaules tandis que les femmes remplaçaient leurs travaux d'aiguille par de la charpie et par des colis pour leurs prisonniers, qui ne les recevraient peut-être pas.

La fin de la IIIe République, la création de l'Etat français, l'occupation de tout le nord de la France et le gouvernement de Vichy étaient encore des choses lointaines et floues, dont certains Provençaux ne mesuraient pas l'importance. Seul le maréchal Pétain était porteur d'espoir. Sa vaillance et son patriotisme lors de la guerre de 14-18 avaient laissé des traces jusqu'au fond des campagnes. On continuait à le vénérer de mille manières, en arborant la francisque sur le revers de sa veste, en lui envoyant des cadeaux touchants, en baptisant les nouveau-nés Philippe ou Philippine. Les enfants des écoles dessinaient pour lui et chantaient à pleine voix *Maréchal, nous voilà* en regardant le drapeau français s'élever dans le ciel de Provence.

Et ceux qui ne se résignaient pas à la défaite, ceux qui n'acceptaient pas l'occupation des trois quarts de la France devaient se taire ou disparaître.

Les restrictions avaient commencé mais, à Juzan, les greniers étaient pleins, les champs prometteurs, des réserves d'huile et les conserves remplissaient les étagères. Le peuple paysan habitué à souffrir est un peuple prévoyant.

La vie, donc, reprit tristement mais paisiblement. Les restrictions comme le reste ne dureraient pas, disait-on.

La journée avait été belle, le feuillage des arbres du parc frissonnait à peine et, dans le ciel encore bleuté, les étoiles apparaissaient en clignotant.

Comme tous les soirs, Marie-Marseille était à sa fenêtre, la tête appuyée sur la pierre. La lumière du soir teintait de miel son visage, un visage rond sans arête ni angle pour y jeter des ombres, un visage où la douceur de l'enfance s'attardait.

Pourtant le regard était sombre. C'était l'heure où elle naviguait à reculons dans sa mémoire afin d'y retrouver ses ombres chères. Par-delà le ciel transparent, elle les rejoignait en tremblant, elle les retrouvait, toujours ensemble, alors qu'elle était éperdument seule.

« Pourquoi ? » leur demandait-elle. Sa mère lui caressait le visage, son père l'élevait au bout de ses bras. « Pourquoi, pourquoi ? » insistait-elle.

Mais leurs bouches figées ne lui répondaient jamais. Une larme, toujours la même, coulait sur sa joue.

Marie-Marseille l'essuya et revint sur terre. La nuit approchait, il lui fallait descendre dîner et s'asseoir entre Lestrade et sa grand-mère. Lestrade, l'usurpateur… Elle ne trouvait pas d'issue à sa rancœur…

Marie-Marseille replongea avec dégoût dans sa vie quotidienne. Depuis quelques mois, Lestrade l'enserrait dans une sollicitude bien plus pernicieuse que sa sévérité de naguère, une sollicitude étrange, faite de regards insistants, regards qu'elle haïssait d'instinct sans même les comprendre.

Bien qu'elle ne supportât plus de ruminer les longs discours revanchards qu'elle se faisait à elle-même, elle ne se résignait pas à quitter l'appui de sa fenêtre. Elle se pencha vers le parc endormi. Loin là-bas, trois silhouettes se dirigeaient côte à côte vers la petite ferme : Joseph, le jardinier, Jiget et Andréloun, qu'elle reconnut à sa démarche. Elle eut soudain envie de les rejoindre et de se mêler à eux afin d'échapper à son immédiat et de parler enfin à haute voix.

Elle descendit silencieusement l'escalier puis se faufila dans la cuisine.

— S'ils me demandent, je suis dans le parc, je n'ai pas faim, chuchota-t-elle à l'oreille de Josette.

Et elle s'enfuit par la porte du jardin.

Quand les jardiniers l'aperçurent, ils s'arrêtèrent, visiblement troublés par sa présence. Seul Andréloun ne manifesta aucune confusion. Il ôta son béret et le remit prestement sur sa tête.

— Bonjour, princesse, lui dit-il. Quel bon vent t'amène jusqu'aux pauvres de nous ?

Marie-Marseille bafouilla les quelques mots que lui souffla sa gêne. Elle était fiévreuse, suppliante, à bout de nerfs. Cela se vit puisque Andréloun proposa :

— Tu viens partager notre soupe ?

Marie-Marseille les suivit dans la petite ferme. Il y avait là une grande salle au milieu de laquelle, sur une toile cirée ancienne, la bonne Denise avait servi une soupe de pâtes et des pois chiches.

Denise se réjouit en voyant entrer Marie-Marseille, puis elle s'inquiéta. Qu'allait-on dire ?

— Personne ne le saura.

Denise soupira. Marie-Marseille filait un mauvais coton depuis quelques semaines. Elle dépérissait devant ses cahiers depuis que Lestrade, rivé au château, surveillait ses moindres gestes.

« Peuchère, elle se languit comme quand elle était petitoune. »

Elle l'invita à s'asseoir près d'elle, et les hommes reprirent leur bavardage. Ils parlaient des derniers événements, Jiget avec de grands gestes et de brefs bégaiements, les deux autres à mots couverts, plus moqueurs et frondeurs que véhéments. Ces trois-là ne se souciaient guère de politique, mais leur philosophie terre à terre avait quelque chose d'indéniable. De temps en temps, Andréloun regardait Marie-Marseille et, quand leurs regards se croisaient, il y ajoutait une grimace.

Il expliqua que son patron, l'imprimeur, à peine revenu de guerre, avait fermé boutique avant de disparaître.

— Paraîtrait qu'il est en Angleterre, ajouta-t-il à voix basse. Me voilà donc au chômage.

A la fin du repas, Joseph se mit à parler de monsieur de

Boichosey, Monsieur Barnabé comme il l'appelait encore :

— Savez-vous, Mademoiselle, que j'ai vu naître votre pauvre père ?

Et le vieil homme raconta. Il raconta un petit garçon qui dévalait les allées du jardin à cheval sur un bâton.

— Il était comme vous, toujours seulet... toujours, toujours...

Un jour, le petit garçon était parti dans une pension de Paris, d'où il ne sortait guère.

— Madame la Comtesse n'aime pas la Provence, dit Denise.

— Pensez un peu s'il était heureux quand il revenait. Il montait sur l'âne, courait derrière la chèvre, jouait comme un fou et, des fois, il venait s'asseoir là, juste à votre place. Puis il s'est marié, très jeune, dès la mort de son pauvre père. Il n'était pas prêt pour s'occuper de toutes ces usines et de tout ce fourbi. Il me disait souvent qu'il aurait préféré prendre soin de son jardin, mais ce n'était pas possible, il était trop fier... Il cueillait des fleurs pour les offrir à sa dame en regrettant de ne pas avoir le temps de les soigner lui-même. Il savait des tas de choses sur les plantes, un savant, des mains d'or, comme son arrière-grand-père des Rapières, le père du Mexicain. On disait qu'il aurait fait pousser des roses sur les pierres d'un clapier.

— Et votre pauvre mère, était-elle bonne, ajouta Denise.

Alors Marie-Marseille revint souvent à la petite ferme. Pour que ces fugues restent secrètes, elle se présentait sagement à la salle à manger à l'heure du repas, s'asseyait en face de Grammie, à la gauche de Lestrade, plus souriante même qu'à l'ordinaire, puis elle chipotait dans son assiette, effleurait son potage du bout de sa cuillère et, enfin, prétextait des devoirs à faire pour disparaître au dessert. Elle rejoignait alors le salon, s'enfuyait par la porte-fenêtre et courait jusqu'à la petite ferme prendre part à un autre repas. Il était bien rare qu'Andréloun ne l'accueillît pas d'un retentissant « Bonjour, princesse » accompagné d'un clin d'œil complice.

Le souper fini, Jiget, Joseph, Andréloun et Marie-Marseille jouaient aux cartes tandis que, près d'eux, Denise cousait à petits points en écoutant la radio.

4

L'été s'installait à peine ce dimanche de la mi-juin 1941 et le marché battait son plein. Jamais Juzan n'avait rassemblé autant de monde sous son allée de platanes. Ceux de la ville proche, privés de tout, parcouraient la longue route à pied ou à bicyclette pour venir se ravitailler dans le village, où les paysans de la commune proposaient encore quelques pommes de terre, quelques œufs et quelques fromages.

Soudain, traversant la douce quiétude de ce traditionnel marché paysan, des hurlements violents s'élevèrent. Deux hommes, deux cousins, plantés face à face, s'injuriaient méchamment.

— Salaud, voleur ! criait Louis Baraut, chapeauté de paille et vêtu avec soin.

— Ta gueule, bouffigue, et lève-toi de mon chemin ! hurlait Fernand, d'allure plus rustique et coiffé d'une casquette.

— J'ai porté plainte et l'on verra bien qui gagnera, bandit, sauvage, paysan !

— J'ai pôrté plâinte, ôn verrâ bien qui gâgnerâ, répéta

Fernand en imitant parfaitement l'accent pointu de son cousin.

Un bruissement de rires moqueurs courut sous les platanes.

— Rira bien qui rira le dernier…

— Grand couillon de Parisien, grand imbécile, va ! Ta plainte, tu peux te la mettre où je pense ! Allez, va, retourne d'où tu viens, manière de trou du cul ! Vrai, tu feras plaisir à tout le monde.

Leur histoire, la raison de leur haine, n'était pas banale.

Fernand était d'une famille vieille comme le temps et si nombreuse que la moitié du canton portait le même nom que le sien. Il possédait une belle ferme située dans le bas du village et vivait de son travail dans les champs. C'était une figure que ce Fernand : âgé de cinquante ans, solide comme un roc, le verbe haut et la moustache insolente, il fréquentait le Cercle républicain et ne cachait pas son appartenance au parti communiste, conviction largement partagée, à cette époque, dans toute la région.

Louis Baraut, lui, était un petit-cousin de Fernand – leur arrière-grand-père était le même homme –, mais, et c'était là toute la différence, la famille de Louis, un siècle plus tôt, avait abandonné la Provence pour s'installer à Paris. Abandonné pour de bon, abandonné sans jamais y revenir. Ils étaient partis sans laisser d'adresse, sans donner de nouvelles, comme si, pour ceux-là, la Provence ne valait rien, en somme comme si elle n'existait plus.

Et voilà que, il y avait de cela un an à peine, Fernand, très étonné, avait reçu une lettre d'Afrique signée d'un certain Louis Baraut, petit-cousin dont il ignorait tout, jusqu'à l'existence. Une lettre bien familière pour un enfant de tels renégats.

> *Mon cher cousin,* disait la lettre, *voilà bien longtemps que j'ai quitté Paris pour l'Afrique et, comme je me fais vieux, l'envie me vient de revenir en France. Mais, vois-tu, ici, j'ai tant vécu dans la brousse que j'aimerais finir ma vie à la campagne. J'ai mis de côté quelques sous et j'achèterais volontiers une maison bien tranquille avec un petit bout de terrain quelque part en Provence. On dit que la Provence de nos aïeux est si belle… J'y habiterais avec ma femme et j'y finirais mes jours en m'occupant de mon jardin.*
>
> *Connaîtrais-tu une maison pas trop grande ni trop belle qui ferait mon affaire ? Et pas trop chère, bien évidemment… S'il y a quelques réparations, ne t'en soucie pas,* ajoutait imprudemment le cousin, *je ne suis pas maladroit et je m'en chargerai volontiers moi-même, cela me fera passer le temps…*

Le cousin Louis n'était pas innocent en écrivant cette lettre. S'il renouait fort à propos des relations familiales, c'était en comptant fermement sur Fernand pour dénicher un joli coin de terre à un prix intéressant. Il n'avait aucune idée de ce qu'était la Provence de ses ancêtres, il n'en soupçonnait ni la dureté ni la sécheresse, et encore moins la malice de ses habitants.

En lisant la lettre de son cousin, Fernand était resté pantois. Pour qui se prenait-il donc, ce Parisien d'Afrique qui se disait son cousin ? Et quel besoin avait-il de venir l'emmerder jusqu'ici ?

Il parla de son aventure à ceux du Cercle républicain et

la lettre passa plaisamment de main en main. Une bonne tranche de rire fortifie le sang...

Pourtant, à force d'y réfléchir, une nuit d'insomnie, Fernand se souvint enfin d'un morceau de garrigue qu'il possédait et dont il n'avait jamais rien pu faire. C'était un méchant bout de terre situé à l'ubac d'une colline aussi pentue que le plus mauvais des mauvais instincts, rien de plus qu'un clapier, qu'un tas de pierres, qu'un champ d'épines et de mauvaises herbes.

Par bonheur, sur ce terrain, ma foi tout de même grand d'un hectare, il y avait un petit cabanon accroché à la pente. Pas plus que deux pièces creusées dans le roc et dont Fernand lui-même avait démoli le toit pour ne plus en payer les taxes...

Dieu garde, c'était un endroit tranquille... Plus tranquille, le bon Fernand n'en connaissait pas. Et si le cousin d'Afrique aimait bricoler, fan des pieds, il allait être content. Il y avait de quoi faire...

Un peu plus bas, une source coulait... parfois. Le cousin n'aurait plus qu'à faire une citerne et à acheter une pompe.

L'été, la maison était pleine de soleil, un peu moins l'hiver bien sûr, mais tout le monde sait qu'en Provence l'hiver ne dure guère et qu'il n'est pas bien méchant...

Le chemin qui y menait n'était fait que de trous et de bosses, mais il n'était pas très long et tirait bien droit, un peu trop droit même dans la pente... Basta, on ne peut pas tout avoir...

Il serait difficile de faire venir des tomates sur ce tas de cailloux, mais diable, rien n'est impossible à un Parisien, et, avec le temps, le cousin y arriverait bien... N'avait-il pas dit qu'il n'avait que ça à faire ?

Fernand proposa donc son cabanon à Louis Baraut et, dans sa lettre, il le décrivit comme une maison coquette plantée sur un hectare de terre : « Exactement ce que tu cherches, cousin ! » Et l'affaire fut promptement réglée par notaires interposés, de France en Afrique, par-dessus la mer.

Baraut, le Parisien d'Afrique, comme on l'appelait maintenant, se prépara donc au départ en se répandant en remerciements à l'adresse de son bon cousin de Provence, en bénissant la pérennité des liens familiaux qui permettent tant de bons arrangements.

Fernand, lui, très fier du tour de couillon qu'il venait de faire, en rigolait avec ses collègues chaque dimanche. En Provence, on a toujours un peu de rancœur à l'égard de ceux qui quittent le pays pour y revenir avec de la prétention plein la bouche et avec d'autres manières.

Lorsque, six mois plus tard, le malheureux Baraut arriva devant son cabanon, il fut pris d'une colère telle qu'on l'entendit hurler bien au-delà des limites du canton. Abandonnant sur place femme et bagages, il saisit son fusil et monta tout de go au village dans l'intention de trouer la peau du misérable Fernand. Une balle siffla à travers les platanes, on désarma le forcené, on renvoya dos à dos les adversaires, puis on rentra chez soi pour rire de l'affaire plus librement.

Depuis, chaque fois qu'ils se retrouvaient sur la place de la Fontaine, Baraut et Fernand s'injuriaient à qui mieux mieux devant la compagnie indifférente. S'il était vrai que l'Africain avait été lésé et bel et bien trompé, à Juzan il n'était rien, tandis que Fernand comptait un parent dans chaque maison. Et surtout, était-ce bien un crime de couillonner un Parisien, d'Afrique notamment ?

Quand les choses en arrivaient aux mains, le père Benvengu posait son torchon, le garde champêtre rangeait sa trompette et tous deux s'en allaient séparer les combattants.

Mais, ce jour-là, l'affaire prit un tour que l'on n'attendait pas.

Les deux hommes étaient toujours face à face devant les badauds goguenards. Chacun attendait que, comme de coutume, Baraut sautât sur Fernand pour lui faire rendre gorge… au lieu de quoi le Parisien d'Afrique siffla entre ses dents :

— Sale communiste, va, on aura ta peau de toute façon, compte sur moi.

Fernand, stupéfait, se figea puis tourna le dos et disparut en un instant.

La veille, le 20 juin 1941, l'Allemagne, brisant son pacte, envahissait l'Union soviétique et ce revirement inattendu, une fois de plus, bousculait les consciences et les convictions.

5

Monsieur Consé, le maire SFIO de Juzan, était un bon maire. Un maire à l'ancienne, qui, depuis vingt ans, prenait soin de sa commune comme un père de famille prend soin de ses enfants. C'était un paysan, moulinier de son état, un homme jovial et sans prétention. L'hiver, il ne quittait guère son moulin, où l'huile coulait abondamment, puis, le moulin fermé, il s'occupait de la gestion de sa commune tout le reste de son temps.

Il avait eu ses heures de gloire quand, le premier de tout le canton, il avait fait venir l'eau dans les maisons et dans la plupart des fermes, et plus encore quand il avait mis un réverbère sur chaque place du village. Aussi se faisait-il réélire régulièrement sans avoir trop à lutter contre ses opposants.

Le village coulait donc des jours sereins autour de son maire bon enfant lorsque, dans les premiers jours de juillet, les gens de Juzan apprirent que le nouveau préfet, ainsi que le lui permettait une nouvelle loi du nouvel Etat français, destituait tout bonnement monsieur Consé et son conseil municipal, et qu'une délégation spéciale avait été désignée pour prendre leur place.

Ce coup de force inattendu plongea le village dans la plus grande stupéfaction. La colère s'installa et, au café de Benvengu, la voix monta de plusieurs tons. De quoi se mêlait donc ce gouvernement ? Quelle était cette nouvelle mode d'envoyer promener les élus du peuple ? Laval, ce ministre zélé, ce planteur d'embrouilles, commençait à agacer sérieusement. Sur la place de la Fontaine, le journal passait de main en main et chacun y allait de sa mauvaise humeur en s'interrogeant en vain sur celui qui allait s'asseoir au bureau du maire.

On n'eut pas longtemps à attendre : Louis Baraut prit son poste de conseiller départemental dès le lendemain matin.

Le soir même, Fabien Lestrade, opportuniste, l'invita à sa table.

On le sait déjà, Lestrade n'était pas idéaliste, ni partisan, ni patriote, ni rebelle. Rien de tout cela : il n'avait de foi qu'en lui-même. Hitler, les Alliés, Pétain ou de Gaulle, peu lui importait, le vainqueur seul méritait son attention. Sachant les guerres toujours porteuses de bonnes affaires, il s'apprêtait seulement à profiter de celle-là.

Rien de plus facile que d'être l'ami d'une cause quand on ne se fait pas d'illusion.

A son arrivée au château, Baraut entra dans le salon et se laissa tomber dans un fauteuil. Sa journée avait été rude, entre les salamalecs de quelques-uns, la grogne, la hargne et les réflexions douces-amères de quelques autres, il n'avait pas eu le temps de faire grand-chose. Il s'attendait bien à ce que les élus évincés ne lui facilitassent pas la tâche, mais il avait été surpris de voir que bien d'autres, plus sournois, plus imprévisibles, le contestaient tout autant en lui reprochant simplement d'être étranger au village.

« Tant pis pour eux, se dit-il, c'est curieux comme certains s'entêtent à ne pas sentir d'où vient le vent... »

A l'heure du dîner, il s'assit à l'extrémité de la table et regarda Lestrade avec reconnaissance. Il était sur le point de reprendre son bavardage quand Marie-Marseille entra.

Fabien Lestrade cessa d'écouter Baraut et regarda la jeune fille s'asseoir à sa place.

« Comme elle est belle, cette petite, même quand elle fait la gueule ! pensa-t-il en l'examinant à l'aide de quelques brèves œillades. Et comme elle ressemble à sa mère ! Sa bouche ronde surtout... Une merveille pour ses quinze ans... » Il se laissa furtivement aller à quelques pensées impures : « Elle est encore plus pulpeuse... »

Marie-Marseille avalait son potage à petites cuillerées distraites. Malgré le temps passé, elle ne s'habituait pas à la présence de Lestrade à l'endroit où se tenait jadis son père. Elle se sentait dure comme une pierre, le corps révulsé par le refus de son odeur, de son souffle, de sa voix. Face à lui, elle ne parvenait pas à répliquer intelligemment et son esprit, perturbé par la résistance qu'elle opposait à son existence même, ne savait que s'insurger plus ou moins sottement.

Grammie, elle, faisait la tête. Pour manifester son dissentiment, elle avait opté pour cette attitude qui, à chaque repas, la faisait bouder comme une enfant. Les multiples absences de son mari, ses insolences et son manque de prévenance avaient fini par ruiner l'illusion d'amour dans laquelle elle avait vécu au temps de leur liaison. Elle ne se rebellait pas, elle se résignait seulement, mais de mauvaise grâce. Elle n'oubliait pas que, Lestrade l'ayant déchargée de tout souci et menant les choses de main de maître, elle avait pu, grâce à lui, reprendre le cours nonchalant de sa vie d'autrefois. Elle avait même accepté qu'il ne lui rendît plus aucun compte sur la bonne marche des usines de Marseille, et sa paresse naturelle en était bien satisfaite. Après avoir resplendi durant deux années dans un regain de jeunesse, à présent elle se laissait aller, se ratatinait, boudeuse mais soumise, en craignant par-dessus tout qu'un jour Lestrade ne s'en allât.

Louis Baraut expliquait ses nouvelles responsabilités.

— Pour que la France s'en sorte, pour qu'elle retrouve sa souveraineté, il faut que tous les Français s'unissent autour du Maréchal. L'heure n'est plus à la fantaisie ni à la désorganisation, ni surtout à la division. Je m'emploierai à faire en sorte que soient remis au pas tous ceux qui, en complotant, se font les ennemis de la France.

Son discours patriotique reçut l'approbation générale.

— Il faut éliminer d'abord les bolcheviques, osa Grammie.

Bien qu'inculte, politiquement parlant, les bolcheviques étaient ses ennemis ancestraux, barbares sans visage à qui elle vouait une haine implacable.

— Bien parlé, madame ! s'exclama Louis Baraut. C'est exactement ce que je vais faire et pas plus tard que demain matin.

— Bien parlé, Grammie, reprit Lestrade, distrait un instant de sa contemplation de Marie-Marseille.

— Ne m'appelez pas Grammie, par pitié, mon ami, protesta-t-elle en minaudant.

Quand, un peu plus tard, Josette apporta le dessert, Lestrade et Baraut allumèrent un cigare et envoyèrent leur fumée à travers la table. A la première bouffée nauséabonde, Marie-Marseille prétendit être incommodée et disparut précipitamment.

Lorsqu'elle rejoignit ses amis dans la petite ferme, à la radio Maurice Chevalier interprétait gouailleusement une chanson que Jiget, ravi, chantait sans bégayer puisque la musique raccommodait miraculeusement son palais avec sa langue.

La conversation qui suivit fut entièrement consacrée à l'éviction du maire et à l'impudence de Baraut. Andréloun et Jiget ne tarissaient pas de mauvaises prédictions à son endroit à grands coups de vieux dictons.

— Laisse courir l'eau à la mer, qui s'abaisse trop montre son derrière.

— A l'entrée un coup de chapeau, à la sortie un coup de bâton.

— Qui monte plus haut qu'il ne doit tombe plus bas qu'il ne croit.

— Danse, Titon, que tes guenilles te pendent. Danse, Titon, un jour elles te pendront.

Joseph, lui, fumait sa pipe en silence.

— Je me demande bien ce qu'il est venu foutre à la mairie, dit-il seulement.

Marie-Marseille prit la parole :

— Il n'a pas cessé de nous en rebattre les oreilles pendant tout le repas. Il va mettre de l'ordre dans le village, mettre au pas tous ceux qui complotent, les bolcheviques d'abord, et pas plus tard que demain matin.

Joseph retira vivement le tuyau de sa pipe d'entre ses dents.

Et c'est ainsi que, sans le savoir, Marie-Marseille entra en résistance.

Durant les jours qui suivirent, Marie-Marseille prit sagement ses repas en compagnie de Lestrade et de sa grand-mère. Louis Baraut figurait souvent au dîner et distrayait ses hôtes en commentant les événements survenus dans le village. Marie-Marseille apprit ainsi que la descente de police effectuée chez Fernand avait été une débâcle. Fernand avait disparu pendant la nuit et l'on n'avait rien trouvé de compromettant dans sa maison. Pas une lettre, pas un tract. Les granges étaient vides, ainsi que les étagères. Joséphine, la femme de Fernand, pleurait, assise sur une chaise. Son mari, disait-elle, l'avait enfermée toute la nuit dans leur chambre et elle se retrouvait sans le sou à présent. Comme les autres communistes notoires s'étaient enfuis eux aussi, Baraut s'était alors rabattu sur un pauvre diable, un ami de Fernand, son collègue du dimanche, si mollement engagé en politique qu'il n'avait pas cru nécessaire de disparaître avec ses camarades. Il avait fait ligoter le malheureux avant de le fourrer dans un fourgon.

A entendre sa voix pleine de rancœur et de haine, il apparaissait clairement que Louis Baraut n'avait pris de responsabilités au sein du village que dans l'intention de se venger de son cousin Fernand, et qu'il enrageait de son échec. A l'entendre, de cette querelle privée dépendait le sort de la France tout entière. Le vin aidant, il emmêla tout à sa haine débordante et se répandit en phrases violentes qu'il ne contrôlait pas.

Marie-Marseille, en l'écoutant, s'étonnait de la démesure et de l'aveuglement dont les passions sont coupables.

6

C'était le 13 juillet 1941, il faisait chaud cet après-midi-là sur la place de la Fontaine, où se préparait la fête de l'école. La foule curieuse allait et venait, surveillait en douce les préparatifs en attendant l'instant où elle pourrait s'asseoir. La fanfare municipale, petit Louis en tête, s'installa à la gauche de l'estrade.

Honoré, l'instituteur, se démenait comme un beau diable. Il allait de gauche à droite en veillant à tout, l'œil exercé, l'œil passionné, sérieux comme un pape. Sa femme, l'institutrice des filles, secondée par tata Julia, qui faisait la soupe de l'école, mettait une dernière main à la décoration en nouant des guirlandes de buis tout le long des ficelles suspendues d'une branche à l'autre des platanes.

Andréloun suivait Honoré plus fidèlement qu'un chien. Il avait retiré les mains de ses poches pour être prêt à aider son ancien maître, à qui il vouait une admiration sans bornes.

Honoré enseignait depuis dix ans à l'école de Juzan. Il était un des neveux de Fernand le rouge, le bolchevique qui avait disparu un beau matin. Ce grand gaillard échevelé n'était pas affilié au parti communiste comme l'était son oncle, c'était un idéaliste entêté, un pacifiste sombre, à qui la stupidité du monde faisait prendre de grandes colères mais qui ne s'était jamais engagé dans un parti politique tant il se méfiait des regroupements de militants, quels qu'ils soient. C'était un franc-tireur, dans le sens strict du terme, un solitaire effacé et inoffensif et qui, en fin de compte, n'avait de vraiment passionnel que son amour pour son métier et pour sa Provence natale. Toutes les heures de sa vie étaient dévolues à l'une ou à l'autre de ces deux passions et, lorsque à chaque fin d'année scolaire il organisait des matches de basket ou de foot, mais aussi des fêtes superbes, c'était à travers les exploits, les danses et les chants des enfants qu'il exprimait tout ce qu'il avait dans le cœur.

Son total dévouement et sa compétence pédagogique faisant le reste, année après année, entrer dans la classe d'Honoré était un événement attendu, un signe de ralliement auréolé de gloire.

Bien sûr, Honoré ne faisait pas l'unanimité dans le village mais néanmoins, curé en tête, les Juzanais le respectaient profondément.

Soudain la foule envahit toutes les chaises, même celles que Benvengu réservait à sa clientèle, puisqu'un peu plus loin, en rangs serrés, sages, costumés, les enfants approchaient de l'estrade. Quand tout le monde eut trouvé une place quelque part, les musiciens accordèrent leurs instruments et entamèrent *La Coupo Santo*, l'hymne provençal, aussitôt repris en chœur par l'assistance.

Baraut, qui se tenait au premier rang, ne sourcilla pas. Il s'informa auprès d'Emile, son bras droit, et décida de laisser passer *La Coupo Santo* avec négligence. Comme tous étaient levés, il se leva, avec un peu de retard, et applaudit même en se rasseyant.

Un groupe de fillettes habillées de longues jupes blanches rayées de bleu, d'un corsage blanc couvert d'un fichu d'indienne rouge et coiffées de capelines, monta sur l'estrade. Elles ressemblaient à des santons tant elles étaient sages. Puis ce fut le tour des garçons, rubiconds de soleil et d'émotion, chemise blanche, pantalon bleu et taillole rouge autour de la taille, canotier sur la tête, puis d'autres fillettes en coiffe de dentelle, des couples enfin. Chants provençaux, farandoles, mazurkas et jeux de rubans se succédèrent sous les yeux ravis des parents.

La fête avait l'air innocente mais elle ne l'était pas, tricolore du début à la fin, elle était un pied de nez d'Honoré en direction de Baraut et personne ne s'y trompa. Les danses et les chants avaient été choisis en conséquence, mais il fallait comprendre leurs paroles pour s'en apercevoir. Baraut lorgnait Honoré du coin de l'œil et, bien qu'il reportât sur lui tout le ressentiment qu'il avait pour son oncle, son instinct lui dictait qu'il ne fallait pas toucher à cet homme-là.

Andréloun, le béret jusqu'aux yeux et le dos appuyé contre un platane, se régalait à voir fleurir les sursauts d'émotion, de contrariété ou de bonheur que les évolutions des enfants faisaient naître sur le visage de son ancien maître. Quoique Honoré fût le seul à l'appeler de son vrai nom, comme s'il eût été un enfant comme les autres, ce n'était pas pour cela qu'il le vénérait si fort. Il y avait entre eux quelque chose de secret, d'indicible et de si puissant qu'Andréloun, pour Honoré, se serait jeté par la fenêtre.

Marie-Marseille était assise au troisième rang en

compagnie de Paulette et de Roger. Entre chaque saynète dansée ou chantée, elle se penchait vers Paulette tout en jetant de petits coups d'œil vers Andréloun, surprise qu'il n'en fît pas autant vers elle, peinée qu'il la dédaignât pour regarder ailleurs.

Paulette vit Andréloun qui applaudissait à se rompre les bras.

— A frapper des mains comme ça, Simplet va se faire éclater la peau des doigts, dit-elle à Marie-Marseille.

En entendant le sobriquet, Marie-Marseille se figea. Elle eut envie de protester, mais n'osa pas. Elle assista à la représentation que donnaient les enfants jusqu'à la fin, sans pouvoir se libérer d'un mal-être aigu qu'elle ne s'expliquait pas.

7

Fabien Lestrade faisait les cent pas sur la terrasse. Bien qu'il se sentît fatigué, il ne parvenait pas à retrouver son calme ni à prendre le temps de reposer son corps en s'asseyant.

Il ne savait plus où donner de la tête. Pourquoi perdait-il son temps ici alors que là-bas, à Paris, il avait bien mieux à faire ?

Depuis qu'un négociateur allemand lui avait acheté au prix fort toute sa production de savon ainsi que ses essences de parfum et ses produits de nettoyage, il avait compris que, désormais, tout était à vendre. L'occupant achetait tout sans marchander le moins du monde, puisqu'il payait avec les indemnités d'Occupation que la France lui versait chaque mois. Des sommes fabuleuses passaient de main en main sans la moindre vérification. Il suffisait de montrer sa bonne volonté en désignant aux Allemands quelques affaires juteuses pour devenir un maillon de la chaîne. Pourquoi ne restait-il pas fidèle à cette tâche ? Pourquoi ne se contentait-il pas de faire fortune en collaborant paisiblement ?

Il le savait bien. Marie-Marseille : voilà comment

s'appelait son tourment, le boulet qui le maintenait sur place depuis un mois.

Marie-Marseille. Cette petite grincheuse qui le narguait si bien était devenue une obsession. C'était pourtant à cause d'elle et de sa jeunesse éclatante que, pour la première fois, il s'était rendu compte que le temps qui l'avait rendue, elle, si belle avait ridé sa peau et boursouflé son corps. Devant la glace, certains jours, il lui arrivait de perdre pied et de se surprendre à supplier emphatiquement le ciel – auquel il ne croyait pas – de lui laisser encore une chance. Rien qu'une : Marie-Marseille.

Pour la première fois de sa vie, ce séducteur impénitent ne savait comment s'y prendre pour séduire une femme. Rien de tout ce qui impressionnait les autres n'avait de prise sur celle-là. Devant elle, il se sentait nu et laid, impuissant, il aurait aimé la posséder n'eût-ce été que pour démentir cette insupportable impression.

Il avait besoin de sa présence de la façon la plus excessive et équivoque qui soit. A chaque repas, il attendait qu'elle apparaisse et, même hargneuse, elle parvenait à le mettre en révolution. C'était comme s'il avait reçu un coup sur la tête, un coup de soleil qui l'aurait laissé sans raison, sans autre désir hormis celui qu'il avait d'elle.

Il se souvint, une fois encore, du jour où la passion l'avait assailli, un beau matin.

Qu'était-il venu faire à cet endroit ? Il ne se le rappelait pas. Il passait devant la lingerie lorsqu'il avait surpris des voix et des rires, des rires aigus de femme qu'on chatouille, des rires sonores et francs. Jamais il n'avait entendu des femmes rire si librement.

Il avait entrouvert la porte en curieux, croyant surprendre les bonnes.

Marie-Marseille était plantée sur un tabouret, devant la haute glace. Elle n'était vêtue que d'un lambeau d'étoffe, que Josette et Denise tentaient de fixer à ses épaules par des épingles et qui, en maints endroits, dévoilait une peau lisse et des sous-vêtements blancs d'adolescente. La tête renversée, la jeune fille riait à pleine gorge, de la même façon qu'autrefois riait sa mère. Denise avait grondé : « Tenez-vous tranquille, Mademoiselle, ou bien jamais on n'y arrivera. »

Mais Marie-Marseille avait redoublé de petits cris et de soubresauts puérils. « Vous me chatouillez ! Aïe, aïe, aïe ! »

Elle s'agitait tant que les deux femmes avaient lâché prise en même temps. Le bout de tissu avait glissé tout le long du corps blanc de Marie-Marseille, qui s'était enveloppée aussitôt de ses bras.

Dieu, qu'elle était belle !

Puis toutes les trois avaient ri comme des folles. Marie-Marseille se contorsionnait en appuyant ses deux mains sur son ventre, croupe en arrière, poitrine en avant, telle une jument qui danse sur le sable. Soudain, une épingle à cheveux avait cédé, son chignon avait éclaté et, comme une avalanche noire, les cheveux dénoués lui avaient couvert les épaules et avaient dégringolé jusqu'à sa taille. Elle s'était redressée et, d'un élan de la tête, avait rejeté sa chevelure en arrière. On eût dit le geste étudié d'une odalisque de harem.

« Mais où et quand apprennent-elles ces choses-là ? » avait pensé Fabien en se complaisant à voir de la provocation là où il n'y avait, en vérité, que frétillements enfantins.

La gorge sèche, fasciné par les hanches rondes que dissimulaient à peine les sous-vêtements de coton blanc, et puis aussi par la taille bien marquée et les cuisses longues, il n'avait pas bougé. Toujours roucoulante comme elle seule savait le faire, Marie-Marseille s'était amusée à s'enrouler dans l'étoffe et à tortiller des fesses pour faire rire les bonnes...

Dès lors, fiévreux ou rêveur, Fabien revivait sans cesse cette même scène. Comment se faisait-il que cette effrontée semblât si falote et si revêche, alors qu'il y avait en elle tant de gaieté et d'aplomb ? Elle n'était donc qu'une sainte-nitouche, qu'une drôlesse... Ce soupçon, cette découverte décupla l'envie qu'il avait d'elle.

Le soir tombait, un soir doux des premiers jours de printemps. Lestrade s'appuya à la balustrade et regarda le jardin qui s'assombrissait lentement. Soudain, à sa gauche, se glissant le long de la terrasse puis courant éperdument, il reconnut la silhouette de Marie-Marseille qui filait droit vers le fond du parc. Il sursauta.

— Où va-t-elle ?

Il descendit l'escalier qui menait au jardin et la suivit à grandes enjambées.

A présent, Marie-Marseille ne courait plus, elle marchait d'un pas allègre. Lestrade admira ses hanches qui se balançaient tout naturellement au rythme de ses pas. Elle descendit quatre marches en sautillant comme une fillette qui joue à la marelle. Elle était femme et ne s'en doutait pas, il le comprit brusquement et son trouble augmenta.

A se précipiter ainsi à la poursuite de la jeune fille sautillante, Lestrade ressentit très vite les effets de l'essoufflement et s'en irrita. Par bonheur, Marie-

Marseille se pencha pour réajuster la lanière de sa sandalette et il se retrouva très proche d'elle. Dans le clair-obscur apporté par la lune, il vit ses jambes en entier et un éclair de folie le traversa de part en part. Il fit un bond dans sa direction sans savoir, à cet instant-là, s'il allait châtier une fillette ou bien tenter de s'approprier une femme.

Il n'eut pas le temps de mettre de l'ordre dans ses intentions. A peine l'avait-il saisie par le bras que Marie-Marseille, en furie, se libéra et fila tel un lièvre à travers le dédale de bosquets et de plates-bandes qu'elle connaissait parfaitement.

A l'abri derrière la statue du Vendangeur, elle se calma, puis elle revint au château et fit un détour par le salon.

— Où est Fabien ? lui demanda sa grand-mère.

— Dans le parc, j'en viens moi aussi. Il m'a couru après, répondit-elle, le feu aux joues et les yeux furibonds.

Grammie baissa vivement le menton et fit semblant de ne pas comprendre.

Marie-Marseille s'en alla rejoindre la cuisinière qui préparait le repas.

— Vous ne soupez pas à la ferme ce soir, Mademoiselle ?

— L'Aragne m'a surprise dans le parc, je n'ai pas pu y aller. Je dînerai avec vous, ce soir.

A cet instant, Lestrade passa son nez par la porte entrouverte, s'assura de la présence de Marie-Marseille puis s'en retourna dans le salon.

8

Dans le nord de la France, une bien curieuse collaboration, souhaitée par l'occupant, s'installait puisqu'en l'occurrence Hitler exigeait de plus en plus et Vichy cédait pas à pas.

Tandis que des milliers de gens étaient fusillés ou déportés, que les usines et les productions étaient réquisitionnées, que les journaux et la radio étaient bâillonnés, que les frais d'Occupation atteignaient des sommes énormes, que l'importation des denrées extérieures était interdite, le blocus maritime établi, que des fonctionnaires étaient licenciés arbitrairement...

... la France n'obtenait rien en échange : les prisonniers demeuraient enfermés dans leurs stalags, les travailleurs étaient envoyés en Allemagne, la famine grandissait, la terreur régnait en maître.

Puisque continuait le pillage de la France, un pillage sans commune mesure avec les besoins des occupants, un pillage savamment orchestré pour rendre la France exsangue... on ne gagne pas une guerre qu'avec des canons et des soldats...

Puisque les matières premières disparaissaient au profit

de l'Allemagne, puisque les réquisitions de nourriture – un mouton par-ci, un cochon par-là, un quintal de blé ou d'olives, trois poules, deux lapins – obligeaient les paysans à camoufler leurs réserves...

... tout manquait à Juzan.

Le cordonnier n'avait plus de cuir pour ressemeler les souliers, le maréchal-ferrant plus de clou pour ferrer les chevaux, et les queues s'allongeaient devant les boutiques d'alimentation où la nourriture se vendait sous le manteau au plus offrant.

A Juzan, des poules picoraient sur les balcons, des pigeons roucoulaient dans les greniers, des lapins s'ennuyaient dans les placards, des chèvres piétinaient dans les couloirs et, dans les caves, de petits cochons grandissaient entre les pattes des chevaux.

Ceux qui le purent désertèrent les villes pour rouvrir le cabanon de leur grand-père, et le moindre petit bout de terre fut planté de fèves, de lentilles, de pois chiches et d'herbes, dont on pourrait manger les racines ou les feuilles, sans oublier, en douce, quelques pieds de tabac. Les plus pauvres allaient même jusqu'à enfouir des pelures de pommes de terre, lesquelles, avec beaucoup de chance, parviendraient à donner quelques résultats.

Le troc ancestral reprit droit de cité dans la campagne : un bidon d'huile merveilleuse contre une paire de chaussures, un tonneau de vin contre un pneu de vélo... tandis que, dans les bois, la pose des collets et des filets devenait une science et le braconnage au fusil un sport audacieux, sport favori des vieux et des adolescents.

Pour qui en avait, le raisiné servait de sucre ; les baies des buissons faisaient les desserts ; le pourpier, la fumeterre et les orties devenaient légumes ; les escargots remplaçaient la daube. Quand les femmes finissaient de tailler les vêtements des petits dans les culottes râpées des vieux, elles rôtissaient des glands, des pois chiches ou des racines de choux pour faire un brouet destiné à remplacer le café du matin. Les hommes roulaient des feuilles de vigne, de tussilage ou de noyer dans du papier journal. On mélangeait des fonds de bidons d'huile rance à de la potasse pour fabriquer du mauvais savon dans de vieilles boîtes de bouillon. Dans les familles les plus pauvres, les bébés sales grandissaient mal tandis que le visage de leur mère maigrissait à vue d'œil.

« Une dent gâtée dans votre bouche vous fait plus souffrir qu'un millier de morts à Sion », a dit un philosophe… Le Sud, non occupé, souffrait, haletait sous ses misères, misères réelles mais incomparables à celles du nord de la France, envahi depuis déjà deux ans.

Rien ne manquait au château de Boichosey depuis que Lestrade se chargeait du ravitaillement. Il revenait de Marseille sa voiture pleine de caisses et de cartons remplis de victuailles que Denise entassait dans le cellier, la resserre ou la souillarde. Il roulait à l'essence, les gazogènes empestant les rues des villes et des villages.

Après avoir laissé passer tout un long mois, Marie-Marseille se rendit de nouveau à la ferme de Joseph.

Ce soir-là l'ambiance était à la fête. Bartoumièu, le berger, était venu donner des nouvelles de tous ceux qui étaient dans la montagne, et Jiget, le feu aux joues, essayait en vain d'exprimer sa joie. Marie-Marseille répéta fidèlement toutes les paroles de Baraut, et Bartoumièu la félicita :

— Continuez, mademoiselle, faites la douce afin qu'il ne se méfie pas.

— Je fais surtout la sotte, répondit Marie-Marseille. Sans effort, Lestrade et Baraut pensent que c'est l'état naturel des femmes...

Le repas fini, Joseph n'ouvrit pas le tiroir du buffet pour y prendre les cartes à jouer. Il prit une liasse de feuilles de papier blanc qu'il alla chercher dans une soupente avant de les poser sur la table.

— Ce soir, j'ai besoin de vous tous, dit-il solennellement.

Son œil bleu pétillait. Il prit dans sa poche un petit morceau de papier froissé, qu'il déplia soigneusement.

— Nous allons faire des tracts pour emmerder Baraut.

Chacun se pencha sur le modèle que Joseph désignait du doigt. C'était un petit papier pas plus grand qu'une carte à jouer, sur lequel était écrit en capitales :

POUR LA FRANCE,
CONTRE HITLER,
PAVOISEZ LE 11 NOVEMBRE !

— Il faut en faire des mille et des cents, les coller aux murs ou les laisser traîner par terre.

Le poilu de 14 qu'il avait été, comme un vétéran qui reprend du service, se frottait les mains.

Andréloun lut le petit bulletin et s'écria :

— Oh, pétard ! Voilà bien qui ne va pas faire plaisir à tout le monde !

Jiget, qui ne savait guère écrire, fut chargé de découper les feuilles en carrés de dix centimètres de côté tandis qu'Andréloun, Joseph, Denise et Marie-Marseille écrivaient le texte en s'appliquant.

— Il faudrait une machine comme chez mon patron l'imprimeur, dit Andréloun, qui, tout en écrivant, ne cessait de raconter des histoires.

Ce fut à cet instant précis que Fabien Lestrade ouvrit la porte. Il la déploya entièrement et se figea sur le seuil. Son regard passa lentement sur chaque visage et s'arrêta sur celui de Marie-Marseille.

— File à la maison !

Les dos des uns et des autres dissimulaient partiellement les tracts éparpillés sur la table. Si elle se levait de sa place, Marie-Marseille allait faire une brèche par laquelle Lestrade pourrait les voir. Pétrifiée, elle ne bougea pas. Le silence s'allongea et devint terrifiant. C'est alors qu'Andréloun se dressa et bondit devant Lestrade. A son habitude, il se découvrit en laissant voir la cicatrice qui zébrait son crâne et il salua bien bas en exagérant les reniflements de son nez et les clignements de ses paupières.

— Mon beau prince, ne vous fâchez pas, cette petite n'a fait aucun mal. Elle ne faisait que passer, comme l'ange, comme la comète, comme une fée qui fait un signe et s'en va... C'est moi, le coupable. C'est moi qui lui ai demandé de me lire un papier, vu que je ne sais même pas lire mon nom tant je suis imbécile. Tenez, voyez vous-même ce galimatias de petits signes entassés les uns contre les autres. Nous tous, pauvres, nous sommes trop bêtes pour comprendre ces choses-là !

Pathétique, tremblant de tous ses membres, il sortit une lettre de sa poche et la tendit à Lestrade.

Celui-ci, surpris, s'empara du papier et y jeta un œil.

L'envoi provenait des autorités militaires françaises et confirmait la réforme d'Andréloun pour « déficiences psychiques et intellectuelles consécutives à un traumatisme crânien ».

Pendant que cette scène attirait l'attention de Lestrade vers le centre de la pièce, sur la gauche, Joseph et Bartoumièu firent disparaître les petits paquets de tracts compromettants. Dès que la table fut lisse, Marie-Marseille se leva, frôla Lestrade au passage de la porte et s'enfuit à toutes jambes.

Avant de la suivre, Lestrade se tourna vers les autres.

— Foutez le camp d'ici, le crétin d'abord et le barbu aussi ! Allez, oust ! dehors ! Vous n'avez rien à faire chez moi !

Lestrade aurait bien aimé courir après Marie-Marseille, mais il ne s'en sentit pas la force. Il se contenta de remonter l'allée principale à grands pas, puis il se dirigea vers le salon. Il fut surpris d'y découvrir la jeune fille sagement assise en face de sa grand-mère. Toutes deux parlaient de choses ordinaires. Lestrade s'approcha et dit avec colère :

— Ta place n'est pas avec ces gens-là. Je ne tolérerai pas de t'y voir encore !

— C'est promis, je n'y retournerai pas, répondit Marie-Marseille d'un ton léger comme pour confirmer que la chose n'avait pas d'importance.

Lestrade la regarda, elle lui rendit un regard tranquille, presque aimable, qui l'émut profondément. Il approcha un fauteuil, s'y assit et dit à Grammie :

— Figurez-vous, ma chère, que j'ai découvert que notre ferme servait d'abri à toutes sortes de traîne-misère.

En particulier à cet imbécile que l'on voit rôder dans le village.

Le lendemain, les petits tracts de Joseph jonchaient les places et les ruelles.

Bien que Louis Baraut fît monter la garde durant toute la nuit par ses fidèles, au matin du 11 novembre, trois drapeaux français honoraient le monument aux morts.

« On ne sait plus à qui se fier », pensa-t-il après avoir durement engueulé ses troupes.

9

Venue à pied depuis la frontière, l'armée italienne occupa la Provence à partir du mois de septembre 1942.

Un soir d'octobre, la troupe des sans-grade, coiffée de petits calots sans élégance, traversa Juzan d'une démarche à la cadence hésitante. Elle s'installa sans démonstration intempestive de rudesse dans les baraquements des quartiers bas du village. Elle ne dérangea guère de monde puisque ses soldats, vêtus de treillis blanc et bleu, se mirent immédiatement à cuisiner des pâtes et de la polenta pour toutes les garnisons des environs. Le soir, à la fraîche, ils jouaient aux cartes et au football, et coupaient du bois en chantant à pleine voix.

Dans la ville voisine, moins chanceuse, un régiment de Chemises noires défila avec arrogance puis se prépara longuement au combat avant de s'en aller prêter main-forte aux troupes allemandes qui approchaient de Stalingrad.

Les bersaglieri, élite de l'infanterie légère, arrivèrent ensuite. Ils descendirent des camions et traversèrent fièrement le village à petits pas précipités, tête baissée sous leur casque emplumé, pour prendre leurs quartiers dans l'ancienne gendarmerie, pendant que les gradés réquisitionnaient des logements.

Chaque matin, lorsque, vers onze heures, les bersaglieri faisaient une rapide incursion dans les ruelles, leurs casques ronds garnis d'une abondante touffe de plumes brunes fascinaient petits et grands.

Quand, un jour, alors qu'ils descendaient de leur course pressée la vertigineuse pente de la rue du « rompe-cul », l'un d'entre eux dérapa, glissa et entraîna tout le reste de la troupe dans sa chute, un long éclat de rire silencieux parcourut le village.

Depuis lors, les enfants les suivaient de loin en espérant voir la farce se reproduire.

« Plume vole, “bàbi” s'envole ! » criaient-ils, prêts à disparaître.

Toutefois, peu à peu, une étrange amitié s'installa entre les Français d'origine italienne et l'occupant. Il était bien difficile même de faire la part entre la simple fraternisation et l'authentique collaboration, d'autant plus que beaucoup de ceux qui crevaient de faim fraternisaient dans le seul but d'obtenir une barre de chocolat, une boîte de pâté ou un morceau de pain blanc. La gnôle du pays servait de monnaie d'échange et les galopins du village usaient de leur innocence : « Un pichet de gnôle contre un peu de tabac pour mon grand-père... »

D'autres fréquentaient régulièrement leurs familles retrouvées pour parler du pays et partager la polenta. Ils participaient aux veillées et il se trouva même, lorsque Isabelle Bartoli se maria, que des soldats en uniforme assistèrent à la noce.

L'ambiguïté de la situation amorça ses ravages. Un silence fiévreux s'empara doucement des ruelles tout au long desquelles ne s'ouvraient plus si volontiers les portes des maisons.

Quatre jeunes et beaux sous-officiers italiens occupaient la plus élégante maison de la place de la Fontaine. Le soir, la chaleur enfuie, ces quatre séduisants bersaglieri s'installaient sur le balcon du premier étage et participaient, sans trop s'en mêler, à la vie de Juzan. A les voir lorgner les filles, à les entendre les siffler à l'italienne, les séducteurs qu'ils étaient agaçaient bien plus que les guerriers qu'ils étaient censés être.

Les filles, d'ailleurs, ne s'y trompaient pas et trouvaient mille prétextes pour aller et venir sous le fameux balcon à l'heure où les beaux officiers prenaient le frais à califourchon sur leur chaise. Certaines d'entre elles osaient répondre à leurs sifflets admiratifs par de brèves œillades puis, saintes-nitouches, elles dissimulaient leur plaisir sous des airs offensés qui n'abusaient pas grand monde.

Une idylle sérieuse se noua même, en secret, entre la fille du boucher et le plus jeune des sous-officiers italiens, qui revint, la guerre finie, légaliser la situation.

Le 11 novembre 1942, pour répondre au débarquement allié en Afrique du Nord, les Allemands envahirent la zone sud et s'installèrent en priorité à Toulouse et à Marseille, puis à Toulon le 27 du même mois. La flotte française, soixante-treize navires de guerre ancrés dans le port, plutôt que de tomber aux mains ennemies, aussitôt se saborda. Inutile de prétendre dès lors que la Résistance n'existait pas.

Bien qu'il eût préféré avoir affaire aux Allemands, Louis Baraut s'accommoda tant bien que mal des Italiens. Ceux-ci lui laissèrent la gestion des affaires courantes et ne se préoccupèrent que du contrôle des habitants, de la traque des communistes, des cartes d'alimentation et du recensement.

Si le plus gros de la troupe italienne s'ennuyait ferme dans ses baraquements en se demandant ce qu'elle était venue faire, fusil en bandoulière, chez ses cousins de Provence, il n'en allait pas de même pour le commandant des bersaglieri. Celui-ci, grand et maigre, mussolinien convaincu, se déplaçait, hautain, en side-car dans les ruelles étroites qui n'avaient jamais vu passer que des charretons. Enfin, se croyant naïvement investi d'une mission de rédemption, il se mit de bien curieuses idées en tête, comme celle de convertir cette contrée peuplée de rustres mécréants.

En premier lieu, afin de faire connaître les belles choses aux gens de Juzan, il les pria d'assister au concert que ses soldats musiciens donnaient sur la place de la Fontaine tous les dimanches après-midi. Quelques-uns, ravis de ce divertissement tout autant inattendu qu'évidemment innocent, se laissèrent faire, les femmes surtout, qui vinrent en bandes caquetantes s'asseoir autour de l'orchestre avec leurs petits enfants sur les genoux.

A quelques pas de là, moqueur, Andréloun, embusqué derrière la fontaine, singeait la palpitante conduite du chef d'orchestre. Ses mines inspirées, sa guillerette délectation et ses contorsions détournaient l'attention et faisaient rire tout le monde. Il insistait jusqu'à ce que les coups de crosse l'obligent à s'enfuir, et sa débandade éperdue soulevait des cris de regret et d'admiration.

La folie protège de la férocité ordinaire, Andréloun le savait bien.

Comme beaucoup de Juzanais appréciaient de se divertir aux concerts du dimanche, fort de ce succès et comble de candeur, le commandant des bersaglieri entreprit une tâche bien plus ardue et bien moins innocente. Dans le but de convertir les mécréants de Juzan en fervents apôtres, il les somma solennellement d'assister à la célébration de la grand-messe et, à l'heure dite, ses soldats, disséminés dans les ruelles, reçurent l'ordre de pousser du bout de leurs fusils les récalcitrants jusqu'au porche de l'église carillonnante.

Andréloun, rêveur, se fit prendre dès le premier jour. Il traversait la place de l'Eglise, joyeux, battant des ailes, lorsqu'un soldat se mit sur son chemin et lui fit comprendre que, les cloches annonçant le début de l'office, il se devait de s'y rendre.

Bousculé par le fusil, Andréloun approcha de l'église à reculons. Il tenta bien d'amadouer le bersaglier en lui faisant des grimaces, mais ce fut peine perdue. Le soldat, bien que rigolant, exécuta sans faiblir les ordres de son supérieur.

Une fois projeté dans le fond de la nef, Andréloun se serra contre d'autres villageois pris au même piège et resta avec eux bras croisés, rageur et râlant.

La troupe italienne, son commandant en tête, mettant

un point d'honneur à donner l'exemple, l'église était pleine à craquer quand le rituel commença.

Andréloun se dandinait d'un pied sur l'autre pour tenter d'apercevoir l'autel. N'y parvenant pas, il avança sereinement, béret à la main, dans le dos des soldats, tout le long des bas-côtés recouverts d'ex-voto et de cierges. Il s'arrêta à deux pas du chœur où officiait l'aumônier militaire italien. L'air de rien, les bersaglieri surveillaient le moindre de ses gestes. Andréloun soupira, s'adossa à un pilier, baissa la tête, joignit les mains : on aurait dit un ange. Il semblait si sage qu'enfin les soldats s'en désintéressèrent et, l'instant de l'élévation approchant, ils tournèrent leur visage recueilli vers l'autel.

Andréloun laissa glisser son regard vers la porte de la sacristie dissimulée derrière la statue de sainte Anne.

« Je parie qu'elle est ouverte, elle l'est toujours. »

Les enfants de chœur allaient et venaient ; l'aumônier marmonnait solennellement en pivotant dans un sens, dans l'autre, exhortait au repentir ; les clochettes sonnaient et ressonnaient. Andréloun amorça un imperceptible glissement latéral, si furtif qu'il ne dérangea personne. L'officiant se retourna une dernière fois, éleva le calice vers le ciel.

La consécration fit courber les têtes italiennes…

Andréloun avait disparu quand elles se relevèrent.

« Qu'est-ce qu'il a donc, ce piantou, à me vouloir dans son paradis, et avec lui encore ? » jeta-t-il en escaladant le mur du presbytère.

Une autre nuit, une bagarre opposa un soldat italien à Tatave, le légionnaire.

« Il était soûl comme une vache allemande », clama Boudièu dans l'intention de défendre son camarade.

Alors le commandant italien décréta le couvre-feu, en plein milieu de l'été, à l'heure où, la chaleur enfin apaisée, on peut vaquer dans les ruelles... Les Juzanais ne prirent pas l'avertissement au sérieux mais quand, un soir, un coup de feu fit éclater une fenêtre derrière laquelle brillait une lumière ils calfeutrèrent leurs volets en ronchonnant.

On racontait aussi que, sur la côte, de Marseille à Menton, les Allemands et les Italiens tiraient sans sommation sur le moindre bateau de pêche. « Ils pensent que des Juifs se cachent dans les filets et les résistants dans les casiers d'oursins... »

Les poissons disparurent des étalages et le mécontentement s'amplifia.

Quand une boîte de conserve bourrée d'explosifs éclata devant les baraquements des soldats cantonnés dans la ville voisine, l'ordre fut donné de désarmer les gens de Provence. Le commandant italien pria Baraut d'obliger toute la population à déposer ses armes, y compris les fusils de chasse, devant la mairie de Juzan.

« Mon fusil ? Tron de Dieu, je donnerai plutôt ma femme !

— Il en restera bien un pour te l'esclafir de plomb, ce tron d'emplumé. »

Les hommes enterrèrent précipitamment leurs belles armes, excepté le plus misérable des fusils à piston du grand-père qu'ils exhibèrent tout le long du chemin et déposèrent, avec un peu de regret toutefois, sur la place de la mairie en grand émoi.

Le soir venu, le tas formé par les armes ne dépassant pas les genoux d'un enfant, l'officier italien entra dans une colère noire et fit fouiller toutes les caves, les granges et les remises des maisons et des fermes environnantes. Bien que les bersaglieri missent beaucoup d'ardeur dans cette tâche, ils ne purent venir à bout de tous les puits, grottes et autres cachettes, pas plus ils ne purent retourner toute la terre de Provence, où les fusils flambant neufs, jusqu'aux pétoires pleines de souvenirs, dormaient chaudement enveloppés.

« Ils sont arrivés la plume au chapeau, ils repartiront la plume au cul ! » prophétisait-on.

10

Quand, le 10 juillet 1943, alors qu'un été torride s'abattait sur la Provence, les troupes alliées débarquèrent en Sicile puis, le 3 septembre, en Calabre, nombre de malheureux soldats italiens stationnés en France ne songèrent plus qu'à rentrer chez eux et, pauvres bougres, ils rêvaient à haute voix : « Nous prendrons des bateaux et nous repartirons chez nous par la mer. »

Ils en pleuraient parfois, sans se douter que là-bas leurs familles, revenues du fascisme à l'italienne, accueillaient les Alliés avec des vivats.

Après qu'un désaccord eut opposé Hitler à Mussolini à propos, entre autres, des Juifs que les Italiens protégeaient et aidaient en dépit des consignes allemandes, le Duce fut destitué et, dès l'automne 1943, les colonnes des bersaglieri s'en retournèrent précipitamment vers la frontière en laissant derrière elles quelques déserteurs antifascistes et quelques amoureux de la France.

Une fois encore, les Allemands pourchassaient leurs

alliés d'hier, et les Provençaux se réjouirent imprudemment.

On racontait que, dans leur fuite, lorsque les sous-officiers criaient : « En avant les baïonnettes ! », la troupe fuyarde faisait semblant de comprendre : « Tous aux camionnettes ! », ce qui, dit rapidement et en italien, s'entend pareillement.

Cela faisait rire tout le monde, mais tout le monde avait tort.

Les Provençaux, farceurs impénitents, au lieu d'assouvir une rancune bien passagère, auraient dû se méfier du lendemain. Ils n'eurent d'ailleurs pas à attendre.

Les Italiens disparus, les Allemands envahirent le reste de la Provence, jusqu'à Menton.

Une kommandantur et sa Gestapo s'installèrent dans la ville proche de Juzan et, un beau matin, l'Oberführer Müller, suivi de ses ordonnances, se présenta au château de Boichosey afin d'y prendre pension. Lestrade lui ouvrit largement sa porte et l'invita aussitôt à sa table pour y partager ses repas. A les voir se congratuler chaleureusement, il sembla à Marie-Marseille que Lestrade connaissait déjà cet homme. L'Oberführer était un grand gaillard joufflu qui parlait d'une voix forte et riait en renversant la tête en arrière et en poussant son ventre en avant. Après avoir visité le château des caves aux combles, l'Oberführer Müller choisit de s'installer dans la chambre des vendanges tandis que ses ordonnances transformaient la lingerie en bivouac.

Lestrade n'eut plus à exiger que Marie-Marseille parût

à tous les repas. Celle-ci, doucereuse, le faisait naturellement afin d'entendre les moindres phrases qu'échangeaient les deux hommes. Elle semblait accepter avec plus de complaisance les regards amoureux de Lestrade et, lorsqu'un jour, distraitement, il mit sa main sur la sienne, elle ne la retira pas et supporta avec patience la chaleur de sa paume.

Lestrade, si passionnément épris, ne vit dans cet abandon qu'une récompense, qu'une promesse peut-être, et il se laissa aller à la couver des yeux, si impudemment même que l'Oberführer s'aperçut de son manège et s'en amusa. Il crut que la jeune fille était consentante, aussi ne se méfia-t-il plus d'elle, il plaisantait avec Grammie et envoyait des coups d'œil entendus vers Lestrade.

A Grammie qui s'émerveillait qu'il parlât si bien le français, il confia : « Depuis trois ans que je suis à Paris, j'ai eu le temps de l'apprendre… » Puis il se mit à rire doucement et Grammie le trouva tout à fait charmant.

L'occupation de la France par l'Allemagne eut en commun avec les invasions barbares qu'une fois les fiers guerriers devenus vainqueurs, arrivèrent bien vite les pillards. C'est une chose bien fréquente chez les conquistadors de tout poil : on croit avoir affaire à des missionnaires et on se retrouve aux prises avec des marchands.

Dès le début de l'occupation de la zone nord, le « bureau Otto » s'était installé à Paris. C'était un organisme à façade commerciale qui, tout en camouflant un important secteur d'activités d'espionnage, se livrait au marché noir de grande envergure. Ce bureau, établi depuis 1940 square du Bois-de-Boulogne, avait connu une réussite immédiate. Il achetait toutes sortes de marchandises – cuirs, métaux, outillage, textiles –, à peu près tout ce qu'il y avait à vendre, sans jamais demander le nom du vendeur, et payait rubis sur l'ongle avec les frais d'occupation servis par la France. Les procédés commerciaux du bureau Otto ne comportant aucune paperasserie gênante, comme le sont les formalités administratives, les factures, etc., il échappait ainsi à tout contrôle intérieur ou extérieur, chose, somme toute, bien rassurante…

Très vite, des intermédiaires s'intercalèrent entre le bureau Otto et les vendeurs français, peu soucieux de se faire connaître… Ces négociateurs achetaient à bon prix leurs marchandises aux Français sans scrupules ou dépossédaient les Juifs sous la menace, et revendaient le tout aux Allemands en empochant, au passage, de substantielles commissions.

Il ne fallait pas souffrir de fiévreux états d'âme pour faire cette besogne, et Lestrade était un de ceux-là. Son acheteur attitré était Müller, et, de cette époque, datait leur rencontre. Quand, plus tard, l'Oberführer, qui ne rêvait que de soleil et de Riviera, eut la possibilité d'ouvrir un bureau annexe dans le sud de la France, il fut convenu qu'il s'installerait chez Lestrade.

Ce fut aussi à cette époque que, à la demande de Müller, Lestrade, nanti de tous les pouvoirs par Grammie et n'ayant donc plus de comptes à lui rendre sur l'activité des usines de Marseille, accepta de louer celles-ci – contre une somme pharaonique – à la Wehrmacht, qui y déposa tout son matériel de guerre, ses munitions, ses armes, etc.

Tous les matins, l'Oberführer Müller partait pour la ville voisine vers ses bureaux situés à la kommandantur et ne réapparaissait que le soir. Lorsqu'il revenait de son travail, il se mettait à l'aise, tombait la veste de son uniforme, buvait un porto en attendant l'heure du repas. Sa présence chaleureuse et bavarde égayait si plaisamment les dîners que Grammie ne s'en rassasiait pas, même si elle la jugeait un peu encombrante quand il étendait ses longues jambes sous la table.

Ensemble, ils parlaient de musique et d'œuvres d'art, bavardage léger dont Lestrade n'avait jamais été capable. L'Oberführer Müller, visiblement connaisseur, arrêtait pensivement son regard sur les bronzes et les sculptures qui ornaient chaque endroit. Il décrochait les tableaux pour examiner le dos de la toile, passait négligemment ses mains sur les cheminées de pierre et sur les dessus de marbre.

« Beau, beau, tout est beau en France », disait-il avec tant d'admiration que Grammie s'en enorgueillissait et se félicitait d'avoir accueilli chez elle une personnalité aussi compétente en matière d'art. Elle le regardait faire, ravie, et, tout en mettant le doigt sur les noms prestigieux qui signaient les objets et les peintures, elle insistait sur leur valeur et racontait leur histoire.

« Beau, beau », disait l'Oberführer en lui souriant complaisamment.

11

Hormis quelques rares visites en mairie, le jour où ses collègues venaient vérifier les cartes d'alimentation, l'Oberführer ne se mêlait pas des affaires du village. Il semblait n'être qu'en villégiature et, à Juzan, tout le monde se rassura. Le dimanche, après la messe à laquelle il assistait en compagnie de Grammie et de Marie-Marseille, il passait de longues heures au café de Benvengu en se régalant de la douceur de l'endroit. Sans rudesse aucune, il parlait à qui voulait bien lui répondre et il affichait même de la bonhomie, peut-être bien réelle, en recherchant la compagnie des habitants. Louis Baraut venait le rejoindre et tous deux parlaient de la belle Provence bénie des dieux que les Provençaux ne méritent pas.

A quelques pas d'eux, les joueurs de boules faisaient leur tapage habituel.

« *Tir'aquelo bocho* [1] ! » hurla un jour le receveur des postes.

L'Oberführer Müller sursauta.

---

1. Tire cette boule.

« Il parle des Boches ? demanda-t-il à un qui badait là.

— Mais non, la bocho, c'est notre boule de pétanque...

— On ne l'a pas fait exprès, mais c'est bien vrai qu'elles sont aussi rondes que vos putains de casques », marmonna un autre.

Un autre jour, Andréloun passa non loin d'eux. Le fou, exposé aux caprices du sort, apprend à connaître la véritable prudence, et le jeune homme fit un large détour, battant des ailes, comme s'il ne les voyait pas. Il se dirigea vers la table où se trouvaient monsieur Consé, le pharmacien, l'ancien docteur ainsi qu'Honoré, l'instituteur, et il commenta leur partie de cartes.

Aussitôt des éclats de rire fusèrent et l'Oberführer se retourna vers leur table. Andréloun faisait le pitre et les autres l'aiguillonnaient sans cesse afin qu'il continuât. Ils aimaient la compagnie de leur fada parce qu'elle était tout aussi pleine de nouveauté et de bonne humeur qu'un premier rayon de soleil. Andréloun pouvait tout se permettre, jamais ils n'en prenaient ombrage.

— Imbécile, disait justement Andréloun au pharmacien, retournez donc à vos pilules, vous n'entendez rien à la belote ! C'est bien plus difficile que d'empoisonner le pauvre monde !

L'Oberführer les écouta un moment en s'agaçant de ne pas les comprendre, puis il se pencha vers Baraut.

— Que disent-ils ? lui demanda-t-il.

— Je... je ne sais pas...

— Comment, vous ne comprenez pas le provençal ?

— Non, c'est-à-dire que si, mentit Baraut, mais le type que vous voyez là, l'idiot du village, parle si mal que je ne le comprend pas.

— Faites-le venir, commanda le colonel.

Louis Baraut haussa fortement la voix :

— Eh, fada ! cria-t-il. Viens par ici, monsieur l'Officier veut te voir.

Un silence épais tomba sur la place. Les yeux inquiets se tournèrent vers Andréloun. Celui-ci hésita un instant, puis il s'avança vers la table de Baraut, toucha son béret en signe de salut et attendit en reniflant.

L'Oberführer l'examina de haut en bas en prenant son temps.

— Comment t'appelles-tu ?

— Moi je ne m'appelle jamais vu que je suis toujours là, mais les autres m'appellent lou Parpaïoun.

— Ce n'est pas son vrai nom, intervint Baraut. Il s'appelle André Peyre.

— Que fais-tu ?

Andréloun ne répondit pas tout de suite. Il se gratta les cheveux à travers son béret.

— Comme vous le voyez, je regarde ces quatre imbéciles jouer à la belote.

— Que fais-tu pour gagner ta vie ?

Andréloun eut un regard égaré comme s'il était pris au piège puis, à son habitude, il révulsa ses yeux et renversa sa tête.

— C'est que, voyez-vous, monsieur l'Officier, je ne suis pas bon à grand-chose et tout le monde vous le dira. Je ne vois pas les choses comme les autres les voient et, quand je dis qu'ils sont fous et que je suis malin, tout le monde se moque de moi ! Je vois tout à l'envers, je dis tout ce qu'il faut taire, ce qui fait que, quoi que je fasse, je me prends des coups sur la tête !

Il renifla énergiquement, écarquilla les yeux et les ferma plusieurs fois.

— En vérité, monsieur l'Officier, je suis bon à rien, et ça, c'est ma mère qui vous le dira ! Ah, si... Je ramasse les glands, je fends le bois...

Le soir même, le colonel parla d'Andréloun à Lestrade.

— Je parierais qu'il est épileptique, je l'ai vu à sa façon de révulser les paupières... Les hystériques de cette sorte le sont toujours, pourris jusqu'à la moelle. Ils sont parfaitement inutiles et dangereux dans une société civilisée comme la nôtre. En Allemagne, nous les mettons à part, dans des camps...

Grammie haussa les sourcils.

— Ainsi ils ne peuvent plus faire d'enfants qui leur ressemblent !

Il rit un grand coup et Grammie approuva du menton.

— Et nous en profitons pour faire avancer la science en étudiant leur cerveau !

— En étudiant leur cerveau ? s'étonna Grammie.

L'Oberführer se pencha vers elle.

— On leur ouvre le crâne pour voir ce qu'il y a dedans, et toutes ces études aident ensuite à soigner ceux qui en valent la peine. Ainsi, au moins une fois dans leur vie, ces pauvres crétins servent à quelque chose.

— Alors vous allez ouvrir la tête de notre fada ?

Grammie n'en revenait pas.

— Cela se pourrait bien.

Müller rit encore tandis qu'un flot de sang rosissait le visage de Marie-Marseille.

Lestrade la regarda. Quoi qu'elle fît, elle était ravissante. Au lieu de s'étonner de son émoi, l'amoureux passionné qu'il était eut envie de se précipiter vers elle et de la prendre dans ses bras.

Ce fut à la nuit noire que Marie-Marseille réussit à mettre la main sur le double des clefs qui ouvraient le portillon. Elle traversa la place de la Fontaine à petits pas et se rendit en rasant les murs des maisons jusque chez le quincaillier, le pleure-misère, l'homme chez qui vivait Andréloun. Elle dut frapper plus de vingt fois mais, par bonheur, ce fut lui-même qui ouvrit la porte. Elle se glissa rapidement dans l'étroit couloir qui menait à l'arrière-boutique et, toute proche de lui, à le frôler, à voix murmurée à son oreille, elle lui répéta mot à mot les paroles de l'Oberführer et le supplia :

— As-tu compris ? Il faut te cacher ou partir ! Comme Fernand !

— T'en fais pas, princesse, j'ai compris.

Mais nulle terreur ne se lisait sur son visage, il souriait béatement. Il prit la main de Marie-Marseille et la baisa furtivement.

— Pars ! insista-t-elle.

— Oui, oui…

Mais il souriait encore.

Marie-Marseille se mourait d'effroi et de pitié à l'idée qu'Andréloun, n'ayant pas bien réalisé le malheur qui l'attendait, négligeât son avertissement.

— Tu pars ? Dis ? Jure-le-moi !

— Je te le jure.

Il dit cela d'un bon badin, comme on dit une gentillesse pour rassurer un enfant.

Andréloun avait bien compris l'alarme mais, totalement

bouleversé par la présence de Marie-Marseille si proche de lui, il ne se rassasiait pas du plaisir qu'il éprouvait à respirer son odeur, à entendre sa voix et à se griser de ses attentions. Il ne la quittait pas des yeux, comme pour l'envoûter et la maintenir en place.

— Je partirai bientôt, dit-il, finaud. Mais…

— Tout de suite !

Elle s'affola de nouveau.

Il eut pitié et céda.

— Je partirai tout de suite, promit-il. Cette nuit même. Ne te fais pas de souci, personne ne me trouvera.

Elle avança son visage vers lui et l'embrassa sur les deux joues.

— Donne de tes nouvelles ! Où iras-tu ?

Andréloun ouvrait la bouche pour répondre quand la voix plaintive d'une femme s'éleva :

— Andréloun… Andréloun…

Andréloun eut un sourire contrit et chuchota « Grand merci… » avant de refermer la porte.

12

Entre toutes, l'année 1943 fut la plus cruelle.

Après un été torride au cours duquel la sécheresse avait ajouté à la misère en empêchant le blé de monter, en séchant sur place les récoltes dont les gens de Provence attendaient tant, l'hiver amena un gros froid venteux, qui acheva de brûler la moindre feuille. Au village, les plus pauvres, les veuves et les petits journaliers mouraient de faim. Les boutiques fermaient les unes après les autres, mademoiselle Blanchard n'osait plus exhiber ses colliers d'or sur ses toilettes.

Baraut continuait son jeu pervers consistant à mettre le feu là où ne rampait que de l'huile chaude. Il prenait parti dans les querelles de voisinage, exacerbait la délation et les commérages. Il allait même jusqu'à se mêler des désordres des ménages afin d'attirer à lui la sympathie de l'un des opposants. Il parcourait le village avec une folle impudence, arrogant, assuré de son autorité alors qu'il ne s'y maintenait que par le pouvoir que d'autres détenaient, que par la terreur que d'autres inspiraient.

« Danse, Titon, que tes guenilles te pendent. Danse, Titon, un jour elles te pendront… » chantait Jiget.

A Juzan, on s'éveillait morose, on s'endormait dans la nausée.

Mais l'homme est fait de grandeur et de bassesse...

Quand Amédée laissa courir le bruit que son cousin – auquel l'opposait depuis longtemps une sombre affaire d'héritage – tenait des propos discourtois envers l'occupant et que ce bavardage suffit à ce que la Gestapo arrête, emmène et enferme le cousin en question...

... la bassesse donna l'exemple et le pire prit l'avantage.

Rancune, rancœur, vengeance, haine, mensonge et délation. La tentation était là, troublante... On hésita sur le fil, les plus fragiles basculèrent.

Désormais, dans les ruelles, chacun passait, recroquevillé, paupières basses et bouche close. L'inquiétude assombrissait les cœurs généreux, la prudence bâillonnait les bavards. Les veillées d'hiver se firent rares et, derrière les portes fermées, couraient des histoires effroyables de dénonciations, de rafles et de tortures...

Le soir, place de la Fontaine, même si l'on jouait encore aux boules, même si l'on buvait aussi, accoudé au comptoir, l'air était empesté de sous-entendus.

Ne rien voir, ne rien entendre, ne rien dire...

Sur leurs chaises éparpillées, les commères ne parlaient que de misère et de maigre soupe, les boulistes ne s'exclamaient que pour des points gagnés ou perdus, les joueurs de manille ne ronchonnaient plus que pour un atout inattendu. On ne parlait de rien d'autre.

Andréloun n'était plus là pour faire naître la bonne humeur.

La vie de Marie-Marseille se déroulait suivant un scénario immuable. Leçons, devoirs et ennui, une vie toujours semblable, sans joie ni rires, sans tendresse ni baisers. Le soir, à la lueur de sa petite lampe, elle se réfugiait dans la lecture de revues sentimentales que lui prêtait son amie Paulette. Lectures simplettes mais apaisantes, dans lesquelles les jeunes filles esseulées rencontrent forcément le prince charmant de leurs rêves.

D'autres jours, chaque fois que Lestrade s'absentait, Marie-Marseille franchissait la petite porte jouxtant le portail et s'en allait par les ruelles. Elle se rendait tout d'abord chez monsieur Consé, entrait familièrement dans sa maison, puis s'asseyait à la table de la cuisine, où madame Consé lui servait une tisane de menthe. L'ancien maire lui indiquait alors où logeaient une pauvresse, une famille pleine de marmots, un vieil impotent, des malheureux qu'il fallait aider absolument. Alors Marie-Marseille visitait l'un ou l'autre de ces miséreux pour leur donner ce qu'elle tenait caché dans son sac ou dans le fond de ses poches. C'était un morceau de savon, une tranche de lard, une boîte de viande ou un paquet de biscuits qu'elle avait chapardé parmi les provisions entassées dans les caves du château.

En Europe, l'espoir changeait de camp. La formidable armée allemande dispersée aux quatre coins du monde perdait son souffle en laissant s'écouler le sang des meilleurs de ses hommes. Après avoir remporté la bataille de Stalingrad, les Soviétiques poursuivaient leur contre-offensive. Les Britanniques et les Alliés se battaient victorieusement en Afrique du Nord et au Moyen-Orient. Après avoir débarqué en Sicile, les Américains remontaient vers le nord de l'Italie sous les acclamations.

La Résistance s'organisait à Alger et prenait le nom de Comité français de libération nationale. Les différents mouvements s'unissaient pour former un Conseil national de la Résistance placé sous l'autorité du général de Gaulle, reconnu comme le chef de la France libre.

En France, hélas, les Allemands, qui envisageaient enfin une possible défaite, devenaient de plus en plus violents.

13

Le capitaine Frédéric Fabre était né à Toulon, au Pont-du-Las, dans une famille où, au sortir du berceau, on épousait tout naturellement la vie militaire. C'était un beau gaillard de trente ans, brun de poil et aux yeux clairs, qui était entré à l'école d'officiers de Saint-Cyr aussi simplement que, touché par la foi, on entre au séminaire. A sa sortie, la guerre faisant rage, il avait été envoyé sur le front des Ardennes puis, après l'armistice, il avait suivi son régiment au Maroc et l'avait déserté en 1942 pour rejoindre le général de Gaulle en Angleterre.

Parachuté fin janvier 1943 dans les maquis proches de Montpellier, Frédéric Fabre avait ensuite rejoint le Var, où il vivait depuis, clandestinement, dans les environs de Toulon. Après avoir fait ses classes en participant aux réunions des Mouvements unis de la Résistance, il avait été chargé par le Comité de libération de constituer des dépôts d'armes et de ravitaillement et de recenser et de regrouper les petits maquis qui commençaient à se former dans l'arrière-pays varois.

Cela faisait trois mois qu'il organisait son réseau dans les montagnes splendides qui dominent Juzan. Il les avait tous rencontrés, les Fernand et les Andréloun de Provence, tous ceux qu'on ne voulait plus dans les villes et qui vivaient désormais dans des cabanons abandonnés, dans des grottes, en compagnie des charbonniers ou à la traîne des bergers. Et puis aussi les nouveaux, les réfractaires au travail obligatoire, et les autres, ceux que les Allemands pourchassaient jusque dans leurs champs pour les obliger à participer à la construction des défenses méditerranéennes : creuser des trous pour y loger des mitrailleuses, planter des piquets afin d'empêcher les parachutages, dérouler des kilomètres de barbelés sur les plages.

Cette nuit d'avril 1944, Bartoumièu, le berger, accompagna Frédéric à Juzan, puis ils se séparèrent. Bartoumièu se glissa dans la ferme de Joseph tandis que Frédéric se faufilait dans les ruelles jusqu'à la maison de monsieur Consé. Il lui fallait rencontrer cet homme finaud et prudent et faire de lui un maillon important de la chaîne qu'il s'appliquait à tisser entre ceux des villes et ceux des montagnes.

Depuis sa destitution, paisible mais déterminé sous son air benoît, du fond de son moulin ou de sa cuisine, monsieur Consé avait rassemblé autour de lui les meilleurs éléments de Juzan, parmi lesquels se trouvaient, outre de simples villageois, le pharmacien et le percepteur, celui qui craignait tant les microbes.

Les deux hommes parlementèrent tout le reste de la nuit près d'une petite lampe à acétylène. Ils étaient encore attablés quand le jour se leva. Frédéric buvait un bol de lait de chèvre.

— Venez donc vous reposer un moment, lui dit monsieur Consé. Nous reprendrons notre conversation plus tard.

Frédéric se redressait en étirant ses longs bras lorsque la porte d'entrée claqua. Alarmé, il se figea, mais monsieur Consé se souvint et haussa les épaules.

— Ce n'est rien, ne vous inquiétez pas.

Il se leva et fit entrer Marie-Marseille. Le vent d'hiver avait rosi son visage et mis quelques larmes de froid à l'angle de ses yeux.

— Voici notre jeune châtelaine, dit monsieur Consé au jeune officier. Cette demoiselle s'occupe de nos miséreux et vient, chaque matin, me demander conseil.

Frédéric, troublé par toute la fraîcheur matinale que la jeune fille apportait avec elle, amorça un garde-à-vous avant de se reprendre, de saisir la main de Marie-Marseille et de s'incliner devant elle. Ensuite, il releva la tête, planta ses yeux dans les siens et lui lança un regard émerveillé dans lequel brilla brièvement une étincelle, presque rien, une intention gourmande.

— Je vous présente Frédéric Fabre.

Marie-Marseille rougit légèrement en esquissant sa révérence, puis elle sortit de la poche de son manteau dix plaques de tickets d'alimentation et les tendit au maire.

— C'est tout ce que j'ai pu trouver, dit-elle.

— Ce matin, allez donc voir la vieille Mihoun et, si vous le pouvez, restez un petit moment avec elle. Sa fille est partie et cette pauvre femme se retrouve bien seule…

— Entendu, dit Marie-Marseille.

Elle pivota prestement vers la porte mais, avant d'ouvrir celle-ci, elle se retourna vers Frédéric et, de nouveau, leurs regards se rencontrèrent.

— Adieu, monsieur Frédéric, lui dit-elle.

Frédéric redressa le buste et claqua des talons tout en lui souriant avec tant de ravissement qu'un flot de sang monta aux joues de Marie-Marseille.

— Adieu, mademoiselle, en souhaitant vous revoir bientôt.

Quand elle eut disparu, Frédéric se laissa glisser sur sa chaise.

— Charmante, prononça-t-il d'une voix rêveuse.

Alors monsieur Consé entreprit de raconter qui elle était et qui était son père, puis il en vint à parler de Lestrade, de l'Oberführer Müller et, de fil en aiguille, tous deux oublièrent Marie-Marseille.

Marie-Marseille descendit la ruelle à petits pas de galop rythmés qui entraînaient ses jambes sans qu'elle les eût, le moins du monde, obligées à tant d'entrechats. Au sortir de chez monsieur Consé, une gaieté folle s'était emparée d'elle et, à présent, une sorte d'ivresse commandait ses pas.

— Vous dansez toute seulette ? lui demanda une commère.

Marie-Marseille assagit aussitôt son allure.

« Je suis comme Andréloun, je perds la tête », pensa-t-elle.

Elle se rendit chez la pauvre vieille Mihoun, qui, mourant de froid, ne se levait plus de son lit depuis le début de l'hiver. Elle réchauffa un reste de soupe de pois, versa celle-ci dans une assiette, qu'elle tendit à la malheureuse. Elle lui donna ensuite quelques biscuits, que la pauvre femme contempla avec bonheur avant de les glisser entre ses lèvres. Elle jacassait sans cesse tout en picorant du bout des doigts les miettes éparpillées sur le drap. Une main apaisante appuyée sur le matelas, Marie-Marseille souriait gentiment sans entendre un seul mot de ce que murmurait la bonne vieille.

Marie-Marseille revint au château et s'enferma dans sa chambre, dont elle claqua la porte sans y prendre garde. Ses gestes obéissaient à quelqu'un d'autre qu'à elle-même, quelqu'un de surexcité et de bien négligent. Elle se jeta sur son lit comme on se jette d'un plongeoir, saisit un livre qui traînait là, l'ouvrit au hasard, lut une ligne…

… et, parce que le visage de Frédéric, radieux, était devant elle, elle laissa glisser le livre entrouvert.

Le sourire de Frédéric éclairait toute la pièce.

Pour ne plus le voir, elle ferma les yeux, mais il réapparut plus distinctement encore dans le noir que dans la lumière. Comme deux miroirs réfléchissant le même soleil, l'émerveillement évident de Frédéric répondait à son propre émerveillement. Elle s'éloigna du sourire charmeur, remonta vers le front haut et fier, rencontra les yeux de séducteur et s'y brûla entièrement.

Ce garçon était l'incarnation même du plus merveilleux personnage de ses récentes lectures sentimentales et puis aussi de toutes les rêveries dont elle peuplait ses jours et ses nuits solitaires.

Elle souriait aux anges quand une idée soudaine la fit se redresser, les yeux bien ouverts : comment avait-elle pu être aussi stupide ? Ce jeune homme n'était certainement que de passage ! Et s'il allait sortir de chez monsieur Consé et disparaître ?

Elle se réemmitoufla dans son manteau, dévala les escaliers quatre à quatre et passa la grille en courant. Elle courut jusque chez monsieur Consé sans oser frapper à sa porte, remonta et descendit la ruelle plusieurs fois, puis s'en alla prendre place dans la queue qui s'allongeait devant la boulangerie en jetant des coups d'œil tout autour d'elle.

A midi, le cœur défait, elle passa la grille en laissant la moitié de son être derrière elle.

L'après-midi, elle étudia en rêvassant, joua du piano n'importe comment, et, quand le soir arriva, lasse, vaincue, elle se rendit à la petite ferme. Elle fut surprise de voir Bartoumièu attablé en face de Joseph.

— Avez-vous des nouvelles d'Andréloun ? lui demanda-t-elle.

Bartoumièu la rassura : Andréloun allait très bien, il s'était fait embaucher par une compagnie forestière et, toute la journée, il coupait le genêt d'Espagne sur les flancs des collines où cette plante poussait à foison. A Marie-Marseille qui s'étonnait, Bartoumièu expliqua que ce genêt, une fois broyé et traité, servirait à faire du tissu pour remplacer celui qui manquait tant.

— Il y a longtemps qu'on utilisait ainsi le genêt, de Gênes à Nîmes, comme le lin et le chanvre. Et, bien plus loin encore, les Romains eux-mêmes en faisaient des cordages pour leurs voiliers ! Mais on l'avait oublié... Il y a pourtant, encore maintenant, dans bien des armoires de Provence, des jupes de femme ou des chemises d'homme qui sont faites avec cette plante que l'on dit à présent mauvaise même si elle embaume si bien nos bois !

Comme la nuit arrivait doucement, Bartoumièu replia ses jambes et murmura :

— Je m'en vais, il me faut reprendre mon gars chez monsieur Consé.

Marie-Marseille sursauta et tendit l'oreille.

Mais Bartoumièu n'en dit pas plus. Marie-Marseille dut attendre qu'il parte pour lui emboîter le pas.

Bartoumièu se rendit chez monsieur Consé et frappa au carreau de la fenêtre. Frédéric sortit immédiatement, et les deux hommes remontèrent la ruelle. Marie-Marseille les suivit de loin, défaillante à la seule vue de la belle silhouette. Lorsqu'ils s'engagèrent dans un chemin pentu qui courait droit vers la montagne, elle renonça sagement et revint chez elle. Frédéric vivait dans la montagne avec les autres, elle le reverrait certainement.

14

L'hiver se finissait, le soleil, agrandissant sa courbe, se hissait peu à peu dans le ciel. Ce soir-là, au château, quand sonna l'heure du dîner, Müller, Lestrade et Grammie prirent place autour de la table en bavardant gaiement. Josette attendait qu'apparût Marie-Marseille pour commencer le service. Lestrade s'impatienta.

— Où est-elle ? demanda-t-il à sa femme.

— Dans sa chambre. Elle dort probablement.

Il alluma une cigarette, aspira quelques bouffées et l'écrasa immédiatement.

— Je vais la chercher, dit-il en posant sa serviette à côté de son assiette.

— Envoyez donc Denise ! s'écria Grammie.

— Non, j'y vais moi-même.

Lestrade s'excusa brièvement auprès de l'Oberführer et disparut à grands pas. Des grands pas qui paraissaient furieux mais qui, en réalité, étaient pleins d'espoir. Cela faisait longtemps qu'il attendait une occasion pour surprendre Marie-Marseille dans l'intimité de sa chambre.

Il frappa légèrement à sa porte en priant le ciel qu'elle

ne répondît pas. Puis aussitôt, sans tendre l'oreille pour ne pas devoir entendre quoi que ce soit, il tourna la poignée et entra. Il frissonna. Il avait si souvent rêvé de cet instant, de cet instant furtif, de ce viol léger, qu'il en acceptait d'avance les conséquences. La surprendre… La surprendre au naturel comme l'autre fois et en éprouver autant de plaisir… La surprendre nue, peut-être… et lui imposer sa présence sans qu'elle s'échappât. Pouvoir lui dire aussi, pourquoi pas, tout l'amour qu'il avait pour elle.

Elle était couchée sur son lit à même la courtepointe et dormait à poings fermés. Lestrade remercia brièvement le ciel et s'approcha doucement d'elle.

Elle était allongée sur le flanc, et son bras gracile entourait son visage posé sur la dentelle d'un coussin. Il s'approcha encore.

Elle respirait doucement par ses lèvres entrouvertes, et sur ses cils noirs une goutte d'eau séchait enfin. Il posa ses deux mains sur le coton blanc et se pencha au-dessus d'elle.

Sa robe de toile légère, seulement retenue par deux fines bretelles, se soulevait régulièrement à l'endroit où ses seins tendaient le corsage. Il y promena son regard.

Sa hanche formait une dune et s'achevait par des cuisses brunies de soleil. Lestrade, émerveillé, l'effleura.

Marie-Marseille sentit la caresse et se réveilla lentement. Parce qu'elle était en plein songe, la chaleur qui s'infiltrait en elle s'accordait à ses rêves.

Elle ouvrit les paupières.

Lestrade revint vers la salle à manger dix minutes après s'être levé de table.

— Enfin ! s'exclama Grammie. Que faisiez-vous donc ? Où est Marie ?

Lestrade reprit sa place et dit en posant sa serviette sur ses genoux :

— Dînons, elle ne viendra pas !

L'Oberführer observa furtivement Lestrade puis, fine mouche, il fit diversion en reprenant le cours de la conversation.

— Cette petite est insupportable, assura Grammie en levant son verre.

Les mains de Lestrade tremblaient encore lorsqu'il saisit sa cuillère.

— Que vous arrive-t-il, mon ami ? demanda-t-elle alors, innocente ou sournoise, tout en dégustant son potage. Marie-Marseille a-t-elle été insolente ? Pourquoi ne descend-elle pas ?

— Les jeunes filles sont toutes pareilles ! s'exclama alors l'Oberführer d'une grosse voix. Elles ne sont jamais capables de se conduire convenablement !

De très bonne heure le lendemain matin, Lestrade partit sans attendre l'Oberführer.

— Je ne sais pas quand je reviendrai, dit-il à sa femme.

15

Quelques jours plus tard, en sortant de chez eux, les gens de Juzan découvrirent des tracts qui jonchaient les pavés des ruelles. Ils n'avaient pas été semés au hasard, il y en avait devant la boulangerie, l'épicerie et sous les tables du café de Benvengu. Ces tracts disaient :

RADIO PARIS MENT
RADIO PARIS EST ALLEMAND
ECOUTEZ LONDRES

Louis Baraut se précipita aussitôt vers le château. D'autres tracts avaient été lancés à travers la grille du portail. Il les ramassa tous sous les sourires ironiques des premiers clients de Benvengu.

L'Oberführer le reçut, chemise en bannière, et montra aussitôt son agacement :

— Vous voyez bien que votre village n'est pas aussi tranquille que vous le dites !

Depuis quelques semaines, sa mauvaise humeur transparaissait dans ses paroles. Les actes terroristes des résistants se multipliant dans la région, il avait confié à

Lestrade qu'il mourait de peur d'être rappelé en Allemagne ou, pis encore, d'être envoyé sur le front russe, où les choses allaient si mal. Il ne voulait pas d'histoires en ce moment.

— Je vais frapper fort, dit-il à Baraut.

Il était à peine cinq heures du matin quand, le lendemain, une caravane de voitures pleines de soldats et de miliciens encercla le village. Ils obligèrent tous les habitants à se regrouper sur la place de la Fontaine tandis que les policiers perquisitionnaient les habitations.

Juzan se pétrifia. Des voix inconnues retentissaient d'une maison à l'autre, des pas nouveaux allaient et venaient, des mains mystérieuses se posaient sur les portes.

Ils cognèrent à la boutique des parents nourriciers d'Andréloun.

— Attrapez-moi le gamin qui vit dans cette maison, dit l'Oberführer qui suivait de près les opérations.

Bien qu'il l'eût complètement oubliée, l'existence de l'imbécile du village lui revenait soudainement en mémoire. « Il servira d'exemple », se dit-il.

Les policiers terrorisèrent Rasclou, le pleure-misère, et sa femme Virginie pour savoir où se cachait le jeune homme.

— Que lui voulez-vous ? Il n'a rien fait, ce petit. Il a si mal à la tête, il ne sait pas ce qu'il dit. Il dit toujours des bêtises... gémit Virginie entre deux sanglots tandis que son cagobraille de mari retournait ses poches en disant :

— Je n'ai pas le sou, je n'ai pas le sou... Voyez vous-même. Je n'ai pas pu le nourrir, alors il est parti manger ailleurs.

Enfin, un détachement de miliciens commandé par

Baraut perquisitionna dans l'appartement d'Honoré, l'instituteur.

Baraut, toujours bouclé dans sa haine, ne s'était jamais résolu à prendre en compte le nimbe d'admiration qui auréolait cet homme. Il n'avait jamais vu en celui-ci que le neveu de Fernand.

Les miliciens fouillèrent en vain la salle de classe, puis ils envahirent l'appartement qu'Honoré occupait au-dessus de l'école. Ils n'eurent pas besoin de mettre beaucoup d'ardeur pour découvrir un poste de radio de marque italienne que les bersaglieri avaient oublié et qu'Honoré s'était approprié innocemment.

Louis Baraut se frotta les mains et lança le bruit que l'instituteur était un voleur et, à coup sûr, un terroriste qui écoutait la radio anglaise, un communiste probablement. Il revint sur la place et désigna Honoré en ordonnant qu'on l'emmenât pour un interrogatoire. Les policiers ligotèrent les mains de l'instituteur.

Les enfants, les larmes aux yeux, assistaient à la scène.

Deux policiers poussèrent Honoré pour lui faire traverser la place. Le malheureux, ébahi, ne résista guère. Une traction noire attendait, portières ouvertes. Ils y enfournèrent le pauvre garçon d'une bourrade méchante. Violence outrée, démonstration inutile de puissance, Honoré y serait monté tout seul.

De quoi avaient-ils peur ?

Ils se précipitèrent à sa suite. Les quatre portes claquèrent. La traction manœuvra rageusement devant la foule ahurie. Pourquoi tant de hâte et d'emportement ?

Quoi donc les gênait ?

Marie-Marseille

Le visage d'Honoré apparut de l'autre côté de la glace arrière. Des yeux, il accrocha le regard des enfants, puis il balança ses doigts écartés dans leur direction.

16

Le même jour, alors que dans le village hagard grondait et cheminait un murmure de fureur, Marie-Marseille passa la grande grille pour se rendre chez monsieur Consé. A pas décidés, elle traversa le village en effervescence et entra chez le bonhomme. Seule sa femme était présente. Celle-ci regarda la jeune fille dans les yeux et y découvrit une grande détresse.

— Ne vous faites pas de souci, mademoiselle ! Ils nous le rendront, notre instituteur ! Ils s'apercevront bien vite que ce malheureux garçon n'a jamais fait de mal à personne...

— C'est bien le neveu de Fernand ? l'interrompit Marie-Marseille en tremblant de rage. Vous savez bien que cela suffit pour que Baraut lui fasse tout le mal qu'il peut faire !

Elles en parlèrent encore longuement et madame Consé réussit à convaincre Marie-Marseille de ne pas faire appel à l'Oberführer Müller pour faire revenir l'instituteur.

— Il se méfiera de vous, si vous intervenez. Gardez votre crédit pour autre chose de plus grave. Je suis certaine qu'Honoré reviendra dès demain.

Marie-Marseille se rassura doucement. Elle but sa tasse de tilleul et, comme une bouffée de chaleur, ses propres souffrances l'assaillirent soudain. Elle annonça le projet qu'elle s'était mis dans la tête depuis plus d'une semaine.

— Il me faut rejoindre ceux qui sont dans la montagne, dit-elle.

Madame Consé sursauta.

— Dieu garde, et pour quoi faire ?

— Je ne peux plus rester chez moi.

Et, à mots pudiques, Marie-Marseille suggéra le harcèlement dont elle était l'objet et prononça le nom de Lestrade. Elle exagéra un peu l'ignominie de celui-ci afin de prouver qu'il était temps pour elle de s'en aller au loin.

— Il recommencera dès qu'il reviendra, je ne peux pas attendre !

Madame Consé l'écouta bouche bée, mais, comme c'était une femme de bon sens, elle dit :

— Je vous plains de tout mon cœur, mademoiselle, mais ce n'est pas une raison pour faire une chose pareille ! Pensez un peu ! Aller dans la montagne où il n'y a que des hommes ! Je ne pense pas que ce soit votre place ! Vous rendez-vous compte ? Vous êtes si jeune ! Attendez donc encore que mon mari revienne, il trouvera bien une autre solution à votre problème !

Marie-Marseille cacha son visage dans ses mains et laissa échapper une larme. Elle ne pensait pas le moins du monde à Lestrade, elle ne fuyait pas cet homme stupide que, ce fameux soir, elle n'avait eu qu'à gifler pour le faire fuir de chez elle comme un voleur. Elle s'empressait de profiter de son absence pour rejoindre Frédéric dans la montagne.

Frédéric, c'était son coup de soleil à elle, et elle en

perdait la tête. A présent, peu lui importaient la guerre, l'Oberführer et Lestrade. Elle, si longtemps solitaire, se mourait enfin d'amour, d'un amour chimérique pour une ombre à peine entrevue, mais avec la totale innocence, la soudaine violence et toute la folie de ses dix-sept ans.

Marie-Marseille resta un long moment silencieuse. Compatissante, madame Consé tournait autour d'elle en la rassurant d'une main sur l'épaule et de bonnes paroles :

— Allez, consolez-vous. Je suis sûre que mon mari trouvera une solution. Votre place est au château, pas ailleurs. Vous n'êtes encore qu'une enfant...

Marie-Marseille entrevit son beau rêve s'échapper de ses mains et sa vie s'écouler durant encore de longues années entre sa grand-mère et Lestrade, alors que là-haut, désespéré sans doute, le beau Frédéric, elle en était sûre, se mourait d'amour pour elle.

« En souhaitant vous revoir bientôt », avait-il dit en s'inclinant.

Elle fut parcourue par un frisson d'horreur et, une fois encore, elle regretta sa franchise. Décidément, la loyauté ne tenait jamais ses promesses.

Elle fit semblant de se résigner. Elle adressa un sourire tout enveloppé de gentillesse à madame Consé, puis elle sortit en lui faisant un signe rassurant de la main.

— Je reviendrai vous voir demain, jeta-t-elle.

De retour dans sa chambre, Marie-Marseille tenta d'imaginer de quoi serait faite sa vie dans les bois et choisit en conséquence ce qui lui serait nécessaire. Quand son sac fut largement pourvu en vêtements, elle y ajouta quelques provisions qu'elle alla chaparder en cuisine dans le dos de Josette.

Selon ses calculs, il lui faudrait deux heures de marche pour rejoindre l'endroit où se cachaient les hommes. Elle partirait donc deux heures avant la tombée de la nuit. Heure à laquelle Grammie quittait le salon pour la salle à manger.

Le soleil couchant allongeait les ombres lorsqu'elle s'enfuit sur le chemin que Frédéric et Bartoumièu avaient foulé avant elle.

« Quand il fera sombre, je serai arrivée », se dit-elle.

A l'heure du dîner, Denise dit à Grammie :

— Mademoiselle n'est pas encore rentrée. Madame la Comtesse devrait dîner sans l'attendre, je servirai Mademoiselle quand elle rentrera.

Grammie s'insurgea mais, toujours soucieuse de minimiser les événements contraires, elle proposa elle-même mille raisons propres à expliquer celui-là :

— Une fois de plus, elle doit traîner dans le village comme elle le fait chaque fois que Fabien s'absente !

Enfin elle s'en prit à Denise, qui se rebella :

— J'ai autre chose à faire que de suivre Mademoiselle. Coquin de sort, il faut bien que je fasse mon travail !

La nuit venue, partagée entre sa fierté qui l'empêchait de répandre le bruit de l'inconduite de sa petite-fille et sa crainte de voir Lestrade, hors de lui, lui demander des comptes, Grammie choisit de patienter encore et se dirigea vers sa chambre.

« Attendons un peu, elle reviendra bien toute seule...

Que dira Lestrade si elle ne revient pas ? » songea-t-elle, allongée sur son lit, avant de sombrer dans le sommeil.

— Ne vous inquiétez pas, lui assura Denise au petit matin. Mademoiselle a dû aller se promener dans la montagne et se perdre. A la lumière du jour, elle retrouvera son chemin...

Grammie soupira et descendit s'asseoir dans son fauteuil.

17

Tout en avançant sur le chemin caillouteux qui zébrait la garrigue d'une saignée blanche, Marie-Marseille imaginait naïvement qu'arrivée à son terme elle y rencontrerait les hommes. En parlant d'eux, Joseph disait toujours : « Ils sont là-haut, sur la montagne », et, de montagne, elle ne connaissait que celle-là, celle, vigoureuse, contre laquelle s'accrochait Juzan. Quand la nuit proche fit disparaître les ombres, la jeune fille parvint à son sommet en s'étonnant que rien encore ne signalât leur présence. Devant elle, quelques mamelons boisés s'enchevêtraient avec, de-ci, de-là, des jas ensommeillés sur leurs flancs. Plus loin encore, la masse sombre d'une vraie montagne, sans arbres ni maisons, se découpait dans le violet du septentrion.

Au sud, le chemin qu'elle avait parcouru disparaissait derrière le versant rocailleux duquel dépassaient encore les tours de Boichosey. Rutilantes sous un dernier rayon de soleil, celles-ci semblaient lui faire signe de revenir au bercail et, furtivement, le doute l'effleura. Elle termina néanmoins son tour d'horizon en pivotant vers la pointe du coteau et fut surprise d'y découvrir les toits d'une grosse ferme sise en contrebas. De toute évidence, son chemin menait à cette ferme et se terminait là...

Toute seulette, dressée face à la déroute de ses chimères, elle ne renonça pas pour autant. Elle choisit, dans l'immédiat, de se mettre hors de vue des habitants de la ferme en se faufilant dans la garrigue, d'où surgissaient quelques éperons de pierre. Elle emprunta une toute petite sente qui partait sur sa gauche, un sentier à peine marqué, épineux comme un chemin de croix, et, comme son sac s'accrochait aux branches, elle le mit sur sa tête et le maintint d'un bras.

Elle se sentait seule au monde, seule sur une planète nouvelle tout entière faite de ronces et de rocs, alors qu'il est bien connu qu'à la campagne, où que vous soyez, une paire d'yeux vous observe.

Chouas fit entrer ses bêtes dans l'enclos, puis il regarda vers le levant afin de deviner dans la couleur du ciel le temps qu'il ferait le lendemain. Il s'attardait un peu en se régalant de la douceur de l'air, ses yeux glissaient sur les mamelons bleutés lorsqu'il aperçut droit devant lui une tache bleue luttant à grand-peine contre la broussaille. Il plissa les paupières pour mieux voir.

— Coquin de sort, mais c'est une femme ! Qui donc ? Et où va-t-elle ?

Mais, parce que l'heure de la traite approchait et que ses chèvres impatientes frottaient leurs cornes aux barrières, il haussa les épaules.

— J'irai jeter un œil quand j'en aurai fini de traire.

Ce fut seulement lorsque son pied fatigué heurta une pierre que Marie-Marseille céda au poids de son sac. Elle écarta les cistes, la rue et le lentisque, et se fit une place à l'abri d'un arbousier chétif qui étendait ses maigres branches à quelques pas de là.

Désenchantée, elle regarda le ciel blafard s'éteindre, et la folie de son aventure lui apparut clairement. Elle s'allongea pour reposer son corps fourbu et tenta de réfléchir à ce qu'il convenait de faire. Elle abaissa un instant les paupières, et le sommeil, si longtemps retenu, l'emporta loin de la garrigue, comme un voleur.

Frédéric avait organisé son maquis dans un vieux jas niché dans la forêt de Saint-Pierre. Il y avait là Fernand, Dédé et Marcel ; quelques autres communistes arrivés dès 1941 ; René et trois autres sous-officiers évadés des camps de prisonniers et qui appartenaient au groupe « Combat » ; Barnabé, un franc-tireur, résistant de la première heure et survivant du Chemin des Dames ; deux Juifs polonais échappés de la mise à sac et de la démolition du Vieux-Port de Marseille ; trois républicains espagnols ; deux Italiens antifascistes et déserteurs ; Andréloun, que nous connaissons déjà, et, pour finir, toute une ribambelle de gaillards réfractaires au STO, dont Paul et Justin, ainsi que Riri, le fils de Chouas. Les jeunes gens récemment arrivés se partageaient en deux camps : ceux affiliés aux Forces unies de la jeunesse, pleins de fièvre et d'impatience de se mêler au combat, et les autres, qui ne pensaient qu'« à bouffer et à dormir », comme le disait assez justement Fernand. La plupart venaient du canton, les plus lointains étaient de Nice ou de Marseille.

Lorsqu'ils étaient arrivés à Saint-Pierre en plein milieu de l'été 1941, Fernand, Dédé et Marcel, trois cultivateurs habitués au dur travail, avaient commencé par réparer la voûte du toit du jas, puis ils avaient nettoyé le puits, coupé du bois, mis en ordre le vieil abreuvoir et bricolé une cheminée, si bien que l'endroit était devenu presque confortable. Jour après jour, de nuit le plus souvent, ils avaient rapporté sur leur dos de vieux matelas et quelques couvertures qui leur servaient de couchage. Une dizaine de poules picoraient à l'autre bout de la grande salle, et ils passaient le temps de leurs loisirs à poser des collets et à faire des lessives dans la longue pierre creuse qui faisait office à présent de lavoir.

Avant que Frédéric, qui, à Saint-Pierre, se faisait appeler Félicien, ne les rassemblât tous au jas, Fernand et ses camarades, ainsi que les Espagnols et les Italiens, travaillaient pour la compagnie forestière qui exploitait le domaine voisin. L'exploitant forestier, un résistant, leur fournissait un salaire, de faux papiers et de fausses cartes d'alimentation qui leur permettaient de vivre proprement. La demande de bois pour servir de combustible aux gazogènes était importante, et la région manquait de bras vigoureux et qualifiés pour abattre et détailler les arbres en stères. Si tous ces hommes n'étaient pas du même pays et s'ils ne parlaient pas la même langue, ils savaient bien se retrouver pour jouer aux boules et se serrer les coudes à la moindre alerte.

René, les autres évadés des camps ou ceux qui étaient pourchassés par la police locale formaient un autre groupe prudemment éparpillé dans la montagne, les uns chez l'habitant, les autres dans des ruines ou dans des grottes proches du village.

Félicien avait dû déployer beaucoup de diplomatie et de patience pour parvenir à réunir sous une même bannière et dans un même réseau des hommes aussi différents que ceux-là, hommes que leur origine sociale et leurs convictions politiques opposaient constamment. Fernand tout autant que René supportaient mal d'avoir perdu le statut de chef de groupuscule dont ils bénéficiaient auparavant et renâclaient à obéir à un jeunot de trente ans, fût-il officier supérieur…

Mais Félicien était venu à eux nanti des consignes et des subsides de Jean Moulin, grand fédérateur du Conseil national de la Résistance, et cet appui prestigieux lui avait facilité les choses. A présent, ils formaient un « réseau d'action » avec des objectifs précis, une reconnaissance officielle, et leur groupe soudé par une solidarité circonstancielle fonctionnait passablement bien.

Ils avaient pour mission essentielle, en ce printemps de l'année 1944, de récupérer les armes camouflées par l'armée de l'armistice, fidèle au gouvernement de Vichy, et d'en apprendre le fonctionnement afin d'être prêts à l'heure dite, et ce projet cohérent plaisait aux hommes. L'argent que leur octroyait l'Organisation de la Résistance facilitait leur ravitaillement et ils ne mouraient plus de faim comme certains jours au début de leur isolement.

Enfin, la désastreuse et cruelle fin du maquis des Glières, tombé quinze jours auparavant sous l'attaque conjuguée des miliciens de Darnand et de l'artillerie allemande, leur avait fait comprendre qu'ils n'étaient plus en fuite mais en guerre, et que leurs différences devaient passer au deuxième rang des préoccupations.

18

Andréloun était arrivé au jas à la fin de la saison des genêts. Selon son habitude, d'une bêtise pas si bête que ça, d'une remarque bouffonne, il remettait les choses à leur place quand, parfois, le ton montait entre les uns et les autres. L'air de rien, sous sa lumière et dites avec des mots sibyllins, les choses s'envisageaient différemment.

« Vous avez tous raison ! s'écriait-il pour faire cesser la discussion. Chacun un petit peu, chacun à sa façon, ce qui fait que tous ensemble – mais ensemble, nom de Dieu ! –, nous aurons raison ! »

Son indulgence, sa douceur, sa folie – si on appelle folie l'entêtement à se croire dans un monde qui n'existe pas – apaisaient les querelles les plus mauvaises, celles que soulèvent les gens de bonne volonté lorsqu'ils n'ont pas grandi dans le même cocon.

« Il ferait beau voir qu'un chasseur armé, son chien rampant et la grive en alerte voient les choses de la même façon ! » leur expliquait-il en vain.

Parfois, à la nuit, l'un d'entre eux descendait en mission au village, puis il passait un bref moment en famille et s'en revenait lesté d'un sac de pommes de terre.

Tous les lundis, Andréloun emportait un chargement de bûchettes à travers bois jusqu'à un tournant de la route qu'il connaissait bien. Il déposait son sac dans un buisson et prenait en échange la provision de pain que Christian, le boulanger de Juzan, avait cachée à la même place.

Ce soir-là, un jour d'avril 1944, Andréloun se préparait à partir.

— Je passerai chez ton père, dit-il à Riri. En plus du petit chevreau qu'il nous a promis, il aura bien un peu de gnôle…

— Allez, zou, Papillon ! file tout droit et ne te perds pas ! lança Fernand. Demande voir si Honoré est revenu…

Un peu plus loin, assis sur un matelas tout bosselé, penché vers ses genoux, Félicien écrivait des noms et des chiffres sur une page blanche. Il fit un signe de la main vers Andréloun et reprit son travail.

Le jeune homme partit en courant, descendit de la colline, suivit le cours d'un rioù pas plus large que son bras, puis entama l'escalade de la colline suivante. Déjà les grands pins jetaient leur ombre sur les sentiers, il lui fallait sortir de la forêt avant la nuit noire.

Il était dix heures du soir quand il échangea le sac de bois contre le sac de pain. Onze heures quand il frappa à la porte de la ferme de Chouas.

— Adieu, l'ami !

— Adieu, Papillon.

Ils s'assirent à la table, et Marie-Josèphe leur servit une assiettée de soupe de fèves.

— J'ai eu de la visite aujourd'hui... dit Chouas.

Puis il se tut pour se divertir de la mine mi-étonnée, mi-anxieuse du jeune homme.

— Joseph et Jiget sont passés par là.

— Qu'est-ce qu'ils voulaient ?

— Joseph m'a dit : « As-tu vu passer quelqu'un ? »

— Qui donc ?

— La chèvre et son chevreau se sont sauvés, les aurais-tu vus par hasard ?

Andréloun leva les sourcils. Cela faisait belle lurette que Joseph n'élevait plus de chèvres.

— Ça ne te paraît pas bizarre qu'il me parle de quelqu'un et puis qu'après il me parle de chèvre ?

Andréloun fit une grimace mais ne répondit pas.

— Comme j'ai dit que je n'avais rien vu – pas si bête –, ils sont partis comme ils étaient venus, la queue entre les jambes.

— Ça, alors ! dit Andréloun.

Chouas rigolait en sourdine tandis qu'un plaisir suspect pétillait dans ses prunelles.

— Vaï, ce qu'ils cherchaient, je le savais bien, moi !

Son bon rire éclata enfin, il se frappa les cuisses plusieurs fois.

— Ce qu'ils cherchaient, je m'en vais te le dire...

Mais, au lieu de le lui dire, il se tut, se dressa de son siège, saisit la bouteille d'eau-de-vie et remplit encore une fois les verres, lentement, pour ménager le suspense. Enfin il se rassit et chuchota :

— Ce qu'ils cherchaient, fan, moi, je l'avais déjà trouvé. Et, coquin de Dieu, ce n'était pas une chèvre !

Il prit le temps de rire longuement.

— C'était la petite demoiselle du château ! Elle n'est pas bonne, celle-là ?

Andréloun en resta la bouche ouverte.

— Figure-toi que je l'avais vue au petit soir qui baroulait en pleine garrigue... toute seulette... avec une valise sur la tête !

Il raconta l'instant de sa découverte, sa surprise et ses recherches avec tant de détails, de moments de rire et de moments de silence qu'Andréloun eut envie de lui faire cracher la fin de l'histoire en lui tapant sur le crâne. Chouas y arriva enfin, à regret :

— Quand je l'ai trouvée au milieu des épines, elle pleurait comme une fontaine.

Andréloun blêmit :

— Où est-elle à présent ?

Chouas pencha la tête vers la porte qui se trouvait à sa droite.

— Là, dans la chambre de Riri, merdeuse comme un bâton de poulailler. Elle ne veut aller ni à droite, ni à gauche, ni s'en retourner chez elle. Un vrai mulet... Quant à savoir ce qu'elle faisait par ici, va te faire tigner ! Plus muette qu'une pierre ! Va pour cette nuit mais demain, si elle s'entête, je m'en irai voir les gendarmes...

— Et pourquoi tu l'as pas dit à Joseph ?

— Il n'avait qu'à pas chercher à me couillonner avec son histoire de chèvre en place de me demander si j'avais vu la demoiselle !

— Je peux lui parler ? demanda Andréloun. Je la connais, tu sais...

— Tout le monde sait que tu as de l'amitié pour elle.

19

Quand Marie-Marseille vit entrer Andréloun, elle eut un sourire émerveillé et se précipita vers lui pour lui saisir les mains.

— Andréloun !

Puis elle se tut en regardant Chouas.

— Vous pouvez parler, lui dit Andréloun, Chouas sait que je me cache dans la montagne.

— Je veux y aller avec toi !

— Avec moi ? dit Andréloun, stupéfait.

— Oui, avec vous tous !

— Et pour quoi y faire, bonne mère ?

— Je ne peux plus rester au château.

Elle baissa la tête, pudiquement troublée par le demi-mensonge qu'elle allait faire.

— A cause de l'Aragne, il entre souvent dans ma chambre et…

Ainsi qu'elle le souhaitait, elle n'eut pas besoin de s'enferrer plus avant. Les deux hommes, inspirés par leur propre émoi, n'eurent aucune peine à imaginer les intentions honteuses de Lestrade. Andréloun, révolté, accepta tout aussitôt d'emmener Marie-Marseille au jas, mais Chouas s'en mêla :

— Fada, va, qu'est-ce que vont dire les autres ?

— Quand je leur aurai expliqué, ils comprendront.

Il faisait nuit noire lorsque Andréloun et Marie-Marseille partirent vers la montagne.

Ils contournèrent la ferme de Chouas, et Marie-Marseille comprit son erreur. Le chemin qui menait à la ferme reprenait juste au-dessous de l'étable et filait droit vers le vallon.

— Dépêchons-nous, princesse, il nous faut de la lune pour traverser le bois.

Bien qu'il avançât d'un pas ferme au milieu des pins blancs et des buissons de cade, Andréloun était en plein désarroi. S'il frissonnait du plaisir d'avoir Marie-Marseille pour lui tout seul et s'il était convaincu que la situation de la jeune fille justifiait sa présence au jas, il se demandait comment il allait s'y prendre pour en convaincre le capitaine…

Après avoir frôlé la déconfiture, Marie-Marseille, elle, n'en finissait pas de se réjouir que tout se déroulât selon ses intentions. Sa récente déroute était oubliée et, toute à son élan d'amour fou, elle se hâtait. Seule une incertitude troublait encore sa jeune cervelle : Frédéric était-il bien là où l'emmenait Andréloun ?

Ils marchaient en silence l'un derrière l'autre sur l'étroit chemin et, chaque fois qu'Andréloun se retournait vers Marie-Marseille, celle-ci lui chuchotait des mots pleins de reconnaissance et d'affection, des mots innocents qui bouleversaient néanmoins le jeune homme.

— Vous rappelez-vous le Vallon blanc ? osa-t-il enfin.

— Pourquoi me dis-tu « vous » ?

— Parce qu'à présent vous êtes une demoiselle.

Elle roucoula d'une façon charmante et Andréloun, ensorcelé, en tressaillit.

De nature primesautière, Marie-Marseille était bien loin d'imaginer le trouble que sa beauté dispensait autour d'elle.

— Qu'est-ce que ça change ?

Elle n'avait pas vu grandir Andréloun, pas plus qu'elle ne s'était vue grandir elle-même. Elle ne supposait pas qu'il pût être un homme comme les autres et, n'eût-ce été sa pudeur, elle lui aurait avoué les battements de son cœur... et ceux que Frédéric avait pour elle, hypothétique conjecture dont elle était cependant certaine.

Tout en le suivant comme son ombre, elle menait son plan à terme.

— Vous êtes nombreux là-haut ? demanda-t-elle.

— Nous sommes dix-neuf à présent, avec vous ça fera la vingtaine !

— Qui sont les autres ?

Andréloun énuméra tous ses camarades par leur prénom en commençant par Fernand, le plus ancien, puis il termina en disant :

— Maintenant nous avons un chef de réseau, un capitaine.

— Comment s'appelle-t-il ? demanda-t-elle, l'espoir suspendu aux lèvres.

— Félicien, répondit Andréloun.

De déception, Marie-Marseille trébucha et posa son sac à terre.

— Il n'y a pas de Frédéric ?

— Pas le moindre !

Lorsqu'ils arrivèrent au sommet de la colline suivante, Andréloun ralentit le pas. Plus il approchait du jas, moins il concevait aisément la présence de la jeune fille parmi les hommes. Il se souvint alors, bien à propos, d'un minuscule cabanon dans lequel Bartoumièu enfermait parfois ses bêtes les jours d'orage et il décida d'entraîner son amie vers cette petite maison.

— Je vais vous laisser finir la nuit ici, dit-il en s'arrêtant devant la porte. Demain matin, si les autres sont d'accord, je reviendrai vous chercher. Avez-vous de quoi vous couvrir chaudement ?

Marie-Marseille ne protesta pas. Depuis qu'elle savait que Frédéric n'était pas dans la montagne, sa fuite perdant son sens, la tristesse avait envahi son visage. Andréloun s'y trompa.

— N'ayez crainte, vous ne risquez rien. Personne ne vous dérangera, ici c'est le bout du monde. Je reviendrai au tout petit matin... Croyez-moi, il vaut mieux faire comme ça !

Marie-Marseille ne protesta pas. Exténuée, dépitée, elle mourait d'envie de se retrouver seule.

— Vaï, ne vous faites pas de souci, je saurai bien les convaincre. On remplira un seau de toutes les larmes que je vais leur tirer en leur racontant l'histoire ! Allez, zou ! Il faut que je file, on m'attend là-bas.

La jeune fille s'emmitoufla dans son manteau puis elle s'étendit sur un peu de fourrage qu'Andréloun avait entassé dans un coin. Lorsque, enfin, elle posa sa tête sur son bras, il sortit et ferma la porte doucement.

Il rechargeait son sac de pain sur son dos quand il entendit éclater la cascade de sanglots que Marie-Marseille retenait dans sa gorge. D'un coup d'épaule il se débarrassa de son fardeau et entra. Couchée sur le ventre, le visage enfoui dans ses bras, la jeune fille pleurait à chaudes larmes.

Andréloun s'accroupit à ses pieds et, le dos contre le mur, il murmura :

— N'ayez plus peur, princesse, vous n'êtes plus seule, voyez, je reste là.

Quand Andréloun s'endormit enfin, Marie-Marseille dormait déjà.

20

Le soleil se levait à peine lorsqu'ils repartirent vers le maquis de Saint-Pierre. Andréloun marchait d'un pas décidé, la charge qui dépassait de son dos dissimulant Marie-Marseille qui avançait tête basse. Ils arrivèrent enfin en vue de Fernand, fusil pointé, placé en sentinelle. L'accueil ne fut pas des plus agréables.

— Ah, te voilà enfin, nom de Dieu ! Figure-toi qu'on t'a attendu jusqu'à point d'heure ! lança-t-il avant de s'arrêter net en découvrant Marie-Marseille.

Il ne dit pas un mot, mais son visage devint sévère. Il siffla entre ses doigts vers une autre sentinelle.

— Viens prendre ma place en vitesse.

Il dépassa sans égard les deux jeunes gens pour se précipiter vers le jas, dont il ouvrit grand la porte.

— Félicien, sans vous commander, pouvez-vous venir voir ce qui se passe ?

Sa voix n'avait rien d'amical.

Et Félicien apparut sur le seuil.

— Frédéric ! s'exclama Marie-Marseille, cachée dans le dos d'Andréloun.

Mais Félicien, les poings sur les hanches, engueulait

déjà le malheureux garçon tandis que les autres hommes s'adossaient au mur du jas pour assister à la scène.

— L'heure, c'est l'heure ! hurla-t-il. Tu devais être ici à minuit au plus tard. Que fichais-tu donc ? On a cru que tu t'étais fait prendre, imbécile !

Marie-Marseille choisit ce moment pour faire un pas de côté et se montrer. Félicien se tut brusquement, une brève étincelle changea la couleur de son regard. Il laissa passer une seconde puis, se tournant vers Andréloun pour dissimuler son embarras, il susurra :

— Ah, je vois… Tu es en bonne compagnie ! Félicitations, mon gars !

Mais, abandonnant son ton doucereux, il haussa aussitôt la voix :

— On t'a dit mille fois qu'on ne doit ramener personne, pas de copine, pas de famille. Es-tu sourd, imbécile ? Ici, ce n'est pas une cour d'école !

— Je vais vous… commença Andréloun.

— Tais-toi !

— Il ne manquait plus qu'une femelle pour mettre la pagaille ici ! lança Fernand à voix suffisamment haute pour que Félicien l'entende.

Le jeune homme frémit et, retrouvant d'un seul coup toute sa colère, il devint cinglant en s'adressant à Marie-Marseille :

— Me direz-vous ce que vous êtes venue faire ici, mademoiselle ?

— Je me suis sauvée de chez moi, répondit-elle d'une voix posée, croyant ainsi arranger l'affaire.

Félicien sursauta. Dans ses yeux, on vit passer un éclair.

— Comment ? Vous habitez une maison où se prélassent un colonel allemand, un collaborateur notoire et un suppôt de Vichy, et vous leur faussez compagnie ? Pour venir ici ? Vous rendez-vous compte ? Comprenez-vous le danger que vous faites courir à tous ceux-là ? hurla-t-il en balayant d'un bras les hommes et le jas. Etes-vous folle ? Soyez sûre que pour vous retrouver Lestrade va demander l'aide de son grand ami Müller et puis celle de ce salopard de Baraut ! Croyez bien qu'ils vont remuer ciel et terre pour savoir où vous êtes ! Ils vous trouveront certainement et nous aussi par la même occasion ! Avez-vous une idée de ce qui attend ces malheureux si, par votre faute, ils se font prendre ?

Le capitaine avait son beau visage défiguré par la fureur. Marie-Marseille, défaite, honteuse, terrassée, amorça une volte-face. Félicien cria :

— Restez ici !

Andréloun frémit imperceptiblement mais, figé dans un approximatif garde-à-vous, il laissa passer la tempête tant il était abasourdi, bien moins par les cris du capitaine que par la découverte qu'il venait de faire : Marie-Marseille connaissait Félicien et Félicien connaissait Marie-Marseille.

« Félicien » n'était qu'un nom de guerre et Andréloun s'en doutait bien.

Le capitaine se tut et recula de deux pas pour parlementer avec les hommes. Cinq minutes passèrent, pendant lesquelles Andréloun et Marie-Marseille eussent aimé s'enfoncer dans la terre. Félicien revint à leur hauteur et siffla, glacial, en direction de Marie-Marseille :

— Vous allez retourner chez vous tout de suite. Pour justifier votre absence, vous raconterez une fable à votre grand-mère, n'importe laquelle... Choisissez donc de préférence une histoire de cœur, tout le monde s'y laisse prendre… Mais tâchez qu'elle soit vraisemblable, je vous le recommande !

Andréloun fit un pas en avant et, le sourire aux lèvres, il dit :

— Ne soyez pas en colère, mon capitaine, mais ce que vous dites n'est pas possible ! Attendez un peu que j'explique…

Félicien l'interrompit violemment :

— Il n'y a rien à expliquer et rien à comprendre ! Allez, zou ! File et raccompagne cette jeune personne immédiatement. C'est un ordre ! Tu l'amènes chez Chouas et tu reviens, elle rentrera bien toute seule ! Nous, pour plus de sûreté, nous allons nous replier autre part, au camp 2, souviens-t'en !

Il se retourna prestement et franchit la porte du jas.

— Suivez-moi, vous autres ! lança-t-il.

Et les hommes y pénétrèrent à sa suite en laissant traîner derrière eux des regards goguenards.

Les maquisards avaient à peine passé la porte du jas quand, de terreur, de honte ou de chagrin, des trois accumulés peut-être, Marie-Marseille s'affaissa contre l'épaule d'Andréloun. Il la retint par la taille, saisit la valise et reprit le chemin à l'envers en la soutenant de son bras.

— Allez, zou ! lui dit-il durement. Ce n'est pas le moment de prendre le vire-vire.

21

Marie-Marseille retrouva ses esprits alors qu'Andréloun, fourbu, s'arrêtait au bord du riou. Quand ils arrivèrent devant le cabanon de Bartoumièu, Andréloun soupira.

— J'en ai une fourre de toute cette affaire, nous allons nous reposer et réfléchir un peu.

Au lieu de quoi, à l'ombre des jeunes feuilles d'un figuier, ils dévorèrent, ensemble mais sans rien se dire, quelques biscuits et le chocolat qui se trouvaient dans la valise de Marie-Marseille. Les yeux dans le vague, silencieux, Andréloun semblait être ailleurs. A son côté, Marie-Marseille, hébétée, regardait devant elle.

Lorsque, le repas fini, elle eut digéré sa stupeur, il ne resta de ses rêves d'amour qu'une fureur sourde, semblable à celle qui l'opposait à Lestrade. Une rage stérile et méchante, tout entière faite de honte et de ressentiment.

— Alors, vous connaissiez Félicien ? lui demanda soudain Andréloun.

— Une fois, je l'ai vu chez monsieur Consé.

— C'est pour le revoir que vous vouliez aller au jas, n'est-ce pas ?

La lucidité d'Andréloun transformait si implacablement son innocente ruse de jeune fille amoureuse en coquine bassesse que, humiliée, Marie-Marseille baissa la tête et ne répondit pas.

— Et Lestrade ? Une fable ?

— Lestrade, c'est vrai !

Elle l'avait oublié, mais elle s'en souvint à temps pour se défendre. Elle raconta les regards, les mots et la scène de la chambre. Andréloun l'écouta, un pli aux lèvres, mais il ne fit aucun commentaire. Appuyé sur ses avant-bras, il regardait ailleurs, indifférent, désenchanté, presque moqueur.

— Tout ce moulon d'hommes qui vous aiment ! Lestrade, le capitaine… et qui d'autre encore ?

Il avait une voix sarcastique qu'elle ne lui connaissait pas. Elle jeta un œil vers son profil et fut surprise d'y découvrir de la douleur.

— Ne me parle plus de cette brute, de ce sale type ! jeta-t-elle.

— Il a eu raison, dit Andréloun à mi-voix.

— Comment ? Il a eu raison de me parler de cette manière ? Beau capitaine en vérité, on croirait qu'il a été élevé dans une étable ! Faites ci, faites ça, je ne veux rien entendre, j'ai raison, obéissez, foutez le camp… ! Mais pour qui se prend-il, ce bonhomme ?

— Pour le capitaine.

— Ah, il est joli et bien aimable ! Et vous donc ? Avez-vous entendu qu'il vous traitait d'imbécile ?

— J'en ai l'habitude et d'ailleurs, si on le fait, c'est que je le veux bien…

Et, comme s'il voulait rompre l'entretien, Andréloun s'étendit sous l'arbre. Débraillé, épuisé, les joues râpeuses, ses cheveux blonds, trop longs, en bataille sur sa cicatrice, il semblait anéanti. Elle qui ne l'avait connu que bondissant, gai et bavard avait de la peine à le reconnaître. Même s'il avait grandi et pris de la carrure, ce n'était pas ce qui le différenciait du gringalet qui sautillait place de la Fontaine ou du gamin frondeur qui l'entraînait dans les ruelles. Cet Andréloun-là était triste à mourir. Il ne clignait plus de l'œil, ne reniflait plus ni ne battait des ailes.

— Il faut que je rentre, murmura-t-elle.

— Comme vous voudrez, mademoiselle.

Il dit cela d'une voix atone, indifférente, mais en appuyant si narquoisement sur « mademoiselle » qu'elle sursauta.

— Pourquoi « mademoiselle », je ne suis donc plus ta princesse ? demanda-t-elle en minaudant.

Mais elle était inquiète.

Il ne répondit pas. Elle s'assit différemment pour mieux le voir ; il se détourna, misérable ; elle insista et s'attendrit soudainement.

Que n'avait-il pas fait pour elle ?

Elle se trompa sur les causes de sa tristesse, et un formidable élan de tendresse mêlée de pitié l'entraîna à se pencher vers lui et à l'embrasser sur le front et sur les joues de la même manière tendre et pudique qu'à Vallon blanc.

— Je te demande pardon, lui dit-elle.

Andréloun tressaillit au premier baiser puis se laissa faire pour les autres, comme sourd à son pardon, insensible à sa tendresse. Son détachement peina d'autant plus Marie-Marseille qu'elle éprouvait un plaisir aigu à le picoter ainsi du bout des lèvres – il y avait si longtemps qu'elle n'avait embrassé personne –, cela lui rappelait avec ivresse les petits baisers pointus qu'elle donnait à son père. Elle se redressa sans qu'il s'en émût et attendit en vain qu'il se levât avec elle.

A ses pieds, Andréloun affichait une belle indifférence alors que son cœur battait à se rompre. Lui non plus n'avait pu vu grandir Marie-Marseille et il découvrait qu'il en était amoureux fou au moment même où, devenue femme, elle échappait définitivement à ses rêves. Toutes les preuves d'amitié qu'elle lui témoignait le pourfendaient en lui rappelant cruellement qu'elle n'était pas faite pour lui.

Marie-Marseille ne parvenait pas à mettre de l'ordre dans son cœur. Alors qu'elle aurait dû souffrir de la froideur de Frédéric, de sa hargne, elle n'y pensait déjà plus, et seule l'impassibilité d'Andréloun la désolait vraiment.

Elle s'éloigna et emprunta un sentier parsemé de violettes sauvages. Elle en cueillit quelques-unes tout en lorgnant Andréloun du coin de l'œil.

— Tu es fâché ? lui demanda-t-elle en revenant.

Il releva les paupières et leurs yeux se rencontrèrent.

— Mais non...

Marie-Marseille reprit sa place à son côté. Une violette sous le nez, elle cherchait un moyen propre à faire renaître l'Andréloun d'autrefois, celui qui l'appelait « princesse ». Elle se pencha vers lui et promena la fleur sur son visage. Andréloun grommela puis il tendit les lèvres, happa d'un seul coup la violette, la mâcha et l'avala. Marie-Marseille gloussa de contentement.

— Pourquoi ne fais-tu plus de grimaces ? lui demanda-t-elle.

Contrairement à ce qu'elle espérait, il eut une moue agacée et ne répondit pas. Plus elle s'approchait de lui, plus il s'éloignait d'elle, et resurgit encore avec violence l'insoutenable sensation d'abandon qu'elle avait éprouvée lors de son deuil d'enfant.

— Je te demande pardon, murmura-t-elle, implorante.

Il mit son visage dans ses mains comme pour ne plus la voir. Marie-Marseille crut qu'il pleurait et s'affola. Elle se pencha de nouveau vers lui et l'embrassa avec toute la fièvre désespérée qui était en elle. Il la repoussa fermement.

— Vous ne devriez pas faire cela, princesse, prononça-t-il sévèrement. Pensez un peu à qui vous êtes.

Mais Marie-Marseille ne l'entendit pas. Toutes les sciences du monde ne seraient pas parvenues à démêler l'inextricable enchevêtrement de ses pensées, des élans de son cœur et des pulsions de son corps. Elle frôla sa bouche par mégarde puis y revint pour s'y attarder inexorablement comme la limaille colle à l'aimant. Quand les lèvres d'Andréloun frémirent sous les siennes, elle en éprouva un tel triomphe qu'une folie soudaine la saisit et la projeta contre la poitrine du jeune homme. Elle s'y nicha avec chaleur, rompue, heureuse enfin, alors que, vaincu, Andréloun passait son bras autour d'elle.

22

Ainsi que Félicien l'avait décidé, le maquis de Saint-Pierre se déplaça dans la montagne et les hommes s'installèrent plus au nord dans des baraquements jadis construits pour des bûcherons indochinois.

Félicien passa le reste de la journée à organiser une mission consistant à récupérer dans les caves d'une exploitation voisine des armes que l'armée d'armistice refusait de rendre à la Résistance.

A la demande de Félicien, René accepta d'utiliser sa camionnette gazogène. Quand Félicien souhaita des volontaires, dix se levèrent alors que six d'entre eux auraient suffi pour tout mener à bien. Ensemble, ils mirent sur pied l'expédition, ils étudièrent le parcours, la place des sentinelles, les risques, les replis et les secours... Félicien se régalait. Dans ces instants seuls, son engagement militaire prenait son sens véritable. S'il aimait commander, écouter les uns et les autres et décider lui-même, il était avant tout un joueur et il y avait quelque chose de ludique dans cette mission, si importante et dangereuse fût-elle, comme un jeu de gendarmes et de voleurs.

Lorsque l'expédition fut réglée dans ses moindres détails, Frédéric partit faire quelques pas dans la campagne. Bien qu'il parût serein, satisfait de son rayonnement, il était à cran. Il ne cessait de se remémorer l'incident qui avait marqué son réveil. Non qu'il regrettât la décision qu'il avait prise, mais, peut-être, se disait-il, aurait-il dû y mettre un peu plus de formes. Il n'aimait pas s'avouer qu'en agissant ainsi il n'avait fait que céder à la pression exercée par la présence goguenarde des hommes. Sans elle, il le savait bien, il se serait montré moins féroce. Il se reprochait surtout de ne pas avoir pris le temps d'écouter les explications d'Andréloun.

Frédéric oscillait entre le doute et la conviction, entre le regret et la satisfaction, selon qu'il se considérait comme Frédéric ou comme Félicien. Pour Félicien, jeune capitaine, s'imposer à ces hommes plus âgés et roublards n'était pas une chose facile. Le danger était réel, et tous ici le savaient bien. Les nombreux sabotages et les innombrables escarmouches fomentées par les résistants avaient rendu les Allemands plus offensifs, tandis que l'échec de l'expédition russe semait le doute dans leurs rangs. Maintenant qu'ils entrevoyaient une possible défaite, ils cherchaient par tous les moyens à vaincre définitivement, en premier lieu en démantelant les noyaux de Résistance, la prise du maquis des Glières en était le désastreux exemple. Il fallait redoubler de prudence. La présence de Marie-Marseille les aurait mis en danger et il avait bien agi en la renvoyant immédiatement. Ce n'était pas le moment de faire naître la division et la grogne dans son réseau en tergiversant à perte de vue pour en arriver au même résultat.

Pour Frédéric, il n'en allait pas de même. La jeune fille

était réellement charmante et il n'aurait pas demandé mieux que de la prendre sous son aile. Il eut une petite moue conquérante. Il la revit échevelée, pelotonnée dans son manteau et tremblante sous sa voix. Malgré la longue marche qu'elle avait faite, son teint de miel, ses prunelles vert sombre tachées de soleil et ses cheveux noirs en bataille éblouissaient encore. Il sourit : « Je me suis sauvée de chez moi », avait-elle dit bravement...

L'affaire était peut-être grave...

Il se souvint enfin que monsieur Consé tenait Marie-Marseille en grande estime et, de toutes ces remarques accumulées, il accepta l'idée d'avoir commis une faute. Il différa l'obligation de rechercher une solution à son problème en demandant à haute voix :

— Comment se fait-il qu'Andréloun ne revienne pas ?

Fernand haussa les épaules, les jeunes suggérèrent plus ou moins finement qu'il était normal de prendre son temps en compagnie si agréable. Félicien les entendit et un petit pincement au cœur l'agaça.

— Vé, le voilà ! cria à cet instant Barnabé, posté en sentinelle.

Andréloun rejoignit sa place parmi la troupe, ni abattu ni insolent, et chacun l'accueillit d'une réflexion moqueuse. Andréloun ne leur répondit pas. Il avait l'air absent. Il se soumit aux ordres de Fernand et fendit des bûches en bûchettes avec une dextérité incroyable. Félicien s'approcha de lui.

— Alors, Andréloun, tout s'est-il bien passé ?

— Oui, très bien, capitaine.

— Qu'avais-tu de si important à nous dire ?

Andréloun releva la tête et, tâtant de la main sa cicatrice, il répondit plaintivement :

— Nom de Dieu ! Capitaine ! Figurez-vous que je ne m'en souviens pas.

Plus tard, alors que Félicien commandait l'extinction des feux, Andréloun se retrouva allongé près des deux frères Paul et Justin, et du petit Marius, un autre jeune, maigrichon celui-là, mais tout aussi envieux et hargneux que les deux autres. D'un grabat à l'autre, à mi-voix, afin que Félicien ne les entendît pas, ils commencèrent à plaisanter :

— Le Papillon se meurt d'amour pour sa princesse…

— T'auras beau faire, simplet, elle n'est pas pour toi !

— Imagine un peu la noce !

Un grondement moqueur courut de paillasse en paillasse.

— Rasclou et Virginie sur leur trente et un sur le banc de l'église à côté de la comtesse !

— Le Papillon veut chier plus haut qu'il a les ailes !

— Vé, elle sera pour le capitaine !

— C'est qu'elle est belle, la garce, et il l'a bien reluquée, l'air de rien…

— Et si demain il s'en va au village comme il l'a dit, c'est bien pour revoir mademoiselle !

23

Marie-Marseille fit seule le chemin qui la ramenait au village. A demi éveillée, à demi rêveuse, elle allait comme enveloppée d'un brouillard épais qui la confinait dans une intimité sucrée, apaisante comme un anesthésiant.

En passant, elle confia son sac à Chouas :

— Je reviendrai le prendre plus tard… lui dit-elle en le remerciant.

— Ils n'ont pas voulu de vous, ricana le bonhomme, j'en étais sûr.

En guise de réponse, elle lui sourit gentiment et continua sa route. Il était midi lorsqu'elle traversa, gracieuse, la place de la Fontaine et poussa la petite porte jouxtant le portail. Elle entra au château d'un pas allègre, fit un détour par la cuisine où elle rassura Josette et Denise, puis elle se dirigea droit vers le salon pour y surprendre sa grand-mère.

— Ah ! vous voilà !

Et, comme une outre gonflée qu'on vide enfin, Grammie laissa couler le flot de ses soucis, des insomnies insupportables et de toutes les transes auxquelles elle avait survécu par miracle. Enfin, elle s'informa :

— D'où venez-vous ?

Marie-Marseille répondit avec détachement :

— Figurez-vous, Grammie, qu'hier j'étais chez mon amie Paulette quand j'ai appris qu'un bal avait lieu, le soir même, dans une ferme du voisinage. Savez-vous que les jeunes gens d'ici regrettent tant qu'il n'y ait plus de bals qu'ils en organisent parfois eux-mêmes, à la sauvette ? Dans l'après-midi, Paulette et moi nous sommes rendues dans cette ferme pour tout mettre en place. Ensuite, nous avons dansé jusqu'à trois heures du matin et, pour ne pas braver le couvre-feu, nous avons dormi sur la paille jusqu'à tard ce matin… Et me voilà !

Son mensonge, soufflé par Andréloun, ne l'embarrassa pas le moins du monde. Elle ne laissa pas à sa grand-mère le temps d'en relever les invraisemblances et ajouta sévèrement :

— Comme ces bals sont défendus, je compte bien sur vous pour n'en parler à personne, surtout pas à Lestrade ni à Müller. Entendez-vous ? Promettez-le-moi !

Comme Grammie, estomaquée, tardait à lui répondre, Marie-Marseille se pencha vers elle et, les yeux plantés dans les siens, elle murmura, menaçante :

— Promettez donc !

— Mais qu'est-ce que vous alliez faire dans une ferme ? s'offusqua la comtesse.

— Vous avez raison, Grammie. Je me suis vite rendu compte que je n'y étais pas à ma place, improvisa Marie-Marseille. Raison de plus pour ne pas en parler à Lestrade !

Recroquevillée dans sa quiétude enfin retrouvée, Grammie haussa les épaules et promit de se taire.

L'après-midi même, Marie-Marseille reprit ses habitudes d'avant son escapade. Elle descendit à la cave remplir de provisions un vieux cabas, puis elle se rendit chez monsieur Consé. Celui-ci la reçut en bougonnant, mais la jeune fille sut si bien reconnaître sa faute et si adroitement présenter ses regrets que le brave homme perdit bientôt son air sombre et ne s'inquiéta plus que de l'attitude de Lestrade envers elle. Marie-Marseille le tranquillisa en balbutiant quelques informations confuses, puis elle se ressaisit et prit un petit air résolu pour assurer qu'elle en viendrait bien à bout toute seule. Son aplomb fut tel que madame Consé, bien que surprise, conclut elle-même, pleine de candeur :

— Vous vous êtes affolée trop vite, ma pauvre petite.

Marie-Marseille termina son entretien en faisant l'éloge de Frédéric :

— C'est vraiment un chef ! s'extasia-t-elle, sournoise. Il faut voir comment il a décidé que je ne pouvais pas rester là-bas étant donné le risque que je faisais courir à tout le monde ! Il n'a pas hésité une seconde ! Il est admirable !

Son ton était si solennel que monsieur Consé l'en félicita. Comme Marie-Marseille partait, il ajouta :

— Vous devriez aller voir Virginie, la nourrice d'André-loun. Cette pauvre femme ne va pas bien du tout... Parlez-lui de son petit, rassurez-la...

Marie-Marseille remonta la ruelle et frappa à la porte de Rasclou, le pleure-misère. Virginie lui ouvrit la porte et la fit entrer dans l'arrière-boutique. Bien qu'il fût près de six heures du soir, entre la table et la fenêtre, sur un matelas jeté à terre, dormait la grand-mère, la vieille Rose.

— Ses jambes n'ont plus la force de monter les marches... Que voulez-vous que je fasse à présent, je ne sais plus où poser mes assiettes !

Là-haut, dans la chambre, son mari souffrait du ventre. On l'entendit se plaindre et aussitôt, semblant devenir folle, Virginie s'agrippa les cheveux et tourna sur elle-même :

— Toujours gémir, toujours gémir ! Est-ce que je gémis, moi ? On dirait qu'il n'y a que lui sur cette terre ! Lui et ses billets de banque ! hurla-t-elle. Il mourra couché dessus comme un vilain rat.

Elle prit les mains de Marie-Marseille et les serra dans les siennes, froides et humides.

— Sans mon petit, bégaya-t-elle, je n'arrive à rien.

Elle se tut un instant, hagarde, puis reprit de plus belle :

— Dites-moi qu'il reviendra bientôt, hein ? Ce pauvre garçon... Si vous saviez tout le mal qu'on lui fait.

Ses yeux écarquillés dévoraient Marie-Marseille.

— Les gens sont méchants, ajouta-t-elle d'une voix lourde d'une haine secrète.

Elle s'accrocha aux bras puis au corsage de la jeune fille.

— Mon petit, il est bon comme le pain...

Pendant que Marie-Marseille déposait sur la table tout le contenu de son cabas, Virginie, qui sentait la nuit et l'aigre, suivait ses gestes de ses prunelles ahuries :

— Vous êtes bonne, vous aussi, comme mon petit, répétait-elle.

Marie-Marseille réussit, non sans peine, à s'enfuir de cette antichambre de l'enfer. Bien que la rumeur publique lui eût appris depuis longtemps que la malheureuse femme était folle, elle tremblait d'épouvante en escaladant la ruelle. Elle avançait à pas rapides, sans rien regarder autour d'elle, quand miraculeusement, alors qu'elle passait devant la boutique de l'horloger, la symphonie des carillons des pendules retentit, ressuscitant, pour une Marie-Marseille déboussolée, l'enchantement de sa première escapade.

Au dîner, Marie-Marseille étonna Grammie par son maintien irréprochable, rien ne subsistait plus du laisser-aller de la gamine grincheuse d'autrefois. La nuque droite, souriante, elle participa à la conversation avec l'Oberführer Müller.

Le soir venu, Marie-Marseille se rendit à la petite ferme et, de la même façon que chez monsieur Consé, elle fit preuve de tant de sagesse et de compréhension que Joseph lui pardonna toute la peine qu'il avait prise pour elle.

— Vous ne pouviez pas savoir...

— Vous-vous... ne-ne... pou-pou... répéta Jiget en écartant les bras.

24

Frédéric entra chez monsieur Consé à la nuit tombante. Les deux hommes s'enfermèrent aussitôt dans la cuisine pour échanger leurs informations.

— Honoré est à la prison de Nice, il subit interrogatoire sur interrogatoire.

— Ils ne le lâcheront pas, soupira monsieur Consé.

— Il faut qu'il tienne encore, la victoire approche…

Ils écoutèrent Radio Londres puis l'allocution de Pétain sur Radio France.

— Le pauvre vieux n'a pas encore compris que les Boches se foutent de sa gueule…

Enfin, Frédéric parla de son projet consistant à faire homologuer la colline proche de Saint-Pierre pour y accueillir des parachutages d'hommes, de vivres et d'armes.

— C'est une colline déserte et suffisamment étendue, dit monsieur Consé, mais méfiez-vous, elle n'est faite que de rochers, éclairez les bons endroits. Je viendrai vous aider…

Enfin, comme par mégarde, Frédéric évoqua l'arrivée intempestive de Marie-Marseille au jas de Saint-Pierre.

— Vous avez bien fait de la renvoyer, dit monsieur Consé.

— Mais pourquoi donc voulait-elle fuir sa famille ?

— Il paraît que Lestrade la poursuit de… vous voyez ce que je veux dire… de ses mauvaises intentions, ce qui n'est pas surprenant quand on connaît le bonhomme. La petite s'est affolée… Mais, aujourd'hui, elle a repris ses esprits. Les choses ne sont pas aussi graves qu'elle se l'imaginait. C'est elle-même qui le dit.

— Le croyez-vous ?

— Joseph, que vous connaissez, et sa femme Denise m'ont promis de veiller sur elle.

— J'aimerais lui présenter mes excuses, je crains de m'être montré trop dur.

— Ah, bah, n'y pensez plus, c'est oublié. Elle m'a dit que vous avez eu raison d'agir comme vous l'avez fait. Savez-vous qu'elle vous a trouvé très impressionnant ? Comment a-t-elle dit…

— « Admirable » ! lui rappela sa femme.

Frédéric se rengorgea imperceptiblement.

— Si vous y tenez, vous vous excuserez demain matin, elle doit passer me voir. Ma femme et moi, nous la trouvons changée, comme si son escapade l'avait obligée à réfléchir.

— Et que pensez-vous d'Andréloun, vous savez, ce jeune qui a le crâne fendu ?

— C'est un personnage important, malgré ce qui paraît. Un sacré numéro… et, si vous voulez bien suivre mon conseil, ne vous laissez pas prendre à ses airs d'imbécile ni à ses extravagances.

Monsieur Consé conclut :

— Il aime beaucoup Marie-Marseille. Quand ils

étaient petits, ils étaient toujours ensemble. Il l'appelait « princesse » !

Frédéric s'étonna puis se rembrunit :

— Hier matin, à la suite d'une bagarre féroce qui a eu lieu pendant la nuit, Andréloun a quitté le maquis. « Je m'en vais chercher fortune ailleurs », a-t-il dit à Fernand qui cherchait à le retenir !

Monsieur Consé se laissa retomber sur sa chaise.

— Merde alors, soupira-t-il.

Lorsque, au matin, Marie-Marseille, habillée d'une petite robe de coton blanc, entra chez monsieur Consé, Frédéric se précipita vers elle pour lui tendre une main chaleureuse.

— Désolé de m'être montré si dur avec vous, mademoiselle...

Il rayonnait tout aussi étonnamment qu'à leur première rencontre, et elle en fut encore troublée bien malgré elle. Elle lui sourit, il reprit confiance.

— Mais il le fallait bien ! ajouta-t-il fermement.

Marie-Marseille souleva légèrement une épaule.

— Pfut, vous êtes pardonné... Il le fallait bien, vous le dites vous-même ! glissa-t-elle, chipie. Alors n'y pensons plus !

Elle n'avait jamais été aussi belle qu'à cet instant où elle se vengeait en lui renvoyant sa maladresse accompagnée d'une œillade à la fois arrogante et friponne. Puis elle se grima d'une moue timide, baissa la tête et roucoula :

— Heureusement que j'avais Andréloun pour me tenir compagnie...

Et elle rosit de sa propre hardiesse.

Frédéric vit passer le trouble, mais il n'en soupçonna pas la cause. Il passa outre, anxieux de ne pas laisser l'entretien se rompre.

— Votre retour au château s'est-il bien passé ? demanda-t-il.

— Parfaitement ! Voyez-vous, ainsi que vous me l'aviez suggéré, j'ai inventé « une histoire de cœur très vraisemblable », que ma grand-mère a avalée toute crue ! D'un bout à l'autre de cette histoire, je me suis conduite comme une sotte et je vous remercie d'avoir su, avec tant de sang-froid, me le faire comprendre.

Frédéric n'avait pas gardé le souvenir de ses propres insolences, il fut mortifié qu'elle les lui rappelât devant monsieur Consé.

— Je vois bien que vous n'acceptez pas mes excuses. Dois-je me mettre à genoux ?

— Ne soyez pas stupide. Je ne sais pourquoi vous vous entêtez à me croire offensée, je ne le suis pas le moins du monde. Parlons d'autre chose, voulez-vous ? Avez-vous fait bonne route ?

Plus elle était insolente, plus elle le ravissait. Elle ressemblait à une paonne au plumage ébouriffé, dressée dans une parade à la fois agressive et voluptueuse. Il chercha une fois encore à rencontrer ses yeux.

— Dans vos paroles, j'entends encore votre rancune !

— Entendez ce que vous voulez ! Tête de mule !

Et Marie-Marseille se retourna, ouvrit la porte en lançant vers monsieur Consé :

— Je reviendrai vous voir demain.

Monsieur Consé la retint par le bras.

— Attendez !

Le brave homme chercha en vain des mots légers pour annoncer la nouvelle :

— Hier, Andréloun a quitté le maquis de Saint-Pierre. Il est parti comme ça, sur un coup de tête. Demandez voir à Joseph s'il sait quelque chose.

Marie-Marseille reçut le coup en pleine poitrine.

— Et vous l'avez laissé partir ! dit-elle en dévisageant Frédéric, furibonde.

— Il ne m'a pas demandé mon avis. Après s'être battu comme un chiffonnier avec les autres, au matin, il s'en est allé comme il était venu, les mains dans les poches.

— Ne vous en faites pas, il reviendra, il aime tant sa mère… ajouta monsieur Consé.

Privée de parole, Marie-Marseille passa la porte.

Au milieu de la nuit, Frédéric repartit vers la montagne. Il traversa la place de la Fontaine alors que le clair de lune jetait les ombres des hautes grilles du château jusqu'au milieu de la cour d'accueil. La façade resplendissait sous la lumière bleutée venue du ciel. Il s'approcha du portail et contempla les murs imposants, les hautes fenêtres ainsi que les tours dodues qui donnaient à l'ensemble une majesté incontestable. Il en fut très impressionné. Il crut voir Marie-Marseille apparaître sous l'allée de platanes. Même en rêve, elle était belle et désirable…

Sa pensée vagabonda encore plus avant, et il décida qu'une fois la guerre finie il viendrait la courtiser ici même.

25

Marie-Marseille se recroquevilla dans son lit et, par la pensée, elle rejoignit Andréloun, là-bas, sous le figuier aux jeunes feuilles.

Quand, enfin, il avait cessé de bouder et l'avait prise dans ses bras pour l'embrasser à son tour, la terre avait chaviré par-dessus le ciel et elle avait plongé dans un bonheur total. Pourquoi le cacher ? Le forcené besoin d'amour qui l'avait amenée à poursuivre Frédéric s'assouvissait enfin, et peu importait que ce fût dans les bras d'un autre. Andréloun la pressait contre lui et lui dévorait les joues, la bouche et le cou en balbutiant contre son oreille « princesse, princesse ». Au hasard de leurs baisers tendres, leurs regards s'étaient rencontrés, et, dans un vertige, elle avait cru reconnaître dans les yeux d'Andréloun, comme autrefois au Vallon blanc, l'expression extasiée que son père avait pour elle.

Marie-Marseille pensait que, jusqu'à sa mort, elle se souviendrait de cet élan furieux qui l'avait alors jetée contre la poitrine du jeune homme, une exigence indicible, essentielle, aveugle comme la foudre de l'orage. Elle était contre lui, et son corps brûlait le sien lorsqu'il lui avait saisi les poignets à les broyer, le visage durci, les prunelles sombres. « Il faut que je m'en aille. »

Et, d'une pirouette, il s'était redressé, s'était éloigné de quelques pas, était revenu, lui avait tendu la main afin qu'elle se levât elle aussi. « Il faut que je m'en aille », avait-il répété.

Bras ballants, stupéfaite, anéantie par cette séparation soudaine, elle l'avait interrogé d'un regard plaintif, mais il s'était détourné et avait remis son béret sur son crâne.

« Réveillez-vous, princesse, c'est moi, l'Andréloun ! »

Quand elle arrivait à cet instant de son histoire, un tourbillon glacé l'enveloppait des pieds à la tête.

Andréloun était parti sans se retourner.

Au matin, elle se réveilla avec regret. Elle aurait aimé rester dans le vide hébété du sommeil. Elle savait bien qu'au petit jour ses actes passés lui revenaient toujours sous un éclairage différent de celui, complaisant, en demi-teinte, de la veille. Le corps dolent, les sens endormis mais l'esprit clair, sévère, impitoyable même, elle revit Andréloun claudiquer sous les quolibets sur la place de la Fontaine.

Idiot, Andréloun ne l'était pas, mais ce n'était pas là l'essentiel. Même s'il était le prince des fous, le prince des sages, un être doux comme l'était son père, c'était assurément un pauvre diable qui n'avait rien de commun avec elle. Ne l'avait-il pas dit lui-même : « Réveillez-vous, princesse, c'est moi, l'Andréloun ! »

Marie-Marseille s'éveilla tout à fait et chassa son trouble d'un haussement d'épaules. Elle aurait beau faire semblant de se repentir et se promettre d'être raisonnable, elle savait bien qu'au fond d'elle-même elle ne regrettait rien, pas une seule parcelle de ce qui s'était passé sous le figuier aux jeunes feuilles. Elle aurait beau se mortifier et décider d'être, à l'avenir, plus réservée, distante, dédaigneuse même, elle savait bien que pour retrouver autant de plaisir et de bien-être elle recommencerait à la première occasion.

Sur le chemin qui l'emmenait vers l'inconnu, Andréloun pleurait. Il ne pleurait pas des larmes qui auraient coulé sur ses joues, il sanglotait à l'intérieur et c'était encore plus effroyable.

Il ne regrettait pas sa décision, il la déglutissait avec peine, comme une potion saumâtre. Il était bien trop lucide, trop lucide pensait-il, lui qu'on traitait de fou.

Où allait-il ? Il n'en savait rien, il fuyait. Il comptait sur l'espace et sur le temps pour faire s'éteindre sa peine.

Parce qu'il ne voulait voir personne, il s'éloigna de la grand-route et remonta vers le nord. Il pénétra dans une forêt, suivit une sente interminable et déboucha enfin dans un hameau désert. Devant lui, des femmes, sans mari ni père, se courbaient sur la terre. Il s'approcha d'elles.

— Je suis l'Andréloun de Juzan, avez-vous besoin des bras d'un homme ?

On lui donna l'outil.

Plus tard, il partagea leur repas.

— Savez-vous où l'on peut gagner le pain et le coucher sans se faire voir ?

— Restez donc avec nous, répondit la plus vieille. Le blé lève.

Une autre, plus jeune, lui fit un sourire aimable.

26

Lestrade revint au château totalement ragaillardi. Dans le joyeux Paris de l'Occupation – les deuils et les privations n'étaient pas le lot de tout le monde –, il avait enfin vécu des heures parfaitement semblables à celles dont il rêvait au temps où il était jeune homme. Grand prince, il s'était tout d'abord installé dans un palace de la place de la Concorde puis il s'était lié avec Zilla, une des plus belles femmes de l'endroit, en compagnie de laquelle il avait passé deux mois absolument fous.

Plus grande que lui mais diablement élégante, Zilla, qui s'appelait en réalité Liliane, outre un corps pulpeux, possédait l'art des belles paroles, de celles qui font s'évanouir les angoisses de l'homme.

Bien sûr, elle était fort gourmande, et Lestrade avait dépensé pour la rassasier, de bon gré, une fortune… Mais ces dépenses ne l'inquiétaient guère. Trois années d'Occupation lui avaient permis d'amasser un capital énorme dont il pensait bien jouir de cette façon. En plus de toutes les affaires qu'il réalisait avec les Allemands, le loyer pharaonique que ceux-ci lui servaient pour occuper l'espace des deux usines Boichosey aurait suffi à lui seul pour vivre royalement.

Ensuite, afin de pouvoir à son tour donner des fêtes somptueuses – et c'était bien là l'achèvement de ses désirs les plus forts –, il loua un hôtel particulier semblable en tout point à ceux de ses rêves.

« Je suis arrivé au bout de mes ambitions », murmurait-il parfois, anxieux encore. « Je ne désire rien d'autre », ajoutait-il, grandiloquent, à l'adresse de l'image vieillie que lui renvoyait son miroir. Mais plus il se prélassait dans ce fameux rêve, plus le plaisir qu'il en éprouvait excitait son appétit et moins il envisageait sereinement d'en finir.

Il revint à Boichosey pour interrompre une liaison pesante en se promettant de retourner à Paris à la première occasion.

Quand il reprit sa place à Boichosey, il s'étonna d'y rencontrer une Marie-Marseille qui allait et venait du salon à la cuisine avec une gravité qui ne lui ressemblait pas le moins du monde. Elle s'acquittait des tâches d'une maîtresse de maison, puis elle aidait Josette en cuisine, après quoi elle apprenait à coudre sur la machine à bascule de Denise. L'après-midi, elle disparaissait vers le village et n'en revenait qu'à la nuit tombante. Aux repas, elle discourait en allemand avec Müller, et tous deux paraissaient s'entendre à merveille.

Durant l'absence de Lestrade, et parce qu'ils se retrouvaient face à face à l'heure des repas, Marie-Marseille et Müller avaient pris l'habitude de converser longuement. La jeune fille s'était laissé prendre au piège de l'éloquence de ce grand bavard, suffisamment cultivé pour parler d'une France qu'il connaissait parfaitement et pour en dévoiler tous les trésors à l'intention d'une Marie-Marseille qui n'avait jamais quitté Juzan. Il n'exagérait pas son enthousiasme – quel intérêt aurait-il eu à le faire ? – en décrivant pour elle les châteaux, les paysages et les monuments. Il s'enflammait tout autant pour les autres merveilles d'Allemagne et, d'ailleurs, il rêvait d'avoir le loisir de parcourir bientôt l'Italie et l'Espagne. C'était, avant l'heure, un parfait Européen.

Après quelques verres propres à assouplir sa cuirasse, et rassuré par la seule présence de Grammie et de Marie-Marseille, il se laissait aller à livrer ses réflexions sur l'état du monde et se montrait, par instants, sans indulgence pour les folies de Hitler.

« Me direz-vous ce qu'on est allé foutre là-bas ? » disait-il en évoquant le désastre du front Est.

Il se défendait d'un engagement politique, quel qu'il soit. « Je suis seulement un esthète », disait-il, et il l'était certainement. En contrepartie, il affichait sans vergogne un antisémitisme profond, qu'il disait être la chose la plus naturelle qui soit, mais sans attirance spéciale pour la race aryenne. « J'en connais de très laids et de parfaitement crétins… »

Il s'avouait enfin partisan de l'eugénisme, une sélection sévère qui n'épargnerait que la beauté et l'intelligence. Il mettait cet engagement sur le compte de son amour pour les belles choses. « On sélectionne bien les roses et les chiens, pourquoi pas le genre humain ? Il y a trop de laideur et de bêtise dans le monde. »

Marie-Marseille, entraînée à la duplicité, l'écoutait sans livrer ses propres réflexions. Elle jouait à la sotte quand, rarement, Müller lui demandait son sentiment. Celui-ci, d'ailleurs, n'écoutait guère ses réponses. Müller aimait parler et, plus encore, s'entendre parler, et cela facilitait les choses. Cependant, elle n'était ni totalement sournoise ni totalement innocente en lui prêtant une oreille complaisante tant elle était curieuse de connaître les convulsions qui secouaient le monde et avide de comprendre la folie des hommes.

Un jour qu'il s'étonnait de la voir revenir au château bien après la tombée de la nuit, elle lui avoua d'un petit air déterminé : « Je distribue à de pauvres gens le savon et les provisions qui s'entassent dans la cave. Le savon surtout, qui m'appartient en somme. Ne trouvez-vous pas cela naturel ? »

Müller était parti dans un grand éclat de rire. « Ah, ces femmes, toutes les mêmes ! Il leur faut toujours une misère et un mouchoir ! »

Il parlait volontiers de sa femme et de ses enfants, même s'il rechignait à aller les voir. Concernant son activité, il était moins bavard, mais, quand la goutte d'alcool de poire que lui servait Marie-Marseille après le repas parvenait à lui faire baisser sa garde, sans entrer dans les détails, il avouait aimer « faire de l'argent » et profiter de la situation, non pas, comme le disait son Führer, pour rendre la France exsangue, mais pour faire tout simplement fortune – comme le faisait Lestrade.

La mort – la sienne uniquement et jamais celle de tous les autres pauvres bougres qui mouraient un peu partout en France – était toujours présente dans ses conversations. En l'évoquant, il perdait sa lourde prestance. Son activité, son éloquence, ses bavardages bonhommes, disait-il, avaient pour but de le distraire de la profonde terreur qu'il éprouvait à l'égard de la pourriture prochaine. Il assurait que le fait d'accumuler les richesses était la défense la plus efficace. « Voyez autour de vous, ce sont les pauvres gens qui meurent », disait-il naïvement.

Sans jamais parler de Freud, juif et laid, il se passionnait pour la psychanalyse, s'étudiait avec complaisance et concluait devant une Marie-Marseille totalement subjuguée par ses connaissances : « Nous avons tous peur de quelque chose, le salut n'est possible que si on l'admet. »

« Vous-même, mademoiselle, lui demanda-t-il un jour, ressentez-vous parfois une terreur obsédante qui vous tiendrait éveillée à l'heure où les autres dorment ? Ou bien connaissez-vous une soif perpétuelle, une soif qui vous fait vous précipiter dans toutes les directions et vous amènerait à faire des choses honteuses ? »

Sa course dans la montagne à la poursuite de Frédéric revint spontanément à l'esprit de Marie-Marseille.

« Depuis que mes parents sont morts, j'ai peur de ne jamais plus être aimée », laissa-t-elle échapper.

Müller se figea devant elle, les yeux écarquillés :

« Mais tout le monde vous aime ! Jolie comme vous êtes ! »

Marie-Marseille lui jeta un regard si douloureux qu'il cessa de rire et détourna la tête.

Grammie, elle, se laissait glisser vers la vieillesse. Elle sommeillait longuement dans le salon, négligeait sa mise, et ses cheveux gris qu'elle nouait sans soin dans le creux de sa nuque, à eux seuls, infligeaient vingt ans de plus à son visage. Plaintive, pathétique, elle faisait sans cesse appel à Marie-Marseille et, quand la jeune fille passait près de son fauteuil, elle agrippait son bras ou la retenait par le bas de sa robe. « Vous êtes merveilleuse, ma chérie. Restez avec moi encore. »

Marie-Marseille ne s'étonnait plus de ces tardives marques de tendresse. Une instinctive pitié l'amenait à s'efforcer de secourir la malheureuse. Elle écoutait Grammie lui raconter sa vie, une vie plate et morne, une vie où tout aurait été possible cependant.

« Votre grand-mère a toujours souffert d'ankylose », lui dit un jour Müller.

Enfin, Marie-Marseille apprit à conduire la Mercedes de Müller sous l'allée de platanes.

« Je demanderai à Lestrade de m'acheter une voiture », décida-t-elle.

27

Marie-Marseille accueillit froidement Lestrade.

— Je suis surprise que la simple gestion des usines de mon père vous entraîne si longtemps loin de Boichosey. Y a-t-il tant à faire ? Savez-vous que ma grand-mère souffre de vos absences ?

— Contentez-vous de parler de ce qui vous regarde et laissez les usines tranquilles, répliqua-t-il avec agacement, légèrement inquiet toutefois à l'idée qu'elle s'en mêlât.

— Seriez-vous trop fatigué pour en venir à bout ? lui lança-t-elle d'une petite voix mouillée de vinaigre.

Sous l'insolence, incroyablement, Lestrade frissonna de plaisir. Alors qu'il pensait être totalement guéri de ses errements passés grâce aux bons soins de Zilla, il sentit ses anciennes émotions revenir à toutes jambes. Il se noya encore une fois dans le bronze doré des yeux de Marie-Marseille, et la jouissance aiguë, masochiste que la petite peste savait faire naître en lui réapparut instantanément.

Cependant, Marie-Marseille était triste sous ses allures allègres. Lestrade s'en aperçut, enfin, un jour qu'il l'épiait à l'angle d'un journal.

Elle était assise dans un fauteuil du salon, les jambes

repliées sous elle, les mains sur les genoux, et regardait en direction de la fenêtre.

— A quoi pensez-vous, chérie ? lui demanda Grammie.

Lestrade sourcilla. Quel délabrement de la raison poussait Grammie à exhiber une affection dont jusqu'ici elle avait été fort chiche ? Marie-Marseille ne sembla pas s'en étonner. Elle murmura sans quitter sa pose :

— Je me demande de quoi va être faite ma vie.

Marie-Marseille, de l'endroit où elle était assise, apercevait par la fenêtre la grille contre laquelle venait s'appuyer Andréloun. Elle s'appliquait à repousser avec vigueur les élans de tendresse qui jaillissaient de son cœur chaque fois qu'elle pensait à lui.

« Pensez à qui vous êtes... » avait-il dit.

Elle y pensait toutes les nuits.

Elle, se disait-elle, trouverait bien la force de « se conduire en demoiselle »... comme le lui recommandait si souvent Denise. Mais lui ? C'était ce sentiment nouveau, presque maternel, qui l'accablait aujourd'hui. Elle n'acceptait pas l'idée que, par sa faute, Andréloun souffrît.

« Je lui souhaite tout le bonheur possible », se répétait-elle.

A l'extérieur, les choses n'allaient pas pour le mieux dans le meilleur des mondes, et l'optimisme de Benvengu lui-même en était bien embarrassé. Au lieu de l'Occupation tranquille qu'ils avaient espérée, les Allemands se défendaient pied à pied contre une Résistance de plus en plus vaillante. Dans le canton de Juzan, autrefois somme toute bien paisible, les attentats terroristes se multipliaient, aux chemins de fer, sur les lignes électriques, dans les mines, ainsi que fleurissaient les manifestations patriotiques et les révoltes de gens affamés.

Devant l'émergence d'une possible victoire des Alliés, les consciences des opportunistes et des hésitants vacillaient et basculaient. Radio Londres était de plus en plus écouté et le maréchal Pétain perdait de sa crédibilité, même dans les familles qui l'avaient longtemps acclamé.

Marie-Marseille continuait son œuvre sociale en apportant subsides et réconfort à ceux qui en avaient besoin. Ses allées et venues ayant une signification connue de tous, elle profitait maintenant de ce blanc-seing, de la petite Juva 4 que lui avait achetée Lestrade et de l'*Ausweis* que lui avait procuré Müller pour servir, en cas d'urgence, de commissionnaire au réseau de Résistance.

28

Ce matin-là, dans sa chambre sordide, volets fermés, Rasclou se mourait doucement.

Virginie fit entrer Marie-Marseille dans l'arrière-boutique, en s'exclamant :

— Cette nuit, mon petit est venu me voir !

Son bonheur illuminait la petite salle. La malheureuse, transfigurée, joignit les mains sous son menton.

— Il m'a apporté des œufs. Une douzaine !

Elle les montra à Marie-Marseille en les caressant avec autant de respect que s'ils avaient été moulés dans de l'or. Marie-Marseille sut demander d'une voix joyeuse :

— Va-t-il bien ?

— Oh oui, il a bonne mine, le grand air lui fait du bien.

— Que vous a-t-il dit encore ?

Virginie chercha en vain dans sa tête.

— Il va bien, il va bien, répéta-t-elle.

— Vous a-t-il parlé de moi ?

— Bé… non…

Marie-Marseille termina ses visites en ruminant sa déception. Andréloun était tout proche puisqu'il avait pu revenir à Juzan, voilà tout ce qu'elle avait appris.

Le soir même, avide de savoir, elle se faufila jusqu'à la petite ferme.

Ils étaient assis autour de l'âtre. Joseph fumait en silence et Denise raccommodait des chaussettes.

Elle prit place auprès d'eux comme autrefois. Joseph lui apprit que, là-haut, le premier parachutage avait échoué mais qu'un autre suivrait bientôt.

— Savez-vous où se trouve Andréloun ? demanda-t-elle.

— Quelque part dans la montagne, répondit Joseph avec gêne.

Denise accentua son attention pour ses chaussettes et Marie-Marseille comprit que tous les deux ne diraient rien, qu'ils ne souhaitaient pas qu'elle sache.

La jeune fille rompit le silence retombé et murmura :

— Je vais souvent voir Virginie... Nulle part ailleurs je n'ai vu tant de misère... Je me demande comment Andréloun...

Elle laissa flotter volontairement la fin de sa phrase en souhaitant que quelqu'un s'en saisît. Ce fut Joseph. Celui-ci retira la pipe de sa bouche et commença l'histoire.

— Je me souviens très bien du jour où Andréloun est arrivé au pays, dit-il. C'était un soir de juillet, tard, bien après la tombée de la nuit. Boudièu, le boit-sans-soif, et Tatave, le légionnaire, traînaient encore près de la fontaine quand une automobile s'est arrêtée devant chez Benvengu. Une femme, mise comme on l'est à la ville, est descendue avec un enfant dans les bras. Boudièu jure qu'il était enveloppé dans de la dentelle...

« La femme est entrée chez Rasclou, puis elle en est ressortie très vite, les mains vides. Bien sûr, le lendemain, un dimanche, alors que les rues étaient pleines de monde, l'histoire a couru sur le marché. L'une derrière l'autre, les femmes se sont précipitées chez Rasclou : "Paraîtrait qu'il y a un enfant chez vous ? — C'est vrai, a répondu Rasclou, on l'élève avec le nôtre. — Il est comment, ce petit ? — Il est comme les autres. — On peut le voir ? — Non." Il aurait été si simple de montrer l'enfant pour en finir une bonne fois pour toutes… Mais Rasclou est comme ça, il se méfie de tout le monde… Alors les curieuses ont voulu lui faire rendre gorge : "Comment s'appelle-t-il ? D'où vient-il ? Qui sont ses parents ? On dit qu'ils sont riches ? C'est vrai, la dentelle ? On vous paie bien, alors ?"

« Elles lorgnaient le bonhomme par en dessous avec des mines soupçonneuses en frottant leur pouce sur leurs doigts, comme pour compter les billets de banque. Le sang est monté à la tête de Rasclou et il les a toutes foutues à la porte en leur criant des injures d'un autre monde.

« La dernière à sortir de la boutique, la plus culottée, fut Mireille, la mère de Paul et Justin, les deux frères, ceux qu'on appelle les enfants de quelqu'un, vu que leur mère a des bontés pour tous ceux qui le demandent. Elle touchait à tout, aux casseroles, à la vaisselle, et refusait de passer la porte. "Va, va donc radasser en place de te mêler de mes affaires ! Le facteur t'attend la braguette ouverte !" hurla Rasclou en la bousculant hors de chez lui.

« Mireille, rouge de honte, s'est retrouvée face au troupeau de gens rigolards assemblés devant la quincaillerie. Elle ne lui a jamais pardonné.

« On peut dire que c'est ce jour-là que la vie d'Andréloun a chaviré. Si Virginie avait tout simplement montré le petit en disant ce qu'elle savait, l'affaire n'aurait pas mal tourné. Mais ils ont fait tout le contraire.

— Virginie ne sortait jamais avec le petit comme le font toutes les mères, dit Denise. Elle le tenait enfermé tout le jour, et la nuit aussi, bien sûr… Elle sortait avec son fils pour aller faire ses courses et revenait en courant pour s'enfermer à double tour, comme si l'autre avait été un trésor, un trésor bien trop beau pour les pauvres de nous.

— Mais il a bien fallu qu'elle le montre un jour ! reprit Joseph. C'était, je m'en souviens, le jour de la Saint-Jean. Quand elles sont sorties de chez elles, la vieille Rose portait le fils de Rasclou, et Virginie portait Andréloun. Tout le monde a trouvé ça bizarre. “On dirait qu'elle aime mieux celui-là que le sien…”

— Andréloun était beau comme l'Enfant Jésus, intervint Denise. Des cheveux dorés et de grands yeux bien ouverts… et aimable… tout sourire… tandis que l'enfant de Rasclou gueulait comme un âne ! “C'est un bien beau petit”, dirent les commères. Puis, aussitôt, elles reprirent leur litanie : “Qui sont ses parents ? Ils sont riches ? On vous paie bien ?…” Alors Virginie est revenue chez elle.

« Un mois plus tard, fatalité, le petit de Rasclou est mort, comme ça, tout d'un coup, dans son lit, à ce qu'il paraît… Quand Virginie est entrée dans l'église pour assister aux obsèques, elle tenait Andréloun serré contre elle. “Elle a les yeux secs comme une pierre…” Et parce qu'il gigotait comme un diable, elle a dû le poser à terre. Alors que le curé bénissait le cercueil de l'autre pichinet, Andréloun est parti à travers les travées faire des sourires à toutes les femmes. Il était si gracieux qu'elles se sont penchées pour lui faire risette. Sans doute a-t-il eu peur de l'une d'elles puisqu'il s'est mis à hurler tout d'un coup. Alors Virginie a oublié son fils dans sa boîte, les oraisons, le curé et les enfants de chœur, peuchère… et elle a couru comme une folle pour ramener Andréloun dans sa maison.

— Cela faisait un an qu'Andréloun était arrivé à Juzan, continua Joseph, quand un jour Boudièu, qui traînait dans la ville, a surpris Rasclou qui sortait de chez le notaire. “Tiens, tiens ? se dit Boudièu. Je m'en vais le suivre…”

« Le pleure-misère quitte la ville et prend la direction du village en suivant toutes sortes de petits chemins à travers la campagne. Soudain, tron de Dieu, il s'enfonce dans la garrigue et, une fois bien caché derrière un cade, il s'assoit sur une pierre, sort de sa poche des billets de banque et les compte, une fois, deux fois, trois fois, tandis que Boudièu les compte en même temps que lui. Vingt ! Il y avait vingt billets de banque ! Boudièu dit que c'étaient des billets de mille francs, mais peut-être bien qu'ils étaient de cent ou de cinquante, allez savoir ! Y a pas plus menteur que cet empégué de Boudièu !

« Le lendemain, tout le monde a su que Rasclou était riche, lui qui pleurait toujours misère. Peut-être bien qu'il ne l'était pas autant que le disait Boudièu, mais tout le monde crut que, grâce à cet enfant tombé du ciel, Rasclou s'en mettait plein les poches. La jalousie qu'on avait pour Rasclou est retombée sur Andréloun.

Joseph vida le fourreau de sa pipe. Denise reprit :

— Virginie ne laissait jamais Andréloun jouer dans la rue avec les autres… Lorsqu'elle allait un peu partout, au lavoir, le long des routes où elle ramassait de l'herbe, à l'église… elle tenait le petit par la main ou l'asseyait près d'elle. Pauvre pichinet, pas moyen de bouléguer, elle se mettait en colère. Quand on s'approchait de lui, Andréloun s'entortillait dans les jupes de sa nourrice ou bien, craintif comme un écureuil, il se cachait derrière elle. Vu qu'il ne parlait pas ou guère, les gens ont dit : "Comme il est sage, ce petit... — Et brave, ça oui !" Ce qui, en Provence, veut dire qu'il était imbécile.

« A la vérité, personne ne le pensait vraiment, mais c'était une façon de se venger, une façon comme les autres. Vous savez comment il en va dans les familles... Le soir, pendant le souper, on en parlait et, de bavardages en bavardages, on a mis toute la misère du monde sur le dos du petit. Mireille, surtout. Sa haine pour Rasclou lui sortait par tous les trous. Ses fils, Paul et Justin, l'ont entendue et ils s'en souviennent...

« Quant à l'argent que recevait Rasclou pour s'occuper d'Andréloun, cela n'a pas duré longtemps. La vieille Rose m'a raconté qu'une fois le vieux s'en était revenu de chez le notaire avec la mine des mauvais jours. Virginie faisait cuire la daube avec le petit serré contre elle, assis sur sa hanche comme s'il avait été encore un nourrisson. Mais il était grand déjà, et ses bras et ses jambes débordaient de partout. En entrant chez lui, Rasclou a bramé : "Pose ce drôle par terre !" Puis il s'est assis à la table et a dit : "Le protecteur est mort, on n'aura plus de pension, jamais !"

« De la pension, Virginie s'en moquait bien, parce qu'elle n'en avait jamais vu un sou. "Demain, je le mène à l'assistance", a dit Rasclou. Virginie a hurlé si fort que, pour la faire taire, son mari l'a frappée et que le petit est tombé par terre. Rose s'est mise en colère, elle a levé la louche au-dessus de la tête de son fils et lui a crié dans les oreilles : "Dans ma famille, on n'a jamais jeté les enfants par la fenêtre ! — Ici, c'est moi qui commande ! — Alors, dis-moi un peu, fils, maintenant que le tien est mort... Quand tu seras vieux, quel est l'enfant qui te nourrira si ce n'est pas celui-là ?"

« Il a fallu toute la journée pour faire cesser les pleurs d'Andréloun...

« La vieille Rose a raconté cette histoire à tout le monde, mais personne ne l'a crue.

— C'est que, pour gagner quelques sous, Rasclou taillerait des manches de couteau dans les os de son père, dit Joseph.

— Le plus triste de cette affaire, voyez-vous, c'est que toutes ces histoires de dentelle et de billets de banque ne sont peut-être même pas vraies... Il n'y a pas plus menteur que cet âne de Boudièu !

« Lorsque est arrivé le temps de l'école, il a bien fallu qu'Andréloun fasse comme les autres et qu'il y aille seul... Il était futé, le petit. Bien trop, c'est Honoré, l'instituteur, qui me l'a dit. Dès le premier jour de classe, il a répondu à toutes les questions et il a lu dans un livre alors que les autres ne savaient rien dire ni rien faire. C'est la vieille Rose qui lui avait appris à lire durant tout le temps que le petit vivait enfermé avec elle. Le maître a mis Andréloun sur un banc du cours élémentaire. Vous pensez bien que cela n'a pas fait plaisir aux autres enfants, qui avaient toujours entendu dire qu'Andréloun était imbécile...

« Les enfants malfaisants sont malfaisants dès le berceau, et c'est faux de croire que la mauvaiseté leur pousse en grandissant comme les bras et les jambes... A sept ans, Paul et Justin étaient déjà méchants comme des ânes rouges et, avec quelques autres, ils ont fait un enfer de la vie d'Andréloun.

— Un jour, je m'en souviens, dit Joseph en bourrant une nouvelle pipe, de retour de la bastide, je passais aux Rapières quand j'ai vu Andréloun descendre à toute vitesse les dernières ruelles, poursuivi par ces deux grands voyous. Ils ne le poursuivaient pas vraiment, ils le pilotaient d'un côté, de l'autre, comme un chien de berger force une brebis à revenir vers l'enclos. Ils s'en amusaient, pensez un peu, deux gaillards contre un pitchoun ! Andréloun a filé droit à travers les vignes vers un bosquet fait de deux figuiers et d'un puits. Mais lorsqu'il a voulu sauter le dernier muret, il est tombé la tête la première, et les deux frères se sont sauvés. Quand je suis arrivé près de lui, Andréloun était comme mort...

— Il était plein de sang, dit Denise en frissonnant. Et sur son visage d'ange, pareil à celui de l'enfant bouffareù des églises, il y avait une plaie horrible.

— Je l'ai pris dans mes bras et je l'ai amené chez le docteur. Lorsque Virginie m'a vu plein du sang de son petit, vous auriez entendu son cri ! Un cri de bête !

— C'est ce jour-là qu'elle a perdu la tête, dit Denise.

— C'est-c'est... de-de... depuis... ce-ce jour qu'Andréloun est mon ami, dit Jiget.

— C'est depuis ce jour qu'il vient souvent chez nous... dit Joseph.

« La suite, je la sais par l'instituteur. Quand, deux mois après, Andréloun a repris le chemin de l'école, il s'est assis sur son banc et n'a plus ouvert la bouche. Il regardait par la fenêtre, trempait ses doigts dans l'encre ou dormait sur son pupitre. Tout le monde a cru que sa blessure lui avait dégandillé la cervelle, pour de bon cette fois. Pourtant, vers la fin de l'année, un beau jour, sans doute parce qu'il s'ennuyait beaucoup, Andréloun a levé le doigt et a répondu une bêtise aussi grosse que lui. Toute la classe a éclaté de rire. Andréloun a ri aussi, du plaisir d'entendre rire.

« Le lendemain, il a recommencé son manège, à faire

des grimaces, à dire n'importe quoi, des histoires un peu folles, des histoires d'un autre monde. Les autres en riaient, se moquaient, mais Andréloun semblait bien content d'apporter la joie autour de lui. Les choses étaient redevenues ce qu'elles devaient être : l'enfant venu d'ailleurs dans la dentelle était bien un simple, un fou, et, comme par miracle, les enfants malfaisants le laissèrent à peu près tranquille.

« Quand, pour dissimuler la cicatrice qui zébrait son crâne, il a mis un vieux béret, on l'a appelé le fada ; quand il a enfoncé les mains dans ses poches et a battu des ailes, on l'a appelé lou Parpaïoun.

Joseph se tut.

— Mais, dit doucement Marie-Marseille, vous le savez bien qu'il n'est pas ainsi ?

— Bien sûr qu'on le sait, Mademoiselle, mais, voyez-vous, si la moitié du village veut qu'Andréloun soit imbécile, il faut que l'autre moitié laisse dire.

— Et pourquoi donc ? C'est injuste !

— C'est injuste, mais c'est comme ça… Parce qu'on ne fait pas, pour si peu, éclater un village comme une grenade trop mûre. Voyez-vous, un village, c'est comme une boule de pétanque : ça ne peut pas se partager en deux morceaux. Si on prenait parti dans chaque querelle, la vie ne serait plus possible. Un village, c'est comme une famille. Vivre ensemble, c'est bien se connaître et se supporter en dépit de tout. Ce sera toujours comme ça partout, tant qu'on saura que l'homme est fait pour vivre ainsi. Gare ! le jour où certains s'imagineront qu'ils peuvent vivre les uns sans les autres, vé, la barbarie ne sera pas longue à venir !

— Et c'est pour cela qu'on se méfie des gens venus

d'ailleurs tant qu'on ne sait pas ce qu'ils ont dans la tête. Nous tous, on se connaît bien, on sait à quoi s'en tenir. Si l'un est dans la peine, tous les autres l'aident… Pas parce qu'ils sont meilleurs, mais parce qu'ils savent qu'un jour ils seront dans la peine à leur tour…

— Pour Andréloun, ne vous faites pas de souci, dit Joseph. Il joue de sa folie comme d'autres jouent du tambour, pour faire taire la foule.

— Où est-il ? redemanda doucement Marie-Marseille.

— Il va bien. Allez, Mademoiselle, il vaut mieux le laisser tranquille.

29

La nouvelle frappa Juzan en plein cœur dans la nuit du 4 juin 1944, quand Elie cogna à la porte de Fernand. Exsangue, martyrisé, les pieds en feu, le pauvre garçon était prêt à rendre l'âme.

Lorsqu'il fut étendu sur un lit, il dit seulement : « Honoré est mort. » Puis il perdit conscience.

La femme de Fernand confia le malheureux à sa fille aînée et courut à travers champs jusqu'au village.

Trois hommes étaient là pour l'entendre quand Elie, le souffle retrouvé, reprit son histoire.

Honoré et lui étaient avec d'autres, enfermés dans la même prison… torturés sans cesse… Ils devaient partir dans un camp. Les résistants de là-bas l'avaient appris et avaient organisé une embuscade… pour une évasion sur le chemin qui menait à la gare… Il y avait eu des coups de feu… Honoré était tombé le premier.

Juzan s'étale sur une cassure faite à la montagne, comme une forteresse perchée au-dessus de l'aplomb. La « rompe-cul » y mène droit ou presque, en ne se courbant qu'une seule fois, alors que la grand-route, elle, paresse dans mille détours.

La « rompe-cul » a la pente si mauvaise que, de place en place, de larges escaliers ont été nécessaires. Les charrettes n'y passent pas bien sûr, pas même les brouettes, seulement les gens qui vont à pied. Elle conduit à la placette, pas plus grande qu'une cour d'école.

L'aube était blanche et la placette était déserte encore quand une charrette chargée d'un tonneau s'y arrêta. Quatre hommes l'attendaient, menton dans le cou, casquette jusqu'aux yeux.

Lorsque le vieux tonneau cerclé de neuf fut déchargé de la charrette, on fit sortir Baraut d'une maison rose qui était juste à côté. Le malheureux était en pyjama bleu, bâillonné, et deux gaillards le maintenaient debout.

— Dépêchons-nous, bougonna un jeune homme.

On fit avancer Baraut près du tonneau. Une voix sourde s'éleva dans une sorte de discours :

— Honoré n'a eu aucune chance sous les balles de tes copains. Nous, nous t'en donnons une. On te fout à la porte, pas plus. Vois, canaille, quand tu seras en bas, si tu le peux encore, cours bien vite et remercie-nous !

Baraut comprit ce qui l'attendait et ses pantalons se mouillèrent.

— Va, tu fais bien de pisser maintenant.

— Rentre là-dedans.

Baraut se débattit. On dut le soulever et le mettre de force dans le tonneau…

… puis on cloua solidement le couvercle…

… et on renversa le tonneau sur son flanc.

Un homme, alors, se détacha du groupe.

— Lâchez tout, dit-il à ceux qui maintenaient le tonneau en place.

Et, d'un grand coup de pied, il lança le tonneau dans la « rompe-cul ».

— Bon voyage, dégueulasse !

Le tonneau n'hésita pas sur le premier pavé disjoint, il sursauta à peine, puis il bondit d'escalier en escalier dans un grondement de tonnerre.

Deux hommes l'attendaient près du petit muret de pierre qui borde l'unique virage. Un petit muret à peine haut de deux pieds, un petit muret sur lequel, le soir, s'asseyent les commères, un parapet bâti au sommet d'un aplomb gigantesque.

A peine l'avait-on lancé que le tonneau y arriva et s'y cogna si violemment que les pierres en tremblèrent. Il rebondit et s'envola par-dessus elles. On le vit tournoyer maladroitement comme s'il cherchait à s'accrocher au ciel. Il s'immobilisa un instant, plein d'espoir peut-être. Enfin, à bout de forces, il plongea vers l'abîme, plus prompt qu'un piqué d'hirondelle.

Les deux hommes se penchèrent, tendirent le doigt vers les roches entassées au pied de Juzan, puis ils se redressèrent et remontèrent la « rompe-cul », les mains dans les poches.

— Bon débarras, dit le premier en arrivant sur la placette.

Tous disparurent en un instant.

Il était neuf heures du matin quand Marie-Marseille s'étonna de ne pas voir les tables du café de Benvengu installées sur la place de la Fontaine.

L'épicerie n'avait pas encore ouvert sa porte. La jeune fille s'y arrêta et lut sur un papier collé contre le bois : « Fermé pour cause de deuil. » Les autres boutiques, closes elles aussi, annonçaient le même événement.

Il n'y avait personne chez monsieur Consé, et Marie-Marseille s'en étonna plus encore. Une rumeur venue de la mairie lui parvint et, donc, elle pressa le pas dans cette direction. Le village tout entier semblait s'y être donné rendez-vous, les femmes et les enfants même, tous grondaient, en révolte. Comme elle passait devant un porche sous lequel bavardaient quatre hommes, elle reconnut l'un deux.

— Bonjour, monsieur Félicien, dit-elle.

Frédéric se retourna, mais il ne la salua pas. Il s'écria durement :

— Que venez-vous faire ici ?

Son visage était blême et, sans lui accorder plus d'attention, il détourna son regard vers la foule mouvante et hurlante qui occupait le centre de la place.

Certains paraissaient prêts à se battre. Fernand et monsieur Consé se faisaient face.

— Nom de Dieu ! Il n'y avait que ça à faire ! cria Fernand.

— Imbécile, le village va payer maintenant ! rétorqua monsieur Consé.

Frédéric écarta du bras une Marie-Marseille abasourdie et courut se mêler à la foule. Il prit Fernand par le bras.

— Venez, ça suffit comme ça !

Puis, se retournant vers monsieur Consé :

— Venez, vous aussi.

— Jamais de la vie, je reste là.

Marie-Marseille arrêta mademoiselle Blanchard, qui passait près d'elle.

— Que se passe-t-il ?

— Honoré est mort, et certains se sont vengés en tuant Baraut. Demain, les Boches et la Milice vont venir nous étrangler tous !...

Elle s'enfuit à toutes jambes.

Marie-Marseille, figée sur le petit trottoir, réalisait à peine la gravité de la situation quand elle se sentit saisie par les épaules. C'était Frédéric.

— Vous ne devriez pas rester ici, mademoiselle. Ce qui vient de se passer est fort regrettable. Ces règlements de comptes sont stupides et je suis malheureusement arrivé trop tard pour empêcher celui-là. Rentrez chez vous et restez-y, c'est un conseil que je vous donne.

Il n'attendit pas sa réponse et rejoignit les autres à grands pas.

Marie-Marseille revint au château tandis que, derrière elle, le village fermait ses portes, comme, à la fin d'une grosse fièvre, on clôt les paupières.

30

Le soleil était haut dans le ciel, brûlant déjà, et les Juzanais sommeillaient dans le sombre des tonnelles quand, deux heures plus tard, une longue suite de camions et de tractions cerna Juzan. Le flot vigoureux des miliciens inonda les cuisines et les chambres des maisons. Une voiture allemande arriva enfin et s'arrêta en plein milieu du jeu de boules. Deux hommes vêtus de noir en descendirent.

Le village, surpris en pleine indolence, s'éveilla dans des convulsions abominables. Des plaintes et des cris aigus venaient résonner jusque sous les platanes. Planté derrière ses carreaux, Benvengu, enfin inquiet, tendait l'oreille. Il y eut un coup de feu, un autre, et le silence reprit sa place, un silence de glace.

Alertée par le vacarme, Marie-Marseille traversa la cour d'accueil, puis elle se glissa entre les sapinettes au moment même où les premiers hommes étaient amenés sur la place de la Fontaine, les mains sur la tête, mitraillettes dans les reins.

Beaucoup – trop –, surpris par la rapidité des représailles, n'avaient pas pris le temps de fuir.

Il faisait beau à Juzan, chaud à en mourir.

Monsieur Consé fut un des premiers à s'adosser au mur, et le ventre de Marie-Marseille se creusa. Le percepteur arriva peu après, et elle se demanda quel rôle avait pu jouer cet inoffensif psychopathe dans ce drame. Lui qui avait si peur des contacts dut s'appuyer au mur sale, épaule contre épaule, sous la balustrade contre laquelle, il y avait de cela un an à peine, s'accoudaient les quatre beaux Italiens.

On débusqua Benvengu de derrière son comptoir, et le malheureux optimiste qui voyait toute la vie en rose dut s'entasser contre le pharmacien, à deux pas de la table où ses clients jouaient à la quadrette. Il eut un geste pour protester, un milicien le gifla.

Dix autres surveillaient la place. L'un d'eux, agacé, lança une salve vers le ciel, et Marie-Marseille se recroquevilla dans les sapinettes. Un tremblement effréné s'empara de ses jambes, les conseils de Frédéric lui revinrent en mémoire.

Le milicien qui menait la rafle était entouré des deux hommes de la Gestapo et d'Emile, le bras droit de Baraut.

Cinq prisonniers arrivèrent encore, blêmes dans la chaleur pesante. Comme il manquait de place contre le mur, de la pointe des armes, on resserra les rangs.

C'est alors qu'apparurent Paul et Justin, les bagarreurs qui martyrisaient Andréloun. Marie-Marseille n'en crut pas ses yeux.

« Que font-ils là ? se demanda-t-elle. Ils étaient pourtant dans la montagne avec les autres ! »

Leur dos noueux se creusait au contact des canons des mitraillettes, leurs jambes flageolaient, ils étaient prêts à tomber à genoux. Une certitude étreignit Marie-Marseille.

« S'ils les bousculent encore un peu, ces deux-là vont dire où se cache le maquis. »

Son intuition était formelle : à la première gifle, à la première humiliation, l'une ou l'autre de ces deux brutes livrerait la terre entière.

Ce fut à cet instant même que Müller franchit le portail. Il se dirigea droit vers le groupe formé par ses collègues allemands et le chef de la Milice. Ils se saluèrent réglementairement les uns les autres, puis ils parlementèrent. Il apparut très nettement à Marie-Marseille que le milicien tremblait devant le chef de la Gestapo et que celui-ci obéissait à l'Oberführer Müller.

« Ils ont beau faire les malins, c'est Müller qui commande », se dit-elle.

Et cette découverte la rassura.

Le chef de la Milice avança vers les prisonniers.

— Que les assassins de Baraut se dénoncent ! hurla-t-il.

Un silence lui répondit.

— Alors nous fusillerons dix d'entre vous !

Marie-Marseille surveillait Paul et Justin tandis qu'une folle résolution se dessinait dans sa tête sans qu'elle eût les moyens d'en considérer l'opportunité ni d'en prévoir les conséquences.

« Gardez votre influence sur Müller pour une affaire plus grave », lui avait dit un jour madame Consé.

Le chef de la Milice se déplaça vers le début de la file des prisonniers et désigna le percepteur. Le pauvre homme fut amené au centre de la place, contre le bassin dont il buvait l'eau avec tant de soin. Un faible murmure incrédule dérangea l'engourdissement ahuri des quelques femmes présentes.

Le doigt du milicien s'arrêta ensuite sur monsieur

Consé, qui rejoignit le percepteur. Le doigt allait reprendre sa course vers Paul et Justin quand le cœur de Marie-Marseille éclata. Elle se dégagea des sapinettes, courut droit au portail, l'ouvrit violemment et se précipita vers les Allemands.

Müller, pourtant estomaqué, l'accueillit sympathiquement. Il la présenta aux autres sans se départir de la condescendance souriante qu'il avait toujours manifestée envers elle.

— C'est une jeune fille comme il faut, dit-il en désignant le château de son bras.

Marie-Marseille, alors qu'un flot de sang lui montait à la tête, l'interrompit et, ignorant le milicien, elle commença un discours en allemand. Un discours têtu qu'elle débita de sa petite voix claire. Tout d'abord, elle mit au jour, du mieux qu'elle put, toute la haine que Baraut avait pour Fernand.

— Ce n'est pas le communiste qu'il pourchassait, c'était celui qui lui avait vendu très cher un très vilain cabanon !

Elle laissa planer le doute sur les véritables raisons de l'engagement de Baraut pour le gouvernement de Vichy.

— Si Fernand avait été milicien, Baraut se serait fait résistant !

Elle dévoila les liens de famille qui unissaient Fernand à Honoré et s'offusqua de l'arrestation de celui-ci, arrestation orchestrée par Baraut toujours dans le but de se venger de Fernand. Elle conclut :

— En vérité, Baraut se servait de vous tous pour se faire justice à lui-même !

Elle baissa le ton et prit une voix douce pour ensuite décrire l'instituteur en évoquant son dévouement, son talent d'enseignant et ses fêtes provençales qui enchantaient tout le canton.

— Il n'a jamais comploté contre personne et Baraut le savait bien !

Elle était ravissante. Dans la fougue et la colère, le bronze de ses yeux avait des reflets verts, ses lèvres se gonflaient sous les mots, sa poitrine se dressait sous l'indignation. Les officiers étaient sous le charme, étonnés, amusés, séduits peut-être. L'Oberführer Müller regardait la jeune fille avec fierté, comme si elle eût été son œuvre. Le milicien, n'osant passer outre à l'attention que ceux-là prêtaient au discours intempestif de Marie-Marseille, hésitait à intervenir.

Enfin elle haussa la voix, la fièvre brûlait son visage et, s'adressant au milicien :

— La mort de Baraut ne vous concerne pas, osa-t-elle claironner. Ce n'est pas votre affaire, c'est l'affaire de mon village !

Elle tenta de reprendre son souffle pour parler de justice et, s'il le fallait, supplier, se mettre à genoux peut-être, quand, d'avoir trop osé, elle eut un vertige et s'affaissa sur ses jambes.

Marie-Marseille reprit ses esprits alors que Denise la ramenait au château en la soutenant par le bras.

— Alors ça, Mademoiselle ! répétait celle-ci.

Sur la place, derrière elles, au-delà du portail, il y avait un grand remue-ménage. Müller avait pris les choses en main. Marie-Marseille voulut y retourner, mais Denise s'y opposa.

— Laissez faire à présent, vous n'y pouvez plus rien. Vous en avez bien assez fait comme ça.

L'Oberführer Müller les rejoignit alors que Marie-Marseille reprenait son souffle, étendue sur la radassière.

— Félicitations, mademoiselle. Vous devriez faire l'avocate. Le village vous doit une fière chandelle.

— Ils n'ont fusillé personne ?

— « Ils » n'ont fusillé personne, reprit ironiquement Müller. Mais ne vous réjouissez pas trop vite. L'affaire, vous le pensez bien, n'en restera pas là ; j'ai dû faire des promesses à ces messieurs de la Gestapo.

Il en riait, comme d'une blague.

Dès le lendemain, un détachement de la kommandantur et de la Gestapo de la ville voisine – deux camions, une Mercedes, deux Kübelwagen et trois motos – grimpa les lacets qui mènent au cœur de Juzan. Leur caravane stoppa devant le portail de Boichosey, qu'on ouvrit sans attendre, et envahit la cour d'accueil.

Toute la partie droite du château – salons, bibliothèque, fumoir, bureau ainsi que les chambres – fut occupée par les officiers, alors que les soldats envahissaient les communs et la belle lingerie de naguère. Immédiatement, un grand étendard nazi recouvrit la façade tandis qu'un drapeau semblable flottait au fronton de la mairie.

Devant cette ruée de bottes, Josette déserta sa cuisine et décida de rester chez elle.

« Les Boches ne mangeront pas de ma soupe », dit-elle.

Denise, elle, se résigna de mauvaise grâce à continuer son travail, mais elle se cantonna au service des femmes.

On se marchait sur les pieds à Boichosey, autrefois si calme. Des pas décidés claquaient sur la pierre et sur le marbre, des sentinelles arpentaient les allées du jardin et les voitures empuantissaient la cour d'accueil. Le plus gros de la troupe prit d'assaut les tours d'où l'on dominait tous les Maures et l'Esterel.

On aménagea un petit boudoir dans le fond de la salle à manger à l'intention d'une Grammie époustouflée, contrariée, mais qui s'extasiait encore devant la belle prestance des officiers allemands.

Le raz de marée d'uniformes gris ou noirs se prélassant dans les fauteuils du salon sonna la fin de la confortable cohabitation de Lestrade et de l'Oberführer. L'un disparut, l'autre ne rentra que tard le soir.

Les cours de ses professeurs ayant cessé, Marie-Marseille restait enfermée de longues heures dans sa chambre. Dès qu'elle en sortait, des témoins inattendus considéraient ses pas. Elle ne pouvait plus se promener dans le parc sans être suivie par des yeux rivés aux fenêtres. Elle s'y rendit tout de même, rageuse, et se rapprocha insensiblement de la petite ferme et de son potager, où elle put enfin rencontrer Joseph. Après l'avoir félicitée de son intervention auprès de l'Oberführer, il lui apprit que Jiget était parti dans la montagne rejoindre les autres. Il lui conseilla de se tenir tranquille, de ne plus venir le voir et de ne plus se rendre chez monsieur Consé.

— Denise vous renseignera si c'est nécessaire.

31

Le vieux Rasclou, le pleure-misère, mourut la nuit suivante.

Marie-Marseille entra dans la quincaillerie alors qu'on finissait la toilette funèbre du pauvre homme. A Juzan, deux femmes étaient investies de ce pouvoir : Mireille, qui, en plus de sa jambe légère, adorait fourbir les morts, et une petite vieille qui marmonnait des prières tout le temps des ablutions. La jeune fille déposa un gros paquet de café sur la table.

— Pour vous aider à passer la nuit, dit-elle.

— Venez, venez le veiller avec nous… supplia Virginie.

« Il y a du vrai café chez Rasclou. » La nouvelle fit le tour du village et, pour ne pas rester à l'écart de l'événement, Benvengu livra gracieusement un casier de douze litres de piquette.

Le soir tombé, de la famille ou non, on entra volontiers se joindre à l'assistance. Ceux qui vinrent là n'avaient pas besoin de montrer patte blanche, la veillée funèbre agissait comme un tamis et laissait à la rue les traficoteurs. Quand un nouveau venu poussait la porte, les hommes l'accueillaient d'un clin d'œil ou de la main tendue, tandis que les mouchoirs roulés en boule sortaient de la poche des femmes.

Ils avançaient d'un pas dans l'arrière-boutique où reposait Rasclou et soulevaient leur casquette.

— Andréloun ? demandaient-ils à Virginie.

Celle-ci levait au ciel ses yeux éplorés et secouait la tête.

— Qu'il reste planqué, il a bien raison...

Ils remettaient leur coiffure sur leurs cheveux en bataille et s'en allaient s'asseoir dans la cuisine pour boire à petites gorgées le café exceptionnel et brûlant que leur servait, à tour de rôle, une femme.

— J'ai couillonné la patrouille bien comme il faut, expliquaient-ils en abattant avec force leur main droite dans le creux de leur bras gauche.

Quand, fidèle à sa promesse, Marie-Marseille entra chez Rasclou, elle déclencha un furieux charivari de chaises repoussées et de murmures pantois. Les hommes se dressèrent précipitamment en soulevant leur casquette tandis que les femmes ébahies tamponnaient leurs yeux de plus belle.

A neuf heures, le logement de Rasclou était plein comme un œuf. Que ce fût dans la cuisine ou dans l'arrière-boutique, on ne savait plus où se mettre. Deux commères prirent place au pied du lit du mort, puis on allongea le cercueil pour permettre à deux autres de s'asseoir sur son couvercle. Certains remontèrent jusque chez eux pour y quérir une chaise.

Du côté des femmes, on buvait des tisanes tout en parlant de rationnement et de troc. Un berger avait fait savoir que, le lendemain, il sacrifierait quelques chevreaux, et toutes se promettaient d'y envoyer leur fils ou d'y aller elles-mêmes, en douce, par des chemins différents, la biasse sur l'épaule. La viande était si rare...

— Si l'on se contentait des rations et des escargots...

Assise sur une caisse, Marie-Josèphe s'éventait de la main.

— Tu ne trouves pas qu'il sent un peu fort, ton mari ? demanda-t-elle à Virginie.

— Peut-être bien, peuchère, avec la chaleur qui nous cale dessus !

— Fais-y donc un courant d'air, vaï, l'air n'emportera que l'odeur, le reste restera bien tranquille...

Un rire bon enfant rendit leur jeunesse aux visages ridés des plus vieilles.

Dans la salle voisine, une fois le vrai café dégusté jusqu'à la dernière goutte, les hommes sortirent les bouteilles de piquette. Plus besoin de femmes pour remplir les verres et, du coup, les voix se firent plus nettes. Tous savouraient le plaisir de se retrouver et d'enfin boire sans frein.

Lorsque Adrien, grand braconnier bien plus que gros travailleur, arriva, un « ah » de satisfaction souleva les poitrines. Le balèze, terreur du garde-chasse, s'assit avec lenteur, redressa sa moustache, avala une rasade de vin. Une étincelle de volupté brillait dans ses yeux.

— Alors, Adrien, quoi de neuf ?

Et Adrien repoussa sa casquette en arrière et se mit à raconter sa dernière :

— Cela faisait deux heures pleines que je faisais les cent pas devant la fenêtre du garde quand il l'ouvre et me dit : « Si tu ne fous pas le camp de devant chez moi, j'irai me plaindre... — Rends-moi d'abord les pièges que tu m'as pris ce matin. — Ils sont confixés... répond le garde qui bataillait depuis toujours avec le verbe “confisquer”. — Attends un peu que je te fixe au mur, espèce de con ! Je t’assassine d’abord, tu iras te plaindre après ! »

Les premiers rires fusèrent.

Les femmes fermèrent la porte pour faire un peu place à leurs bavardages : recettes contre les privations, soucis de santé et commérages. La plupart défaisaient de vieux tricots pour mettre la laine en pelotes, d’autres raccommodaient de vieilles chaussettes. Virginie en revenait toujours au même propos, elle se désolait qu’Andréloun n’arrivât point. Elle parlait à tort et à travers.

— Je sais où il est, mais je ne le dirai à personne, marmonnait-elle.

Marie-Marseille, inoccupée, ne se sentait pas très à l’aise. Déçue de ne pas voir venir Andréloun, elle aurait aimé rentrer chez elle, mais, chaque fois qu’elle faisait mine de s’en aller, les femmes la suppliaient de rester encore :

— Cela nous fait tant plaisir de vous avoir avec nous !

A minuit, du côté des hommes, l’ambiance était au comble de la bonne humeur. La porte ne suffisait plus à étouffer leurs rires, leurs toux et leurs grognements. Les gosiers asséchés faisaient sauter les bouchons, les voix se mélangeaient en forçant sur les décibels. Adrien était en forme, et les histoires qu’il racontait tenaient en haleine tous les autres. Son répertoire était inépuisable et sa gouaille suffisait à faire oublier qu’on en connaissait tous les chapitres par cœur.

Bartoumièu, petit Louis, Tatave et Boudièu arrivèrent enfin, et, pour eux, Adrien recommença la dernière.

Vers minuit, fatigué de tant parler et de tant boire, Adrien s'effondra d'un seul coup en travers de la table. Alors Camille, l'ancien garde champêtre, profita du silence pour raconter ses exploits du temps où il officiait dans un autre village, un village suffisamment lointain pour lui permettre toutes les inventions et tous les excès. Un autre se souvint de ses farces d'école. Ses condisciples, en désaccord avec sa mémoire, protestèrent du poing sur la table.

Ils étaient à bout de forces, à bout de souffle, quand Andréloun apparut.

A travers la porte qui les séparait des hommes, les femmes entendirent leurs cris. Virginie se précipita vers la cuisine en grinçant :

— Mon petit, mon petit !

Andréloun vint saluer les femmes. Il s'arrêta comme les autres dans l'encadrement de la porte et souleva son béret devant le mort. Ses yeux glissèrent sur l'assistance et rencontrèrent ceux de Marie-Marseille.

Andréloun revint vers les hommes. On entendit fuser quelques réflexions dans lesquelles moquerie et amitié s'emmêlaient gauchement. Le grand Adrien, enfin réveillé, repartit à grands pas, à l'affût, à travers bois et rivières.

Peuchère, du pauvre Rasclou, pas un mot, ni du côté des hommes ni du côté des femmes. Si le mort était bien mort, les vivants tenaient à faire savoir qu'ils ne l'étaient pas. Ils étaient en retrouvailles, en communion, en plein rituel.

Au petit jour, cependant, il fallut bien mettre le pauvre Rasclou dans son cercueil. Deux gaillards, parmi ceux qui n'avaient pas totalement succombé aux vapeurs du petit vin aigrelet, se proposèrent pour cette tâche. Hélas, ils n'étaient pas plus frais l'un que l'autre. A coups de grands gestes assurés, ils écartèrent les femmes encore présentes et saisirent le malheureux par les pieds et par les épaules. Le premier déposa la partie du fardeau dont il était responsable avec tant de précipitation que l'autre, balourd, perdit l'équilibre et s'effondra dans le cercueil en même temps que le mort.

Un long éclat de rire secoua l'assistance.

— Tout à l'heure, au lieu d'un, on en emportait deux !

Marie-Marseille rit avec eux.

Quand le pauvre Rasclou fut cloué dans sa boîte, Marie-Marseille salua Virginie puis, s'approchant d'Andréloun, elle lui chuchota :

— Où es-tu ?

Il eut un sourire d'une douceur infinie.

— Là-haut, très loin dans la montagne.

32

La semaine suivante, Denise remit à Marie-Marseille une enveloppe contenant une feuille de cahier pliée en quatre.

— Lisez, lisez vite ! lui dit-elle, curieuse.

La jeune fille déplia le papier et courut droit à la signature. Elle était de Frédéric.

Chère mademoiselle, disait la lettre.

Quelle folie ! Vous ne serez donc jamais raisonnable ! Je tremble encore en pensant à ce qui aurait pu vous arriver… Votre intention était louable, soit, mais inutile ! Vous pensez bien que j'avais prévu une trahison possible et, sachant ce que nous risquions, j'avais pris la précaution de disperser mes hommes bien loin dans la montagne…

Suivaient quelques recommandations semblables à celles d'un père pour sa fille :

Une fois pour toutes, ne vous mêlez plus de ces choses ! Je languis que cette guerre se finisse pour venir vous voir en toute liberté et vous dire toute l'admiration que votre beauté m'inspire. Malgré les soucis qui m'accablent, je pense souvent à vous et je vous supplie de croire que seul l'intérêt que je vous porte justifie ma sévérité. Je voudrais tant que la cruauté du monde ne parvienne jamais jusqu'à vous.

Croyez bien que je vous tiens en grand respect et que j'attends impatiemment le jour où je pourrai vous confier, de vive voix, tous les sentiments que j'éprouve et tous les projets que je forme pour nous deux.

Je sais qu'à Boichosey, en ces circonstances, les choses doivent vous être bien pénibles, mais ne perdez pas courage et prenez soin de vous...

Elle replia la lettre en souriant puis, après une hésitation, elle la tendit à Denise, qui la lut à son tour.

— Vous en avez de la chance, Mademoiselle, c'est rien de moins qu'une demande en mariage !

Cet après-midi-là, Marie-Marseille s'attarda dans le parc. Assise au pied de la statue du Vendangeur, place qu'elle affectionnait entre toutes, elle s'obligea à s'appesantir sur le charmant mélange que dessinait l'amoncellement des buissons de fleurs. Elle inventait mille prétextes pour retarder l'instant où elle devrait relire la lettre. Le jardin était en fête dans ces derniers jours de printemps, et elle regretta d'avoir laissé passer le plus fort de sa magnificence sans prendre le temps de s'en rassasier. Elle recula encore l'échéance de la relecture en allant jusqu'à la cuisine avaler une assiettée de soupe, puis elle revint s'asseoir au même endroit en grignotant, une à une, une poignée de cerises.

A présent, dans le jardin obscurci par une nuit sans lune, elle observait les étoiles en s'interdisant de penser. De l'endroit où elle se trouvait, elle devinait la tache plus sombre que les petites Alpes dessinaient vers le nord, monts enchevêtrés sur lesquels se trouvait probablement le maquis de Saint-Pierre. Refuser de penser à quelqu'un, c'est y penser tout de même, et elle imagina que, sous les pins noirs, Frédéric dormait peut-être.

Frédéric, qui désirait l'épouser. Somme toute, la destinée des filles étant de se marier, son avenir se présentait favorablement. Il suffisait d'accepter. Ce brillant capitaine n'aurait-il pas enchanté son père ? Et sa mère, donc, n'aurait-elle pas été séduite tout autant que Denise, Josette, et que toutes les autres femmes et que tous les hommes même ?

Dans la pénombre, sous le crissement des grillons déchaînés, elle tenta de retrouver son émoi de naguère quand, folle, éperdue, elle avait couru après son beau capitaine. Tout était si simple alors ! Elle refit par la pensée le chemin qui menait au jas de Saint-Pierre. Elle allait à travers la garrigue, posément cette fois, elle salua Chouas au passage, longea le petit cabanon de Bartoumièu sans s'y attarder, pressa le pas sous le figuier aux jeunes feuilles, Frédéric n'était plus très loin, elle allait le rejoindre...

... quand Andréloun se mit en travers de son chemin.

Soudain, là-bas, devant elle, dans le noir absolu que dessine la montagne sur le bleu plombé du ciel, apparurent de minuscules points blancs, mouvants, scintillants comme une pluie d'étincelles. Ils flottèrent un instant avant de disparaître, mais d'autres prirent leur place, d'autres encore, légers, évanescents, puis un grondement, doux comme le ronronnement d'un chaton endormi, dérangea le silence. Les avions, en s'éloignant, relançaient à fond leurs moteurs.

— Le parachutage est réussi !

Le château tout entier s'éveilla, et elle s'enfuit vers sa chambre pour s'asseoir sur son lit. Elle tremblait d'excitation.

Au diable, Andréloun ! Frédéric risquait sa vie pour elle, pour eux tous. Elle s'accouda à sa fenêtre, l'air était immobile. Elle tenta d'imaginer les maquisards affairés, Frédéric ordonnant aux uns d'éteindre les feux, aux autres de rassembler les containers. Il était grandiose, superbe… Elle lui devait bien de relire sa lettre. Elle déplia le papier et se pencha vers la lumière.

33

L'espoir refleurit quand, le 6 juin 1944, les Alliés débarquèrent en Normandie.

Bayeux, Isigny se libéraient… La fin de cet enfer était donc possible ?

L'assassinat de Jean Zay et de Georges Mandel par la Milice française… n'était-ce pas là le début d'une guerre civile ? L'inquiétude sortit Juzan de sa léthargie, on souleva ses paupières et on releva la tête pour reconsidérer l'avenir. Quelques retardataires rejoignirent le maquis…

Des parachutistes anglais se cachaient un peu partout, pas très loin, tout près même…

Radio Alger apportait des nouvelles, Radio Londres envoyait des messages…

Cherbourg, Caen, Coutances, Avranches, Granville ! A l'école, les maîtres clouèrent au mur une carte de France afin d'épingler de petits drapeaux tricolores sur les villages libérés.

Le désastre du Vercors… Le Vercors touche la Provence… On imagina les braves gars massacrés dans leur maquis qui ressemblait tant aux nôtres…

L'attentat contre Hitler ramena un peu de malice chez

Benvengu. Bien que désappointé qu'il ait échoué, Bartoumièu le commenta ainsi : « A présent, le Führer ne va plus chier que d'un petit cul ! »

Le 7 juin, à l'aube, alors que Marie-Marseille, en chemise de nuit légère, écoutait la radio dans sa chambre, Lestrade frappa à sa porte.

— Prépare tes bagages, nous nous en allons, dit-il en poussant la porte.

— Où donc ? Pourquoi donc ?

— Dépêche-toi. Les Américains vont débarquer ici d'un jour à l'autre.

— Tant mieux, dit-elle. Partez si vous voulez, moi je reste.

— Tête de linotte ! Ne comprends-tu pas qu'on va s'en prendre à nous ?

— Je n'ai rien fait de mal !

— Tu oublies Müller et ta fanfaronnade le jour de la rafle ? Sympathiser avec un Allemand au point de lui donner des ordres !... Allons, sois raisonnable, presse-toi, je ne peux pas attendre. Prends juste le nécessaire. Nous irons en Suisse et, de là, nous nous envolerons pour l'Amérique du Sud. Nous reviendrons quand tout sera fini.

Marie-Marseille, rivée à son fauteuil, ahurie, regardait Lestrade et, parce qu'elle ignorait tout des forfaits dont celui-ci s'était rendu coupable, elle cherchait à comprendre.

— Je n'ai rien fait de mal !

— Si, je te l'expliquerai plus tard, viens.

Marie-Marseille ne bougea pas d'un pouce et Lestrade s'emporta :

— Viens, ne fais pas la sotte, tu n'as plus un sou ! Les résistants de Marseille ont fait exploser les usines de ton père, le château est grevé d'impôts ! Moi, j'ai de l'argent, je te le donnerai ! Viens, implora-t-il, je t'aime, tu le sais bien.

— Pourquoi les usines ont-elles explosé ?

— Va savoir… mentit-il. Allez, viens !

— Allez-vous-en !

— Tu es ruinée, te dis-je, tu n'as plus rien ! Pas un mur ! C'est moi qui te nourris et jamais plus tu ne pourras t'en sortir avec cette baraque qui coûte les yeux de la tête. Viens, avec moi tu ne manqueras jamais de rien !

Elle n'en crut pas un mot et se contenta de demander :

— Et grand-mère ?

Il haussa les épaules.

— Ta grand-mère ne veut pas bouger, bien entendu. Partons tous les deux. Viens !

Elle saisit sa pantoufle et la lui jeta à la figure.

— Tu n'as plus un sou, entends-tu ? rugit-il avec une haine soudaine. Bien sûr, aujourd'hui tu ne comprends pas ce que cela veut dire, mais tu le comprendras bientôt !

Il eut un regard tragique, claqua la porte et disparut.

Il faisait une chaleur abominable ce 14 août 1944, où, sous la brûlure du plomb tombé du ciel, les fronts devenaient moites et les chemises se mouillaient sous les aisselles. Au château, l'atmosphère vibrait de mille ondes exaspérées. Fidèle aux recommandations de Frédéric, Marie-Marseille s'enferma dans sa chambre.

Elle se coucha alors que le ciel était encore clair, désœuvrée, mollassonne, comme disait autrefois sa grand-mère. Elle prit un livre au hasard, un livre qu'elle connaissait par cœur, et le feuilleta en s'efforçant de chasser de son esprit les paroles inquiétantes de Lestrade : « Les résistants de Marseille ont fait exploser les usines de ton père... »

Elle s'endormit enfin, mais d'un sommeil léger comme une feuille.

Le premier passage des avions fit encore partie de ses rêves. Leurs grondements retentirent dans son corps comme autant de wagons chargés de tous ses désordres. Mais quand, d'une seconde volée, les murs de pierre frissonnèrent, elle bondit de son lit et se précipita à sa fenêtre déjà grande ouverte. Juste devant elle, l'ombre d'un monstre ventru lâchait une traînée de parachutes dans le ciel.

Partout, tout autour, l'air résonnait de coups de canons venus de la mer.

Marie-Marseille s'habilla prestement, ouvrit sa porte et surprit sa grand-mère en chemise de nuit qui errait à l'autre bout du couloir.

— Ah, vous êtes là ! Qu'allons-nous devenir ? Mon Dieu !

— Mais non, c'est le débarquement des Alliés, Grammie. La guerre sera bientôt finie.

Elle raccompagna la pauvre femme dans sa chambre et s'assit auprès d'elle.

Elles étaient seules dans la tourmente. L'aube apparaissait à peine. Dans le château en pleine confusion, les Allemands se pressaient vers les tours d'où l'on voyait la

Provence tout entière. Maire-Marseille obligea Grammie à s'étendre.

— Restez tranquille. Vous ne risquez rien.

Elle revint dans sa propre chambre et se mit à sa fenêtre.

Comme toute la bousculade se passait du côté de la cour d'accueil et que le parc, lui, était désert, elle descendit l'escalier de service et s'enfuit vers la ferme par les allées frangées de noisetiers. Elle fut surprise de découvrir Joseph, monsieur Consé, mais aussi le percepteur, pourtant si délicat, perchés sur le toit de la grange.

Tous les trois suivaient des yeux le balancement des derniers parachutes.

— Ils arrivent où on ne les attendait pas, dit le percepteur. Il va falloir les aider à retrouver leur route.

— Il y en a dans les arbres, ils ont dû s'estriper sur les branches. On y va ?

— On y va.

Ils dégringolèrent l'un après l'autre le long de l'échelle.

Denise était au bord de la crise de nerfs.

— Vous allez vous faire tous tuer, répétait-elle.

Joseph lui dit :

— Nous allons aider les Alliés à rejoindre leur base. Vous, les femmes, prenez quelques affaires et allez vous mettre à l'abri chez Chouas.

Quand les hommes eurent disparu, Marie-Marseille poussa Denise dans le chemin.

— Partez sans attendre. Moi, je vais chercher Grammie et nous vous rejoindrons.

Elle pénétra en courant dans la chambre de sa grand-mère. Celle-ci, le drap relevé jusqu'au menton, lui fit un grand sourire.

— Les avions sont partis ! annonça-t-elle.

— Habillez-vous, Grammie, il nous faut aller dans la montagne, les bombardements vont reprendre. Là-bas, nous serons plus…

Marie-Marseille n'eut pas le temps de finir sa phrase. La porte s'ouvrit, un soldat allemand se présenta réglementairement.

— Défense de sortir, dit-il.

Puis il referma la porte à clef derrière lui.

Pendant que Grammie s'habillait en ronchonnant, Marie-Marseille s'accouda à la fenêtre. Dans le petit jour encore grisâtre, au beau milieu de la cour d'accueil, Müller ordonnait aux soldats d'entasser des objets enveloppés avec soin à l'intérieur d'un camion bâché.

« Ils s'en vont, pensa-t-elle avec satisfaction. Bon débarras ! »

Ce ne fut que quand elle aperçut le bras d'une statuette de bronze dépassant du drap qui la protégeait qu'elle réalisa qu'il ne s'agissait pas d'un déménagement ordinaire. Müller s'en allait en emportant les œuvres d'art.

Elle se pencha du mieux qu'elle put et hurla de toutes ses forces :

— Vous n'avez pas le droit, ces choses-là nous appartiennent !

Müller releva la tête et haussa les épaules.

— Désolé, dit-il.

— Vous êtes un voleur !

Müller fit une volte-face et lança un ordre à un soldat.

Les tableaux, les caisses remplies de bronzes et de vases passaient de main en main avant de disparaître sous la bâche. Marie-Marseille trépignait de rage.

— N'avez-vous pas honte, bandit, voleur, sale Boche !

A cet instant, le soldat allemand ouvrit la porte de la

chambre. Du bout de son arme, il ordonna à Marie-Marseille de s'éloigner de la fenêtre, l'obligea à s'asseoir sur une chauffeuse, puis se posta en joue à quelques pas d'elle.

Grammie sortit de la salle de bains.

— Mais allez-vous-en ! cria-t-elle au soldat.

Celui-ci la menaça pareillement.

Marie-Marseille entendit des portières claquer. Le moteur du camion se mit en marche, son ronflement prit de la force, s'éloigna, s'affaiblit et s'anéantit brusquement.

Le soldat allemand disparut en les enfermant à double tour.

Müller, sa garde et son chargement volé ne devaient pas avoir parcouru plus de cinq kilomètres quand les maquisards investirent le village et se postèrent aux alentours du château.

TROISIÈME PARTIE

La Libération

1

La pendule frissonne pour annoncer cinq heures du matin.

Accoudée à sa fenêtre, Marie-Marseille laisse aller ses yeux d'un côté à l'autre de la cour d'accueil. Les Allemands, elle les compte : un officier, trois gestapistes et dix soldats chargent leurs derniers bagages. Les moteurs ronronnent déjà.

Les deux motos passent enfin le portail, suivies de près par la Kübelwagen, la Mercedes et le camion. Ils contournent le bassin quand leur caravane se heurte aux barricades de charrettes qui obstruent les ruelles. Des coups de feu retentissent. Le premier motocycliste tombe.

Grammie pousse un cri et Marie-Marseille ferme la fenêtre.

Dans un grand bruit d'embrayage malmené, les Allemands refluent vers la cour, puis, un par un, ils se réfugient dans le château en se couvrant des rafales de leurs armes. Alors qu'il gravit le porche à reculons, mitraillette en action, le dernier soldat s'effondre.

Sans attendre, dissimulés derrière une vieille camionnette, les maquisards investissent à leur tour la cour d'accueil. Marie-Marseille reconnaît Fernand, Marcel et quelques autres. Ils enfoncent leurs couteaux dans les roues tandis que les plus jeunes siphonnent les réservoirs.

Soudain, la voix de Frédéric s'élève à travers un porte-voix :

— Rendez-vous !

Le château reste muet à l'appel.

Le chef de la Gestapo, suivi de l'officier et de trois soldats, entre dans la chambre où se trouvent Grammie et Marie-Marseille. Les deux premiers saisissent les deux femmes par les cheveux et les poussent jusqu'à la fenêtre. L'homme de la Gestapo les exhibe plaisamment et crie :

— Nous avons des otages ! Evacuez le village, sinon nous les exécutons !

Les soldats ligotent les deux femmes et les font descendre vers le hall. Grammie tient à peine sur ses jambes, Marie-Marseille tremble comme une feuille. Elles attendent, glacées, devant la porte quand un soldat surgit de la cour, se met au garde-à-vous et annonce :

— Les véhicules sont inutilisables.

La porte se referme avec un grand fracas. Ça gueule dans tous les coins, on reconduit sans ménagement les deux femmes dans une chambre. Un soldat ferme les fenêtres et les volets intérieurs. Grammie s'effondre sur le lit, elle claque des dents. Marie-Marseille, livide, s'assoit à côté d'elle.

Un silence profond s'est abattu sur la place de la Fontaine. Les maquisards ont disparu des fenêtres et des toits, ils se sont retirés un à un, la cour est à nouveau déserte.

Frédéric a regroupé ses hommes devant la mairie. Il rugit de colère :

— Je croyais que les femmes s'étaient réfugiées chez Chouas ?

Un murmure confus lui répond :

— On le croyait aussi...

Frédéric se laisse tomber sur un banc. Cet échec lui est insupportable.

— Restez tranquilles en attendant les ordres. Pas un coup de feu, pas une ombre !

Le jour se lève, la nouvelle balaie les ruelles comme une bouffée de mistral : « La comtesse et la demoiselle sont prises en otages... »

La veille, bien loin de se douter qu'un débarquement se préparait en Provence, Andréloun est venu rendre visite à Virginie. A l'aube, il repart discrètement vers la montagne quand le grand chambardement commence. Les résistants poussent des charrettes en travers des ruelles, Frédéric place des hommes sur les toits, derrière les portes.

— Tiens, te voilà revenu ? lui lance Fernand.

Andréloun leur prête volontiers la main. On lui donne une arme et on le place à l'angle d'un mur.

— Vise les pneus, lui dit Frédéric. Il nous les faut vivants, de préférence.

Andréloun attend comme les autres, le temps lui paraît long, il pense à Marie-Marseille. De là où il est placé, en contrebas, il ne peut pas voir la cour du château, il ne distingue que les fenêtres closes. Des bruits de moteur se font entendre, il serre les doigts sur son arme. Des coups de feu retentissent en rafales.

— Le carnaval a commencé, murmure-t-il.

Tout se tait brusquement.

— Oh ? C'est fini ? Déjà ?

Il se détend, pose son arme, soupire en sifflotant lorsqu'il voit l'homme en noir exhiber Marie-Marseille à la fenêtre.

— Pute des saintes ! Coquin de Dioù ! Armée de bordilles !

Une colère aveugle l'étrangle et, alors que les maquisards cèdent la place, il prend le chemin contraire, traîne le long des murs, en alerte.

— Replie-toi vers la mairie, c'est un ordre ! lui lance Frédéric.

Andréloun fait semblant de ne pas entendre, il s'approche encore de la place de la Fontaine, un pas glissé après l'autre, et finit par se dissimuler derrière le bassin, face au portail grand ouvert.

— Lève-toi de là, malheureux ! lui souffle Fernand.

Andréloun lui fait grossièrement signe de se mêler de ses affaires.

Il fixe la fenêtre où est apparue Marie-Marseille.

2

Etendue sur son lit, une main sur son giron, Grammie respire difficilement. Marie-Marseille l'évente tout en essayant d'imaginer la suite des événements. Elle tremble d'entendre encore des pas, elle sait que leur existence ne tient plus qu'à une bouffée de colère, qu'à un soudain désir de vengeance. Elle songe à Lestrade et à Müller qui se sont échappés à temps, comme des rats qu'ils sont ; elle enrage.

Pourtant, le temps passe et rien ne bouge. La pendule de Grammie sonne les heures dans un silence total. Les murs de pierre les protègent des rayons de soleil comme de la rumeur. Marie-Marseille entreprend de lire à haute voix, autant pour tromper son angoisse que pour apaiser la terreur de sa grand-mère. Quand celle-ci, à bout de forces, s'endort enfin, Marie-Marseille ferme son livre, s'approche doucement d'une fenêtre et entrouvre les volets intérieurs.

Dans le lointain grondent les canons, la chaleur écrase le village. La place de la Fontaine dort sous ses platanes. Pourtant, le visage d'un homme dépasse du bord du bassin ; elle tend le cou pour mieux le voir.

L'homme se lève et disparaît sous les feuillages. Elle n'a pas eu le temps de le reconnaître.

Les heures se suivent sans que rien ne change. Un soldat passe régulièrement. A midi, il apporte un plateau sur lequel il y a du pain et deux pommes. Grammie refuse de s'alimenter, elle n'a même plus de voix pour le dire et fait non de la tête. Marie-Marseille plante ses dents dans un fruit quand les tirs reprennent ; une explosion formidable fait trembler murs et fenêtres. Grammie se redresse en poussant un cri effroyable. D'autres secousses surviennent, tout aussi terrifiantes. Marie-Marseille se souvient des paroles de Joseph : « Les Alliés détruisent les gares et les ponts pour empêcher les Allemands de s'enfuir. »

Elle reprend son livre et regarde vers sa grand-mère. Celle-ci, détendue, ne paraît plus rien entendre. Elle dort sans doute, bien que ses yeux soient à demi ouverts. La jeune fille se penche au-dessus d'elle.

— Grammie, appelle-t-elle doucement. Grammie !

Elle la secoue en vain.

Marie-Marseille avale sa salive avec peine, son cœur bat contre ses côtes. Elle bascule le corps de sa grand-mère dos à la porte, puis elle remonte le drap jusqu'au visage et dépose un bras sur la courtepointe.

Quand le soldat revient, elle désigne du menton la pauvre femme.

— Chut, elle dort, souffle-t-elle.

L'air vibre. Sifflements, éclats, vrombissements, explosions secouent le ciel.

Accoudée à la fenêtre, Marie-Marseille jette de petits coups d'œil vers la place de la Fontaine déserte. Les résistants sont repartis... L'air est étouffant... Le Neptune dégueule doucement son filet d'eau claire. Elle espère vaguement voir l'inconnu réapparaître. Elle lui ferait un signe... Elle se croit oubliée et, de fatigue ou de peur, ses tremblements reprennent.

Dans la cour d'accueil, la Kübelwagen, la Mercedes et le camion affaissés sur leurs jantes sommeillent au soleil. Les Allemands semblent avoir renoncé à leur projet de fuite, ou bien peut-être attendent-ils des renforts ?

Lasse, elle s'éloigne et se laisse tomber sur un fauteuil. A bien y réfléchir, la libération de Juzan ne dépend plus que d'elle...

Plus pour passer le temps que dans une réelle intention, elle se met à échafauder un plan d'évasion. Elle rêvasse, imagine Frédéric l'accueillant bras ouverts, admiratif, enfin convaincu de sa finesse et de son courage. Elle somnole en se moquant d'elle-même. Le soir vient, elle s'endort quelques minutes puis s'éveille ; elle est aux aguets. Elle sombre à nouveau mais, en poussant la porte, le soldat la fait sursauter.

Les yeux grands ouverts, Marie-Marseille met au point une désescalade par le fenestron de la salle de bains, la seule ouverture qui donne sur un mur aveugle, suivie d'une fuite vers la montagne jusqu'au jas de Saint-Pierre où, sans doute, les maquisards se sont repliés... Elle se complaît si bien à fignoler tous les épisodes de son évasion que, le soir venu, elle ouvre l'armoire de sa grand-mère afin de vérifier s'il s'y trouve bien les piles de linge de maison, comme avant la guerre. Elles y sont encore, en effet, dont une faite de draps lourds. Pensivement, elle en déplie un, puis un deuxième.

Pour s'assurer qu'elle en serait capable, elle entreprend

de les attacher l'un à l'autre. Elle y parvient en les nouant par leurs angles et elle consolide l'épissure à l'aide de trois nœuds successifs, qui résisteraient certainement à son poids si elle décidait de s'y suspendre. Elle constate avec plaisir que les draps sont immenses et elle fait le pari que deux d'entre eux suffiront à la conduire jusqu'au sol.

Elle examine les alentours. Les Allemands, rassurés par la retraite précipitée des maquisards, n'ont pas placé de sentinelles dans le parc. Un seul homme, armé d'une mitraillette, fait les cent pas devant les fenêtres.

En août, les journées sont longues, un nonchalant coucher de soleil laisse traîner une ultime clarté sur la cime des arbres. Elle repousse sa malheureuse grand-mère vers l'extrémité du lit et se couche, tout habillée, à côté d'elle. Une lampe de chevet éclaire partiellement la vaste chambre. Elle croit pouvoir attendre, mais le sommeil l'emporte.

Andréloun va et vient de chez lui à la place de la Fontaine. Il surveille la fenêtre derrière laquelle brille une lumière. Quand celle-ci s'éteint, il enrage et, les mains dans les poches, il s'en va faire un tour le long du mur, celui-là même qu'escaladait Marie-Marseille, il y a bien longtemps déjà, pour venir le rejoindre.

Un fenestron s'éclaire, Andréloun se fige, sourire aux lèvres.

Rien ne manque à son évasion : ni le traversin figurant son corps sous la courtepointe, ni le drap attaché au pied de la baignoire de fonte. Marie-Marseille pend son sac à son cou, noue sa jupe autour de sa taille et enjambe l'appui du fenestron…

A Dieu vat !

Ses bras trop faibles ne peuvent ralentir bien longtemps sa descente, et elle atterrit brutalement sur le sable. Elle s'aplatit et rampe vers le mur d'enceinte. Elle se dirige vers la nymphe alanguie qui lui servait jadis d'échelle. Un doux sifflement la surprend.

— Je suis là…

Elle escalade le buste de la belle, rencontre une main et s'y accroche.

Andréloun la hisse jusqu'au sommet du mur, puis il saute et lui tend les bras. Elle tombe contre sa poitrine et s'y niche sans penser à mal ; Andréloun l'étreint furtivement.

— Ça alors ! Moi, j'étais seulement venu te remonter le moral. Cela fait deux heures que j'use mon fond de culotte en attendant que tu mettes ton nez à la fenêtre.

— Je me suis sauvée !

Elle n'en revient pas, mais lui se régale.

— Folle, va.

— Ma grand-mère est morte…

Il s'en fout. Il resterait des heures à la même place. Enfin, la raison lui revient.

— Tout doux, ma belle. Il nous faut d'abord foutre le camp de là…

Le réverbère est éteint et ils doivent s'enfuir à tâtons. Ils se faufilent dans les ruelles jusqu'à une impasse tortueuse qu'ils ont, ensemble, explorée autrefois. Andréloun s'adosse à un mur déchiqueté et, un instant, il reprend Marie-Marseille dans ses bras.

— Nom de Dieu, depuis le temps que j'en rêve !

Ses caresses et ses baisers sont plus assurés que sous le figuier aux jeunes feuilles. Mais l'aube apparaît déjà. Andréloun conduit Marie-Marseille au fond d'une arrière-cour dans laquelle Christian, le boulanger, fait chauffer du bois dans la cuve de son gazogène. Celui-ci regarde Marie-Marseille sans y croire.

— Vous vous êtes sauvée ?

— Elle a fait le mur comme un vrai soldat, dit Andréloun. Dis voir, Christian, quand ta machine à vapeur sera prête, tu nous emmènes chez Séraphine ?

Marie-Marseille le tire par la chemise et souffle :

— Il faudrait prévenir le maquis que je me suis sauvée et que ma grand-mère est morte.

— On le fera savoir quand on sera loin... n'est-ce pas, Christian ? répond Andréloun. Je n'ai pas envie que le capitaine te mette la main dessus, ajoute-t-il à l'oreille de Marie-Marseille.

Christian s'étonne mais acquiesce, ce ne sont pas ses affaires... Il s'agite autour de sa camionnette. Une fois le bois bien chaud, il appuie sur ses pédales, ronchonne encore un peu et met en marche son moteur.

Andréloun et Marie-Marseille se font une place entre les sacs de pain. La camionnette remonte la ruelle, frôle la place de la Fontaine et s'engage sur la route qui tournicote jusqu'en bas du village.

Le premier convoi allemand les oblige à se réfugier sur le bas-côté de la chaussée. Christian explique :

— Depuis que les carottes sont cuites, les Boches tournent en rond pour se carapater un passage vers le nord, mais nos gars ont fait péter tous les ponts.

Il abandonne bientôt la grand-route et emprunte un chemin étroit qui part vers la montagne.

D'un seul coup, le calme revient. Le petit jour blanchit doucement le ciel. Pour livrer son pain, Christian s'arrête dans un village si retiré qu'il semble hors des événements. Il est six heures du matin, une journée radieuse se prépare.

La camionnette glisse sur le chemin goudronné qui serpente contre le flanc d'une colline boisée. Le ciel est paisible, l'air frais sent bon, Christian met son bras à la portière. Au-delà d'un viaduc de poupée qui enjambe une cascade de Lilliputiens, au-delà de ses jambettes trapues commence la vraie montagne. Sur une borne, Marie-Marseille lit : « Digne, Grenoble », et, naïvement, elle pense être enfin à l'abri du désordre.

Ils ne sont plus qu'à un kilomètre du petit pont, moins encore peut-être, quand des coups de feu éclatent si près qu'ils se croient la cible des tireurs. Christian fait une embardée, freine à deux doigts du ravin, repart brutalement en marche arrière. Une Kübelwagen surgit du tournant, les frôle et continue sa route à toute vitesse. Marie-Marseille se réfugie contre Andréloun.

— Et voilà le carnaval qui recommence !

Christian manœuvre et reprend sa route à faible allure, en tendant l'oreille vers les collines et les vallons. La camionnette franchit un virage, un autre, elle commence à reprendre de la vitesse lorsque, à quelques mètres devant eux, deux hommes se détachent de la roche et se jettent en travers de la route.

— C'est Jojo l'Anglais et Simon ! s'écrie Christian.

Simon s'approche de la portière.

— Salut, Christian, tu arrives bien à point ! On était venus faire sauter le pont, mais on s'est fait surprendre. Le petit Léon est mort, nom de Dieu, et il y a un blessé, Virgile de Bormes. Notre voiture est au fond du ravin. Tu nous amènes chez le docteur ?

Jojo l'Anglais, qui s'appelle en réalité John, revient en soutenant un blessé.

Andréloun cède sa place, puis il fait descendre Marie-Marseille.

— Nous finirons la route à pied, j'emporte le pain de Séraphine, dit-il à Christian tandis que les maquisards investissent l'arrière de la camionnette.

— Prenez bien garde, c'est le seul pont encore debout, va y avoir du passage !

Andréloun et Marie-Marseille avancent sur la route déserte. Ils passent le viaduc et, soudain, alors que la route lambine encore un peu avant de s'attaquer à la montagne, apparaît une petite ferme placide perchée sur le sommet d'une colline ronde.

— C'est chez Séraphine, dit Andréloun.

Ils arrivent peu après dans une maison basse, confortablement étalée au milieu de restanques de blé et d'oliviers géants. Pas un toit, pas un clocher à l'horizon, ils sont au bout du monde. Andréloun franchit le seuil, met le pain dans la maie et ressort sur le pas de la porte.

— Aujourd'hui, c'est le jour de lessive, toute la maisonnée est au bord de la rivière.

Il a une moue comique.

— Et voilà ma maison !

Il désigne du doigt un cabanon qui se cache un peu plus loin, derrière deux gros chênes. Juste une petite pièce de trois mètres sur cinq éclairée par une minuscule fenêtre.

— Viens !

Grâce au filet de lumière qu'apporte la porte

entrouverte, Marie-Marseille jette un bref regard autour d'elle. C'est une maison de poupée dans laquelle s'amoncellent les outils des moissons – faux, charrue, tarare, cavalets et fourches à trois dents. Dans un coin, sur un plancher de charrette, il y a une sorte de couchette de paille sur laquelle traînent des vêtements en désordre.

— Voilà mon lit, dit Andréloun.

Elle se retourne vers lui en souriant lorsqu'un bruit rageur de moteur fait exploser le silence. Andréloun passe le nez par la porte.

— Tron de Dieu, encore des Boches !

Les soldats allemands, harassés, entrent dans la cuisine de Séraphine. Ils raflent le beau pain croustillant, puis ils vont droit au buffet et en sortent tout ce qui peut se manger. Enfin ils se dirigent vers le puits, s'y désaltèrent, s'inondent le cou et le torse, et dévorent leurs rapines debout à l'ombre d'un tilleul, sans même déposer leur fusil à terre.

Andréloun scelle la porte du cabanon à l'aide d'une barre de fer.

— Ils crèvent de faim et de pétoche.

Dans la pénombre revenue, Marie-Marseille le distingue à peine.

— Andréloun ? souffle-t-elle.

— Marie ?

Elle a un sourire indéfinissable. Marie. C'est donc ainsi qu'Andréloun l'appelle quand il est seul.

— Viens, j'ai peur, lui dit-elle.

Il s'approche, la frôle, et aussitôt leurs corps se retrouvent.

Quatre mois de rêveries dans l'absence sont un levain extraordinaire. Combien de fois l'un et l'autre, en secret, ont-ils vécu cette scène ? Marie-Marseille renie en un instant toutes les promesses qu'elle s'est faites et, folle à nouveau, elle se livre tout entière. Andréloun résiste si mal qu'elle n'a aucune peine à le faire s'élancer au-dessus des barrières, celles que, naguère, il disait infranchissables. Il l'emmène alors si loin qu'elle doit le suivre en aveugle, bien au-delà de ses rêves ordinaires.

3

Andréloun et Marie-Marseille ont passé deux longues heures dans la pénombre du cabanon. Heures exquises, heures chimériques durant lesquelles, apparemment maîtres de leur destin, ils se font des promesses.

— Avec toi, je ne mens plus, murmure-t-elle.

— Avec toi, je n'ai plus besoin de faire le pitre, répond Andréloun.

Lorsqu'ils ouvrent enfin la porte, le soleil écrase la campagne. Sa lumière éblouissante les frappe si fort qu'ils doivent, comme les papillons naissants, s'appuyer au mur pour faire sécher leurs ailes. Au loin, la guerre secoue le ciel ; tout près, les cigales bredouillent sous les trépidations ; l'air sent la résine et l'herbe sèche.

Andréloun est le plus prompt à reprendre pied sur terre. Il attire à lui Marie-Marseille et plante son regard assombri dans le sien.

— Je dois partir.

Elle croit avoir mal entendu et reste bouche ouverte.

Il répond à son interrogation muette :

— Il y a longtemps que j'ai décidé de quitter le pays. Pas de bon gré, bien sûr, j'en ai même pleuré des nuits entières. J'ai failli devenir fou souvent, pour de bon cette fois, pas pour amuser les autres. Tout ce qui vient de se passer ne change rien à notre affaire…

— Quelle affaire ?

En passant la main sur son front, il repousse ses cheveux en arrière. Elle dédaigne l'allusion :

— Maintenant c'est trop tard, je ne te laisserai pas partir.

— Il le faudra bien, rien n'a changé.

— Tout a changé, au contraire.

Pour convaincre Marie-Marseille, Andréloun l'emmène vers un petit ruisselet qui se faufile entre des berges abruptes plantées de noisetiers et de fougères. Arrivé là, il marche en claudiquant, révulse les paupières, renifle bruyamment, enfin, comme elle en rit encore, il entre tout habillé dans le ruisseau et, la mine ahurie, il s'enfonce dans l'eau claire.

— Pas chiche, dit-il en la narguant.

— Chiche, répond-elle.

Elle défait ses sandales et descend le rejoindre.

Pour faire sécher leurs vêtements, ils s'allongent sur l'herbe et plantent, jusqu'à la brûlure, leurs yeux dans le feu du soleil. Andréloun saisit une poignée de feuilles odorantes et en frotte les jambes de Marie-Marseille tout en racontant les mêmes niaiseries que naguère. Elle, elle l'observe par la fente de ses paupières, obstinée, irréductible. Enfin, comme pour le convaincre de sa faiblesse à lui et de son pouvoir à elle, elle se met à roucouler en frétillant. Il cesse de faire l'imbécile et se précipite sur elle.

En revenant vers la ferme de Séraphine, Andréloun dit à Marie-Marseille :

— Je vais partir faire le tour de la Terre.

Cette fois-là, elle se plante face à lui, bouillonnante de colère :

— Et moi, je te dis que tu ne partiras pas. Je me fiche de ta cicatrice, de tes grimaces et du reste. Au diable, la Terre entière !

Il sourit mais secoue la tête.

— Tu pantailles et tu ne comprends rien à rien. Entends-tu déjà les quolibets, les ricanements, les mauvaises pensées qui nous suivront si je reste ici et que je tiens mes promesses ? Non, tu ne les entends pas, mais moi j'en ai la tête pleine... On peut aussi s'en aller n'importe où, très loin. Tu abandonnes ton château, tu fermes la porte, le portail, et tu laisses derrière toi la grille et les sapinettes... Nous irons nous installer ailleurs. Où ? Je ne sais pas qui nous louera un logement, sans chauffage ni toilettes, pour... (Il retourne ses poches.)... deux francs. (Il fait une grimace.) Vois-tu, je ne gagnerai pas plus, je ne sais rien faire...

Elle hausse les épaules.

— Tu t'en fous ?

Il secoue la tête.

— Qu'importe ! Même si tu t'en fous, ce qui n'est pas sûr, moi, je ne m'en fous pas. Je me sentirais imbécile, imbécile comme on me l'a toujours dit. Les autres avaient raison, penserais-je. Un truc qui me colle au corps depuis toujours et que tu ne peux pas comprendre. J'aurais si peur de te faire malheureuse que je tremblerais la nuit et le jour. Alors, pour que tu ne le devines pas, je prendrais des grands airs, je referais l'imbécile et, si tu protestes, peut-être bien que je me mettrais à boire comme Tatave le légionnaire. Sais-tu ce qu'est la misère ? Non, tu ne le sais pas. Sais-tu que ça rend méchant ? Ça use, ça grignote, ça suppure, ça pourrit les sentiments... Un jour tu me ferais des reproches et...

— Tu vois tout en noir. Il y a mille autres choses à faire ! Tu n'es pas assez audacieux...

— Tiens, tu vois, ça commence...

Il s'éloigne, cueille une poignée d'herbe sèche et la lui donne.

— Voilà tout ce que je peux t'offrir, ce n'est que de l'herbe comme on en voit partout. Rien de ce que tu mérites. Rien de ce que tu aimes. Nous, c'est un rêve, un jeu, un attrape-couillon...

Marie-Marseille dort à poings fermés quand Andréloun s'enfuit en laissant sur la paille, à la place de son corps, un billet griffonné : « Si tu es en peine, dis-le vite à Joseph. »

4

Lorsque le gazogène de Christian est hors de vue, Baptistine, la boulangère, cogne à la porte de son voisin, le pharmacien.

— La demoiselle s'est sauvée et la comtesse est morte, lui souffle-t-elle.

Le pharmacien descend en courant chez monsieur Consé.

— Insensé, gronde Frédéric en apprenant la nouvelle.

— Elle a pourtant bien fait. Nous pouvons y aller à présent.

— Bien sûr... Mais où est-elle donc ?

— Elle est partie dans la montagne avec Christian !

Frédéric ne laisse rien paraître de sa contrariété. « Cette jolie demoiselle n'en fait qu'à sa tête, il me faudra y prendre garde », pense-t-il seulement.

Une heure plus tard, alors que les maquisards se préparent à prendre d'assaut le château en investissant la cour d'accueil...

... aux abois, délogé des villes du bord de mer, un convoi allemand s'engage sur la route qui mène à Juzan.

Juzan, dernier rempart, dernier refuge, première place forte pour une résistance, peut-être ?

Venu des contreforts du village, un sourd grondement se fait entendre. Des moteurs en colère avalent la pente.

Le premier flot de camions, de Kübelwagen, de Mercedes et de chenillettes, mitraillettes aux portières, surgit tout aussitôt et fonce droit vers le portail. Une rafale de balles troue le mur sous le balcon où se distrayaient naguère les beaux Italiens. Une femme tombe, blessée à mort. La ruée vrombissante se répand dans la cour du château sans épargner les bosquets de fleurs.

D'autres arrivent encore et se disséminent sur toutes les places, dans toutes les ruelles.

Cette fois-là, ils ne sont plus une poignée, ils sont plus d'une centaine.

A peine ont-ils arrêté leurs engins que les soldats envahissent les maisons, les fouillent de fond en comble et s'installent partout où il y a de la place, tandis que les maquisards retournent en débandade vers le maquis de Saint-Pierre.

Frédéric, lui, se rend au poste de commandement allié, établi depuis la veille dans la plaine, à la bastide des Rapières. Juzan reste seul sous la tourmente, tout entier pris en otage dans un combat d'arrière-garde d'autant plus féroce que perdu d'avance.

Il est midi quand les Allemands achèvent de dresser leur artillerie et leurs postes de radiosurveillance aux endroits stratégiques. Parce que deux maisons, plus hautes que les autres, les empêchent de surveiller la plaine, ils en délogent les habitants et les font exploser en un instant.

Alors, venus de toute la côte, les tirs d'artillerie recommencent. Les obus sifflent au-dessus des têtes pour s'en aller terroriser ce dernier bastion de résistance allemande. Beaucoup, ratant leur cible, tombent sur les maisons ; les Juzanais se réfugient dans leurs caves.

Tatave le légionnaire est le premier atteint. Il s'est endormi dans la cuisine déserte d'une vieille masure lorsqu'une partie du plafond lui tombe sur la tête. Boudièu fouille les gravats entassés, ses bras noueux et ses jambes vermoulues luttent avec désespoir contre la masse des poutres et des pierres quand il aperçoit une chaussure. Il tire dessus, un grognement s'élève. Tatave vit encore sous les décombres.

Incroyablement, en pleine terreur, c'est le moment que choisit le cœur de Juzan pour se remettre à battre. L'ennemi n'est plus une hydre invisible, rampante, humiliante et affamante. Il est là, à portée de main. Le village violé devient leur affaire, et les bonnes volontés affluent. On allonge les blessés dans les caves, les hommes se font brancardiers et les femmes se font infirmières. Le docteur de Juzan ne sait plus où donner de la tête tandis que d'autres, indécis ou trouillards, tardifs guerriers, s'en vont grossir les rangs des maquisards de la première heure.

Une vaste réunion rassemble, ce matin-là, Américains, Canadiens, Anglais et Français. Dans son uniforme d'officier retrouvé, le capitaine Frédéric Fabre fait un bref exposé de la situation et conclut :

— Leur honneur de soldats étant l'enjeu, les Allemands sont prêts à se battre jusqu'au bout, à y laisser leur peau plutôt que de se rendre.

Le colonel américain fait part des décisions de son état-major :

— Si dans deux jours, le 21 août au matin plus précisément, ni les négociations ni notre artillerie ne sont parvenues à convaincre les Allemands de se rendre, l'aviation américaine bombardera le village.

Il se tourne vers monsieur Consé.

— Il faut donc prévoir, dès maintenant, l'évacuation de tous les habitants. Dès ce soir, nous ferons part aux Allemands de notre ultimatum. Souhaitons qu'ils nous entendent.

Monsieur Consé, sidéré, ose élever la voix :

— Pourquoi bombarder et tout démolir ? Il n'y a qu'à faire durer le siège jusqu'à ce qu'ils se rendent !

— Ils ne se rendront pas. Mais surtout, avant de mourir, en combattant comme c'est leur devoir, ils brûleront leur matériel et leurs munitions et incendieront le village. Juzan est foutu, d'une façon ou d'une autre.

Cette fois, monsieur Consé ne trouve rien à répondre. Il reprend sa bicyclette et, suivi du percepteur comme de son ombre, il remonte doucement vers son village.

Le déferlement d'artillerie recommence l'après-midi même. Le ciel tremble de colère. Le soir, vers huit heures, un tir détruit le poste émetteur-récepteur de la radio allemande. Désormais l'occupant est coupé du reste du monde.

Monsieur Consé reprend espoir quand, en représailles, les Allemands brûlent trois autres maisons. Dans le village à l'agonie, tous les gens valides luttent toute la nuit contre les flammes. Sous le nez des sentinelles fourbues par trop de nuits de veille, trois jeunes gens prennent le risque insensé d'emmener, dans une bruyante camionnette à gazogène, les plus grands blessés vers l'hôpital voisin.

Au matin, un obus troue le toit du château.

5

Autour de Séraphine, dont le mari, communiste notoire, a été fusillé en 1941, il y a ses quatre filles, quatre femmes dont les hommes sont encore en Allemagne. Leurs enfants babillent à l'autre bout de la table.

Le repas est plein d'amertume. Le matin même, on a mis en terre le pauvre Léon, un garçon qu'elles connaissaient depuis l'enfance.

— Petit, explique Séraphine à Marie-Marseille, il venait toujours se mettre dans nos jambes, aux moissons, aux cueillettes...

La jeune fille entend sans comprendre. Blanche, glacée, d'une main elle tient sa cuillère, et de l'autre elle triture le petit billet d'Andréloun qu'elle a glissé dans la poche de sa robe. Cela fait plusieurs heures qu'elle respire à peine, qu'elle ne réfléchit plus. « Lâche, espèce de lâche », répète-t-elle sans parvenir à aller plus loin dans l'examen de la situation.

Séraphine l'observe du coin de l'œil.

A la fin du repas, pour être aimable, elle lui dit :

— Hier au soir, l'Andréloun nous a fait la bise en

disant : « La moisson est finie, la guerre aussi, vos maris vont revenir, alors je m'en vais. Grand merci. »

Marie-Marseille, qui sait si bien mentir, devrait prendre la chose à la légère, ainsi les femmes curieuses n'iraient pas plus loin dans leurs interrogations. Au lieu de quoi, le visage défait de la jeune fille laissant place à toutes les interprétations, elles se mettent à soupçonner l'irraisonnable. Leurs regards amusés le disent clairement.

En grand stratège, Séraphine utilise des moyens détournés pour faire tomber Marie-Marseille dans son piège :

— Andréloun m'a raconté comment vous vous étiez enfuie du château... Vous êtes donc la demoiselle de Boichosey ? Ma famille a bien connu Barnabé le Mexicain. Quand j'étais petite fille, on en parlait souvent... Peut-être bien que si l'on cherchait vous seriez de notre famille, du côté d'une cousine de Barnabé, qui, il me semble, s'est mariée en premières noces avec le petit-cousin de mon grand-père... Pauvre madame la Comtesse, elle est morte de peur à ce qu'on dit. Peuchère, et l'Andréloun, vous le connaissez depuis longtemps ?

— Depuis toujours, murmure la jeune fille.

— Quand, hier, les Boches sont venus, vous étiez avec lui dans la grange ?

Un sourire moqueur parcourt les lèvres des femmes.

Hélas, Marie-Marseille rougit.

— J'avais peur, risque-t-elle, soudain en alerte.

— Té, bien sûr...

Un pétillement égrillard des prunelles se superpose au sourire impertinent des femmes.

Marie-Marseille s'allonge sous un tilleul éloigné de la ferme. Elle aimerait s'arrêter de vivre à l'instant tant les persiflages, encore, la poursuivent, la transpercent de part en part. Pis encore, si, pour les fuir, elle ferme les yeux, elle suppose les ricanements et les commentaires. Elle qui se disait très forte, indifférente, prête à braver le monde, frémit de ce simple soupçon. En pays ami, alors que bien d'autres choses préoccupent l'attention, elle s'y blesse déjà.

Andréloun avait tout prévu, même les ricanements, surtout les ricanements et les commentaires.

Il a bien fait de partir. Elle déchire le billet et se retourne face contre le sol, le nez dans l'herbe, celle-là même qu'il lui offrait à pleines mains. Elle est seule, une fois encore.

Puisqu'on ne meurt pas si facilement, seulement de le vouloir, puisque la peine et l'humiliation ne suffisent pas à geler le sang de ses veines, puisqu'il coule encore... elle se relève. Elle est une autre quand elle défroisse sa robe, elle a vieilli de cent ans en l'espace d'une heure à peine.

Le lendemain, Christian l'emmène dans sa camionnette.

— Votre château en a pris un bon coup sur le toit et ce n'est pas fini, si les Allemands ne se rendent pas, les Américains vont bombarder Juzan avec des avions, cette fois...

Elle se fait déposer à la ferme de Fernand, emprunte une bicyclette et décide de se rendre au quartier général des Alliés. Frédéric y est sûrement.

6

Marie-Marseille approche de la bastide blanche quand, sur la route, elle croise monsieur Consé. Le pauvre homme, bien que lugubre, se réjouit de la voir. Il ne lui cache pas la vérité et lui confirme les paroles du boulanger :

— L'ultimatum prend effet demain soir. Si, d'ici là, un signal blanc, preuve de reddition, ne flotte pas à la plus haute fenêtre, il n'y aura plus de Juzan.

Marie-Marseille hésite un instant. Ira-t-elle, malgré tout, se réfugier auprès de Frédéric comme elle l'a décidé ? Elle imagine sans plaisir la scène de leurs retrouvailles. Certainement, sans même l'écouter, il lui commandera de rester tranquille, il parlera de sagesse...

Au diable, se dit-elle. Aujourd'hui encore, elle ne veut pas être sage. Elle a tout le temps de l'être... Plus tard...

Elle fait pivoter sa bicyclette en direction du village.

— J'y vais, dit-elle.

Monsieur Consé lève les bras au ciel.

— Ne faites pas ça, c'est une folie ! Vous n'entendez donc pas péter les obus ?

— Je rentre chez moi, j'ai bien le droit de prendre quelques affaires, non !

— Vous êtes inconsciente. Parlez-en d'abord à Frédéric.

— Il ne voudra pas.

— Je vous supplie de rester tranquille ! Même s'ils acceptent de vous laisser entrer, ils vous garderont. Vous allez faire échouer le plan des Alliés.

— Pensez-vous que ma vie suffise à empêcher le bombardement ?

Elle hausse les épaules, s'écarte vivement de monsieur Consé, appuie rageusement sur la pédale et file en direction de Juzan.

Monsieur Consé retourne précipitamment à la bastide pour demander qu'on suspende les tirs d'artillerie jusqu'au soir.

Marie-Marseille abandonne son vélo en bas de la « rompe-cul » et pénètre à pied dans son village. Les décombres et les cendres barrent les ruelles. Juzan, défiguré, halète sous ses blessures. Une sentinelle – un enfant encore, il est plus jeune qu'elle – l'arrête alors qu'elle approche de la place de la Fontaine.

— Je suis mademoiselle de Boichosey, affirme-t-elle en allemand. Je rentre chez moi.

— Défendu.

Elle adoucit sa voix et plante ses yeux de bronze dans ceux du soldat.

— Je voudrais parler au commandant, mais vous pouvez m'accompagner, cela ne me gêne pas. Vous verrez qu'il me recevra.

Elle n'a sur elle que sa petite robe de cotonnade, elle est mains nues, cheveux en bataille. Une autre sentinelle s'approche, elle recommence ses explications et supplie.

Les deux jeunes gens l'escortent jusqu'au château. Elle se cabre en découvrant la large bâche kaki étendue sur le toit, mais elle reprend bonne contenance et grimpe les marches du perron.

7

Une ambiance funèbre règne dans le hall et dans les salons, immobilité et silence, comme pour des funérailles. Les Allemands se préparent à mourir. Elle croise trois visages dédaigneux mais abattus, des corps fiers mais las.

L'Obersturmbannführer l'accueille poliment. Elle lui confirme qu'elle est bien mademoiselle de Boichosey et qu'elle désire rentrer chez elle.

— Vous êtes assis au bureau de mon père, ajoute-t-elle.

Il a une moue indifférente, mais l'invite à s'asseoir. Elle lui sourit pour le remercier, mais il n'y prête pas attention. Alors elle rend sa voix amicale, presque complice, et commence par évoquer sa cohabitation avec Müller. Elle ponctue son récit de deux ou trois anecdotes prouvant l'entente parfaite qui régnait en ce temps-là. Enfin, elle prend une mine navrée et vengeresse en évoquant le départ précipité du colonel.

— Sous ses airs sympathiques, ce n'était rien de moins qu'un voleur de grand chemin, ose-t-elle.

L'Allemand, menton dans le cou, se raidit contre le dossier du fauteuil.

Elle parle ensuite de sa grand-mère, pauvre femme, morte de peur sous les premiers obus alliés.

— Je suis seule à présent, où voulez-vous que j'aille ?

Il hausse les épaules.

— Le plus loin possible, je vous le conseille.

Marie-Marseille fait semblant de ne pas entendre et, se hâtant de peur qu'il ne fasse cesser l'entretien, elle raconte l'histoire fantastique de son village, dont la naissance date de la nuit des temps : ses invasions, ses destructions, ses perpétuelles renaissances. Elle énumère ses trésors : la chapelle du XIe siècle, les linteaux superbes, les voûtes remarquables, les calades parsemées de frontons extraordinaires...

L'Obersturmbannführer la fixe de ses yeux froids, et seuls les moues de sa bouche et les froncements de son nez témoignent de son écoute. Il semble absent. Pourtant, comme midi sonne, sans doute pour prolonger cet intermède distrayant, il invite Marie-Marseille à sa table.

Elle prend place au milieu d'un aréopage d'officiers, auxquels elle entreprend de raconter la vie rocambolesque de son arrière-grand-père, Barnabé le Mexicain. Elle le décrit comme un seigneur, un conquérant doublé d'un artiste remarquable. Le colonel a-t-il remarqué la somptueuse architecture du château et toutes les merveilles éparpillées ici et là ?

— Enfin, celles que Müller n'a pas eu le temps d'emporter, ajoute-t-elle avec un sourire doux et un roucoulement suave.

Les officiers, interloqués mais séduits, indifférents peut-être, n'ont pas le courage de la faire taire.

— Et vous allez laisser détruire tout ça ? lance-t-elle en

guise de conclusion. Pourquoi ne vous rendez-vous pas pour éviter ce désastre ?

Un officier laisse tomber :

— L'honneur d'un seul soldat allemand vaut bien toutes vos merveilles et toute votre Histoire. Nous ne sommes pas des lâches.

La voix est sèche.

— Pourquoi est-ce lâche de se rendre aux vainqueurs ? A quoi servira votre mort ?

— La mort ne compte pas, seul l'honneur a un sens.

Elle prend un air surpris et ajoute :

— Ce qui restera de l'armée allemande vaincue se fichera bien qu'une poignée d'entre vous aient sauvegardé leur honneur... Par contre, si vous faites savoir que vous vous rendez pour sauver un village vieux de deux mille ans, pour sauver vos soldats, des gamins engagés de force, au moins ici on vous respectera. Votre courage fera oublier les forfaitures de Müller... Dans toute la région, on dira que vous n'étiez pas tous des bandits et des barbares. Vous moquez-vous que le monde entier vous considère comme des sauvages ?

Un grondement offusqué soulève les poitrines attablées, et l'Obersturmbannführer se dresse brusquement.

— Cela suffit, mademoiselle.

Il fait un signe à un soldat.

— Prenez quelques affaires et disparaissez !

Elle résiste :

— Je vous en prie, mettez un drapeau blanc à la fenêtre ! Toutes ces histoires d'honneur perdu sont des âneries, de belles paroles inventées par des tyrans pour faire avancer les soldats jusqu'à ce qu'ils en crèvent. Si, toutefois, c'était pour une noble cause, comme défendre son pays ou sa famille, mais quelle noblesse y a-t-il à envahir et à asservir un autre pays que le sien ?

Les yeux des officiers prennent une nuance tragique, effroyable.

— Mettez un drapeau blanc à la tour, je vous en prie ! implore-t-elle alors qu'elle passe la porte à reculons.

Les deux soldats la raccompagnent jusqu'au bas de la « rompe-cul » où l'attend sa bicyclette.

Frédéric fait les cent pas. Il est superbe dans son uniforme, la fierté lui redresse la taille. Il se précipite vers Marie-Marseille et lui fait de violents reproches :

— Décidément, vous n'écoutez que votre petite cervelle !

Sa colère n'a pas de fin. Sous la tourmente, Marie-Marseille pince les lèvres et ne proteste pas. Enfin, conciliant, Frédéric soupire :

— Allez, ne boudez pas et racontez-moi !

Marie-Marseille lui répète sa conversation avec l'Obersturmbannführer. Abattue, elle admet son échec et Frédéric conclut :

— Je savais bien que cela ne servirait à rien. C'est bien inutilement qu'une fois encore vous avez pris des risques insensés sans me demander conseil. Maintenant, les choses suivront leur cours, tant pis pour eux.

— Tant pis pour nous tous, chuchote-t-elle.

— Allez, ne pleurez pas, à la guerre comme à la guerre !

Il se détend et lui sourit.

— Venez faire un tour avec moi dans le sentier, nous parlerons d'autre chose.

Ils avancent le long des rangées de vigne. Frédéric

raconte comment il a vécu les jours précédents : les palabres avec les Anglais, les Canadiens, les Américains, les ponts détruits, les dépôts de munitions en feu et bien d'autres choses encore...

— Paris va se libérer, nos armées sont parties en contre-offensive, l'Allemagne de Hitler est foutue...

Marie-Marseille n'entend qu'un mot sur deux.

Lorsque, arrivés à la fin du vignoble, ils font demi-tour, Frédéric pense le moment venu de commencer sa cour. Il se met devant Marie-Marseille et prend ses mains dans les siennes. Elle lève vers lui des prunelles ternes.

— Vous vous accommodez bien facilement du désastre à venir, murmure-t-elle.

— Eh bien quoi ? Je fais la guerre, pas du roman-feuilleton, dit-il en haussant les épaules. La moitié de la France et la totalité de l'Europe sont détruites, il y a des millions de morts ! Comment pourrais-je m'émouvoir de la disparition d'un petit village de plus, même si c'est le vôtre ?

Insensible à cette logique guerrière, elle enrage de l'entendre. A cet instant, saurait-il mesurer sa détresse, ferait-il semblant de lui donner raison, la prendrait-il contre lui en lui promettant monts et merveilles, dirait-il n'importe quoi de fou mais de rassurant qu'elle se jetterait à son cou avec reconnaissance.

Au lieu de quoi, comme il en est à cent lieues, elle prépare une phrase cinglante, bien compréhensible, même par un entêté de militaire. Elle s'y prépare, cherche l'inspiration le nez en l'air, son regard effleure le village et...

— Le drapeau blanc ! hurle-t-elle.

Un long drapeau blanc flotte au-dessus des toits.

Tout aussitôt, une flamme immense surgit et s'élève dans le ciel.

Les Allemands incendient leur matériel de guerre. Une voiture, en explosant, met le feu à une maison, la sirène se met à hurler, d'autres lui répondent.

Avant la nuit, les Alliés délivrent Juzan.

8

Les Juzanais arpentent sans but les ruelles, pour le plaisir seulement.

Petit Louis arrive, suivi de la fanfare municipale. Il manque bien deux ou trois musiciens, toujours prisonniers, mais on s'en passera pour cette fois encore, et un petit bal impromptu s'organise sur la place de la Fontaine. Les maquisards de la dernière heure roulent des épaules et Benvengu hurle à qui veut entendre :

— *Sabi ben que tout aqueu carnaval si va feni ensin*[1] *!*

Sous les acclamations, il perce un tonneau de vin – vin clairet que, jusqu'ici, il préférait vendre à l'occupant – pour offrir à boire à tout le monde. Petit Louis arrête un instant sa musique afin de profiter pleinement de l'aubaine…

Marie-Marseille valse dans les bras de Frédéric.

— Quand tout sera fini, je vous épouserai, lui glisse-t-il à l'oreille.

Le ton est protecteur, il a l'air de lui faire une faveur et elle s'en irrite en silence.

---

1. Je savais bien que tout ce carnaval finirait ainsi.

— Il y a du grabuge sur la placette ! brame soudain Christian.

Aussitôt le petit bal se disloque et les danseurs se précipitent vers la « rompe-cul » où quatre tonneaux attendent devant quatre hommes ligotés. Des jeunes qui arborent des brassards tout neufs se préparent à renouveler à la sauvette l'exécution de Baraut. Monsieur Consé tente en vain de s'interposer, les cris de fureur fusent de part et d'autre.

Marie-Marseille laisse les hommes se battre et se débattre. La haine rampe encore, se fortifie de rancœur, s'exalte de victoire.

Elle remonte la ruelle, passe le portail et traverse la cour d'accueil.

Dès le lendemain, Frédéric rejoint son régiment et disparaît dans les contrées lointaines. Tandis que les Allemands fuient tout en se défendant pied à pied, certains de Juzan s'engagent pour les poursuivre encore... Et l'un d'eux meurt là-bas, loin de chez lui, dans les brumes du Nord.

A Juzan comme ailleurs, on attend que les prisonniers reviennent, mais il faudra les attendre longtemps encore... que la farine coule enfin, mais le rationnement s'éternise... que les cœurs s'apaisent et que la paix s'installe, mais c'est ne pas prendre en compte la nature humaine.

Beaucoup trop, brandissant leurs hauts faits de Résistance, ressortent leurs vieilles rancunes ou cherchent à tirer avantage de la situation. L'ambiance sent encore le soufre et la haine.

Il faut laisser le temps. Apprendre à se souvenir, à se souvenir combien, dans la tourmente, sans repères et sans lois, l'homme peut devenir bestial.

En attendant, les Juzanais réapprennent à râler à haute voix, à se jalouser en douce, mais aussi à se retrouver le soir à la fraîche sur le petit muret de la place de la Fontaine.

Le Cercle républicain donne un coup de peinture à ses volets et rouvre sa porte.

9

Si Müller a dégarni nombre de murs, de niches et de dessus de commodes de leurs ornements précieux, les hommes de troupe ont saccagé tout le reste. Le rez-de-chaussée est à peu près épargné, mais un désordre inimaginable règne dans les chambres. Armoires béantes, linge souillé et déchets de nourriture sur le sol, tapis maculés, conduites d'eau bouchées, tapisseries griffées, chaque coup d'œil décèle un nouveau désastre.

Josette, bras ballants, tournoie dans sa cuisine mise à sac ; Denise gronde sourdement en passant d'une pièce à l'autre ; Marie-Marseille, elle, pleure convulsivement contre l'appui d'une fenêtre. Les paroles de Lestrade lui reviennent en mémoire : « Tu es ruinée, te dis-je, tu n'as plus rien !... Tu n'as plus un sou, entends-tu ? Bien sûr, aujourd'hui tu ne comprends pas ce que cela veut dire, mais tu le comprendras bientôt ! »

L'après-midi même, elle se rend à Plan-de-Cuques en compagnie de monsieur Consé afin de tenter de savoir ce qu'il est advenu des usines de son père. Deux d'entre elles, celles que Lestrade a louées aux Allemands pour servir de dépôts d'armes, ont explosé en juillet et il n'en reste que gravats et cendres. La dernière, la savonnerie, a été épargnée, mais elle a reçu de plein fouet le souffle de la déflagration. Avec ses ouvertures béantes, livrée à tous les vents, pillée, elle n'est plus utilisable.

Le notaire chez qui elle se rend ensuite lui apprend des choses encore plus désagréables. Au vu de leur contrat de mariage, les biens appartenant en propre à sa grand-mère, un quart environ du patrimoine, reviennent de droit à Lestrade. Seule une condamnation pourrait l'en priver. Il faut porter plainte...

Resteront alors les frais de toutes sortes...

C'est à la banque qu'elle reçoit le coup fatal. Les avoirs envolés, les comptes vides, les placements nuls mais les impayés importants, dont les impôts indirects ne sont qu'un exemple...

Lestrade ne s'est pas vanté. Il l'a bel et bien mise sur la paille.

Le banquier jette un œil vers Marie-Marseille et, plein de pitié devant sa détresse, il ose lui parler franchement :

— Seul un beau mariage pourrait vous aider, vous ne vous en sortirez jamais toute seule.

— Rien d'autre ?

— Vendez les terrains des usines pour faire face aux urgences... et cherchez du travail.

— Le château ? Devrai-je le vendre aussi ?

— Sans doute... Mais qui en voudrait ? Ces grandes demeures sont un gouffre propre à engloutir des fortunes. Peut-être aurez-vous droit, un jour, à des dédommagements, mais je vous conseille de ne pas vous reposer sur cette éventualité lointaine...

— Me prêteriez-vous de l'argent ?

Le banquier secoue la tête.

En passant le porche du notaire, monsieur Consé se penche vers elle.

— Parlez de tout cela au capitaine, j'ai dans l'idée qu'il ne vous laissera pas dans la peine. Il vous aime beaucoup...

Dans les jours qui suivent, Marie-Marseille met en vente les terrains des usines, puis elle se sépare un à un des bijoux de sa mère pour faire face aux dépenses les plus cruelles. Enfin, elle se fait engager comme secrétaire dans une cimenterie. Il lui semble être un jeune taureau des manades fonçant droit vers les barrières. Elle avance, rageuse, sans bien savoir où ses gesticulations l'emmènent.

Chaque matin, elle scrute le ciel en tremblant d'y voir apparaître un orage propre à faire s'envoler la bâche qui protège le toit. Le soir, elle s'endort en suppliant le vent de ne pas devenir mistral, la pluie de ne pas se faire tempête.

De septembre à octobre, Denise et Josette remettent en ordre les chambres. Marie-Marseille fait le compte des pertes irrémédiables : tapis, meubles, linge. A temps perdu, Joseph bouche les trous, badigeonne les salissures, débouche les toilettes.

Dans le jardin, Jiget chante des chansons aux plantes et aux arbres.

Sur les conseils de Joseph, Marie-Marseille accepte qu'on sacrifie une partie du jardin d'agrément pour agrandir le potager et qu'on achète deux chèvres. Les statues, les pieds noyés dans les labours ou dans les plants de fèves, contemplent pensivement cet improbable retour à la terre.

— Vous verrez, Mademoiselle, comme ça, nous ne mourrons jamais de faim, dit Joseph.

D'autres fois, pour lui faire revenir un sourire aux lèvres :

— Allez, tout s'arrangera au retour du capitaine...

Lorgnant Marie-Marseille du coin de l'œil, Denise ajoute :

— Vivement qu'il revienne !

Volets fermés, le château ressemble à une vieille demeure délaissée. Marie-Marseille n'y loge plus, elle se contente d'une chambre minuscule dans la maison de Joseph. En compensation du salaire qu'elle ne lui verse plus, celui-ci vend les produits du potager et du verger, les œufs et les fruits secs. A la faveur de ces temps de disette, Denise se souvient d'une vieille recette. Chaque soir, elle moud une poignée de grains de blé dans le moulin à café et fait épaissir la semoule obtenue dans la soupe du matin.

— Allez, zou ! dit-elle en servant Marie-Marseille. Avec ça, vous ne serez jamais ni affamée ni malade.

10

Les journées de Marie-Marseille n'ont pas de fin. Elle s'endort, les membres las, et ses pensées amènent la nausée au bord de ses lèvres. Elle passe des nuits entières à palper le vide autour d'elle et à le combler en se replongeant dans ses brefs instants de bonheur. Au matin, une fois cette double vie chassée, elle crève de rage et de dégoût.

La lettre hebdomadaire de Frédéric raconte la traversée de Paris par les Alliés vainqueurs. Lui-même, dit-il, suivait de près la voiture du général de Gaulle, et sa fierté ne connaît pas de bornes. Il décrit la joie des Parisiens, tout aussi semblable à celle des Français des provinces qu'il a contemplée les jours précédents, la liesse inimaginable des populations libérées, les enfants et leurs petits drapeaux tricolores, les femmes qui se jettent sur les libérateurs pour les étreindre.

Il termine en se félicitant d'avoir eu la chance de participer à une époque aussi exceptionnelle et recommande à Marie-Marseille de se reposer et de prendre bien soin d'elle.

Dans ses réponses, celle-ci ne lui confie que des faits

sans importance... Elle ne ment pas, elle néglige de dire les choses essentielles. Enfin, arrivée au bas de la page, elle le félicite longuement, puis elle le salue en lui souhaitant d'autres succès et signe : « Affectueusement, Marie-Marseille. »

11

Souvent le soir, son travail fini, Marie-Marseille se rend chez *Jean-Marie*, un joli restaurant où son amie Paulette a trouvé un emploi de serveuse.

C'est un endroit fantastique perdu au fin fond d'une forêt de platanes centenaires. Le bâtiment principal, qui emprunte ses formes découpées à celles des villas mauresques, possède un intérieur décoré de mosaïques, où parade un étrange mélange de fleurs, de corps nus, d'oiseaux et de feuilles. Il se divise en trois salles feutrées, lesquelles donnent toutes sur un patio féerique où foisonnent la glycine et le jasmin.

Plus loin, à l'extérieur, à l'abri d'un désordre de bosquets de romarins, un jeu de boules suit le cours d'une rivière.

Avant-guerre, cet endroit était célèbre non seulement pour la singularité de son architecture, mais aussi pour celle, non moins exceptionnelle, de son propriétaire. Celui-ci, un homme sans âge, ravissait sa clientèle en la tutoyant d'une voix haut perchée qui faisait encore plus chanter son accent de Marseille. Si les uns plaisantaient ses mines précieuses et si d'autres se régalaient de sa finesse, tous appréciaient son sens aigu de la convivialité et la qualité de sa cuisine. On se sentait bien chez Jean-Marie, pour peu qu'on aimât la fantaisie et la bohème.

Les gros bras, les mal-pensants allaient dîner ailleurs.

L'établissement, qui avait fermé ses portes à l'arrivée des Allemands, vient de rouvrir et Jean-Marie, à peine vieilli, retrouve en jubilant ses habitudes d'antan et sa fidèle clientèle.

Jean-Marie a deux amours, comme le dit la rengaine qu'il fredonne en ondulant parmi les tables : les chats, auxquels il emprunte les mines doucereuses, et la musique, dont il inonde son établissement. Jadis, à midi, un vieil homme rhumatisant berçait les clients de mélodies à la mode ; le soir, un accordéoniste faisait valser les couples sous la tonnelle. Derrière son comptoir, Jean-Marie dansait seul, ou bien il faisait le pitre tout en veillant du coin de l'œil.

Marie-Marseille s'y rend avec un plaisir profond. Elle y arrive vers six heures, heure où les clients sont rares, pénètre dans le patio embaumé comme on pénètre dans un décor de cinéma et s'assoit sous une tonnelle pour se laisser submerger par les effluves des fleurs. Elle imagine habiter un pays nouveau, une sorte de paradis terrestre dans lequel elle fait peau neuve.

Par instants, elle échange quelques mots avec Paulette, qui prépare les tables, et, lorsqu'il passe près d'elle, Jean-Marie s'attarde un moment, l'entoure de ses plaisanteries affectueuses. Connaissant son histoire, il l'appelle Cendrillon.

Un soir, parce qu'elle est encore plus morose que

d'ordinaire, au lieu de s'asseoir à une table, Marie-Marseille se frotte au piano d'un air gourmand.

— Joue donc quelque chose, lui dit Jean-Marie, les jeunes filles bien nées apprennent toujours à jouer d'un instrument…

Marie-Marseille pianote volontiers les quelques mélodies légères dont elle se souvient, puis elle se met à fredonner une chanson à la mode :

Ah, le petit vin blanc…
Qu'on boit sous les tonnelles…

Sa voix, sans grande puissance, possède cependant un timbre attachant dont les inflexions savent passer du plus léger au plus rauque.

Quand elle ferme le piano, Jean-Marie s'approche d'elle.

— Veux-tu jouer et chanter pour mes clients ? Voilà un travail, toi qui en as besoin. Tu y gagneras bien autant qu'à griffonner derrière un bureau… Mon pauvre vieux pianiste est mort sous les bombardements, vois, tu arrives au bon moment.

Elle accepte sans réfléchir. Faire partie de ce microcosme extravagant satisfait un besoin pressant d'amitié et de dépaysement. Une étape enchantée avant de se laisser absorber par un autre destin. Jean-Marie se frotte les mains.

— Il te faudra savoir toutes les chansons à succès pour satisfaire les demandes. Tu commences quand ?

Elle s'en revient à Juzan en fredonnant. Au volant de sa petite Juva 4, ses mains frémissent d'impatience, elle est prise de vertige…

Chanter en public… Sa grand-mère en serait morte sur l'heure, pauvre femme…

Elle entre dans le château désert, court vers le piano du salon, jette au loin la housse qui le recouvre et commence l'étude de toutes les pièces de musique dont Jean-Marie lui a confié les partitions.

Le lendemain, elle s'enfuit vers son paradis en douce, comme une voleuse. Dès que les premiers clients apparaissent, elle joue les morceaux qu'elle a patiemment répétés la veille. Quand la salle est pleine et qu'elle chante sa première chanson, sa voix étrange, à elle seule, oblige les consommateurs à lui prêter attention. Jean-Marie voit quelques yeux se détourner des assiettes. Il y a moins de tintements de fourchettes. Il se félicite de son flair et s'inquiète :

— Tu reviens demain ?

Marie-Marseille revient le lendemain, elle paierait pour avoir le droit de le faire.

Elle ment avec aplomb à Denise en assurant qu'elle a trouvé un travail bien plus intéressant que celui de secrétaire :

— Je garde les enfants d'un couple de riches commerçants. Ils me paient très bien.

— Même le dimanche ? s'étonne Joseph.

— Les parents tiennent un piano-bar.

La vérité lui inspire toujours ses meilleurs mensonges.

Le soir venu, elle ajoute ses gratifications à son salaire, puis multiplie les francs avec les jours et s'étonne du résultat pitoyable de l'opération. Inutile de rêver, il lui faudra bien quatre ans pour venir à bout de la réparation du toit...

Bien entendu, elle ne parle pas de la guinguette à Frédéric, pas plus qu'elle ne lui a avoué sa ruine, ses dettes ni son précédent travail.

« Je mens de plus en plus sérieusement », se dit-elle parfois en songeant que, s'il était plus attentif, Frédéric devinerait certainement son dénuement.

Dans ses lettres, en effet, le capitaine Fabre ne parle que de faits de guerre et de victoire prochaine. Et s'il en vient à s'inquiéter d'elle, il a l'art d'employer des formules qui la mettent en rage. D'un ton volontiers léger dès qu'il s'agit de sa « petite cervelle », il regrette de la savoir seule, en laissant planer comme une certitude qu'elle est incapable de se préserver elle-même, ainsi que le pensait Lestrade, qu'elle est un être insignifiant, comme le disait sa grand-mère...

Enfin, rien qui lui rappelle l'admiration extasiée que son père avait pour elle.

Au bas de ses lettres, Frédéric la presse affectueusement de l'attendre sereinement en la priant de faire appel à monsieur Consé pour les choses importantes : « Je connais trop vos surprenants coups de tête... »

Enfin, et bien qu'elle s'en défende, elle lui garde secrètement rancune de n'avoir jamais applaudi, ni même reconnu, le rôle essentiel qu'elle a joué dans la reddition des Allemands repliés à Juzan.

« Nos négociations ont finalement porté leurs fruits », a-t-il dit en se frottant les mains.

Il faut donc, pour ne pas perdre courage, que sans cesse elle l'imagine radieux et superbe, comme le premier jour quand il lui était apparu chez monsieur Consé. Il faut donc, pour garder espoir, que sans cesse elle se remémore les exclamations admiratives de la foule qui se presse autour du beau capitaine. Elle accepte alors l'idée qu'elle n'est qu'une enfant incapable d'apprécier la valeur réelle des êtres et des choses, une créature prétentieuse, une petite sotte impuissante à se réjouir de la bonté du sort qui a mis le capitaine Fabre sur son chemin.

12

L'hiver se finit et le printemps commence. Vient alors le mois d'avril et ses courtes sautes d'humeur. Le bleu du ciel s'entrevoit brièvement entre les giboulées de pluie rude et de vent tourbillonnant. La froidure de l'hiver s'en va en traînant les pieds, en brouillant le ciel de ses caprices, en bâillonnant de brume les premiers rayons.

La tempête arrive le vingt et unième jour de ce mois fou. Marie-Marseille la sent poindre alors qu'elle traverse le parc. Venu de l'est, un vent violent bouscule devant lui de redoutables nuages.

Elle se couche mais repousse le sommeil. Dressée sur son lit, les mains sur les oreilles, elle refuse d'entendre les bourrasques qui secouent les jeunes feuilles des vieux chênes. Chacune des rafales creuse sa poitrine aussi durement qu'elle doit, à coup sûr, malmener la bâche du toit.

Lorsque le vent se tait et que la pluie, à grands flots, en fontaine, en rivière, déborde des gouttières, Marie-Marseille se résigne au désastre.

Il fait à peine jour quand elle traverse le parc, contourne le château et se plante devant la façade. La bâche gît au sol. Marie-Marseille passe la porte d'entrée. L'eau ruisselle de marche en marche jusqu'au hall.

Monsieur Consé arrive sur ces entrefaites.

A midi, sous le soleil revenu, le garde champêtre parcourt le village en soufflant dans sa petite trompette. De place en place, il lit le texte que monsieur Consé a griffonné sur le coin de sa table :

— Braves gens de Juzan, l'heure est grave ! Moi, votre maire, je demande à tous les hommes et à toutes les femmes de bonne volonté de venir au secours du château de notre village. Comme vous le voyez (le garde tend le bras vers la grille), la bâche s'est envolée cette nuit et l'eau est entrée en pourrissant tout sur son passage. Après le pillage des Allemands, la ruine de notre demoiselle fomentée par ce collaborateur de Lestrade, voici qu'à présent notre château va s'écrouler si nous n'y prenons garde. Unissons-nous pour sauvegarder notre patrimoine ! Rendez-vous dans la cour avec vos outils, vos seaux, vos estrasses et votre courage. D'avance, merci à tous !

Le garde se penche vers la feuille pour déchiffrer le post-scriptum :

— Les pompiers apporteront les échelles !

Le soir même, la bâche est remise en place. Une dizaine d'hommes se sont hissés sur le toit afin de l'étendre sur le faîtage. Le maréchal-ferrant et cinq autres se démènent pour la maintenir ingénieusement à l'aide de crochets et de cordes.

— Ce n'est pas du travail de Boche que celui-là !

Quinze femmes, Marie-Marseille en tête, épongent l'eau dans les chambres et les couloirs.

Vers sept heures du soir, dans la cuisine encore humide, les mains plaquées contre leurs reins douloureux, elles font du café pour tout le monde. Marie-Marseille, échevelée, est assise au bout de la longue table, les femmes apitoyées jettent vers elle des petites œillades.

— Vous voilà tranquille maintenant, dit l'une d'entre elles.

— Il ne vous reste plus qu'à attendre le capitaine, dit une autre.

A cet instant justement, le battant du porche claque d'une manière impérieuse, des pas pressés traversent la salle à manger et Frédéric apparaît dans l'encadrement de la porte. Il est magnifique. Il tient son képi sous le bras gauche et toute la lumière du ciel irradie son visage. Il regarde Marie-Marseille, et, tandis que les femmes disparaissent, elle se précipite vers lui dans un élan sincère.

Il l'étreint et leurs lèvres se rejoignent.

13

Le soir même, Marie-Marseille avoue à Frédéric toute sa misère et la ruine dans laquelle l'a laissée Lestrade. Après l'avoir entendue, Frédéric gronde :

— Pourquoi ne m'avez-vous rien dit ?

— Je ne voulais pas vous charger de mes soucis, vous aviez tant de choses importantes à faire...

— Et vous pensiez en arriver à bout toute seule ? Décidément, vous ne changerez jamais !

Il rit, puis s'attendrit et lui saisit les mains.

— Quand nous marions-nous ?

Marie-Marseille le laisse décider de tout. Il lui semble glisser vers l'inconnu, vers une fatalité inéluctable mais reposante, comme une noyade dans le courant d'une rivière aimable. Elle se sent poussée dans le fil de l'eau par les innombrables mains d'une foule pressante, une foule amie, une foule qui possède une sagesse qu'elle-même ne possède pas. N'a-t-elle pas, en apercevant le beau capitaine, déposé tous ses soucis sur la berge ?

Le monde entier a raison. Sans Frédéric, elle n'est qu'une toute petite chose vaniteuse et misérable.

Une fois choisie la date de la cérémonie, le capitaine

Fabre sort pour se rendre compte par lui-même de l'importance des réparations nécessaires.

— Je meurs de faim, dit-il à Marie-Marseille qui tente de le suivre. Voulez-vous bien aller veiller à ce que le repas soit digne de mon appétit d'ogre ?

Les servantes reprennent, gratuitement, leurs habitudes de naguère. Elles sont sous le charme. Josette, empressée, rallume l'énorme cuisinière tandis que Denise court sacrifier deux volailles. Ensemble, elles préparent un repas à la mesure de leur enthousiasme ; Denise fait des miracles pour masquer la misère qui règne dans les services de table.

— Heureusement que ce n'est pas un repas de douze couverts, dit-elle.

— Heureusement que Frédéric n'a jamais vu à quoi ressemblaient nos réceptions d'avant-guerre.

Marie-Marseille sort pour acheter du pain. Elle passe devant Frédéric et Joseph, qui observent le toit. Le vieil homme écoute l'officier en hochant la tête.

— Oui, mon capitaine, dit-il à chaque fin de phrase.

— Renseignez-vous, faites venir la meilleure entreprise, commandez-lui les réparations. Je vous en tiendrai responsable.

Joseph se met au garde-à-vous.

Marie-Marseille a un sourire indéfinissable.

Frédéric raconte sa guerre à la poursuite des vaincus jusqu'au-delà des frontières. Marie-Marseille l'écoute, subjuguée malgré elle, apaisée et même fière.

Elle ne dit rien d'elle, ou si peu. Frédéric ne s'inquiète que des choses sérieuses.

Rien en tout cas de la guinguette de Jean-Marie, où elle a pourtant laissé un morceau de son âme.

Le lendemain, ils filent à Toulon et Frédéric présente Marie-Marseille à ses parents. Le père, aussi grand et fier que l'est son fils, accueille la jeune fille avec de rudes démonstrations de satisfaction. La mère, petite femme au visage de souris, la harcèle de questions et de conseils. A la fin du repas, elle demande à Marie-Marseille :

— Dans quel quartier de Paris habiterez-vous ?

La jeune fille, étonnée, hausse les sourcils.

— Dès que l'Allemagne aura capitulé, mon fils sera appelé à Paris par le général de Gaulle, il ne vous l'a pas dit ?

— Pas encore...

Frédéric repart dès le lendemain, et quand le 8 mai l'Allemagne capitule enfin, Tatave et Boudièu commencent la journée en défilant, bouteilles de gnôle levées haut vers le ciel. Des petits drôles émoustillés les suivent en reprenant sans cesse le premier couplet de *La Marseillaise*.

Des fêtes ont lieu sur la place de la Fontaine. A midi, on organise un aïoli dans lequel les escargots remplacent encore la morue. Le soir, un bal clôture cette journée exceptionnelle.

De l'endroit où ils sont assis, à la limite de la piste de danse, monsieur Consé, Bartoumièu, le pharmacien, le percepteur et bien d'autres encore observent la foule mouvante.

— Il manque quelqu'un, dit l'un.

— Je sais à qui tu penses, dit l'autre.

— Moi aussi, dit le troisième.
— L'Andréloun ? demande le quatrième.
— Té, pardi.

Une lettre de Frédéric arrive le soir même.

Je suis en bonne place sur le tableau d'avancement ! Sous peu, donc, je serai fait commandant ! En ce qui me concerne, cette guerre mondiale a été providentielle. A n'en point douter, je serai général avant tous mes camarades de promotion…

Parce que Marie-Marseille est une autre, enfin au diapason, pleine de fierté et de reconnaissance pour son beau capitaine, elle applaudit volontiers ce succès, cet enthousiasme sans ombres, cet enthousiasme de militaire dont la carrière fleurit d'autant plus vite que fleurissent les guerres.

Elle a fait un long chemin pour en arriver là.

N'a-t-elle pas totalement oublié l'ambiance magique de la guinguette et le plaisir aigu qu'elle éprouvait à chanter des rengaines ? N'a-t-elle pas brouillé d'un noir rageur toutes les fantaisies de son adolescence ? N'a-t-elle pas accepté de suivre son mari d'affectation en affectation, à Paris ou ailleurs ? En l'attendant, ne s'est-elle pas résolue à quitter son village pour vivre en compagnie de ses futurs beaux-parents ?

« Je préfère ne pas te laisser seule… a dit affectueusement son beau capitaine. Mais nous reviendrons souvent à Juzan », a-t-il ajouté pour faire cesser sa peine.

Il fait une chaleur abominable, ce 11 août 1945, jour où

Marie-Marseille épouse Frédéric Fabre à l'église Saint-Joseph du Pont-du-Las, à Toulon.

Les nouveaux époux passent en baissant la tête sous la voûte formée par les épées des officiers quand le ciel s'éventre sous l'orage.

QUATRIÈME PARTIE

L'après-guerre

1

Andréloun monte rapidement la double volée de marches qui conduit aux quais de la gare de la Bastille. Sans prendre garde à l'affichage ni à la disposition des lieux tant il les connaît par cœur, il se dirige vers l'un des wagons verts qui forment un train silencieux.

Afin de profiter pleinement de cette heure de paix qui l'emmènera jusqu'à Boissy-Saint-Léger, il appuie sa tête contre la vitre et ferme les yeux.

Un coup de sifflet retentit. L'essieu gémit, des pas se hâtent, le monstre s'ébroue et dodeline sur les voies.

S'il n'était pas si entêté, tout à l'heure, en passant la Seine, il aurait pu faire semblant de se tromper de direction et obliquer vers la gare de Lyon où l'attendait sûrement un autre train, celui de ses rêves.

« Dijon, Lyon, Valence, Marseille, en voiture s'il vous plaît ! » hurle sans doute le haut-parleur.

Andréloun sourit, son village resplendit là-bas, au bout du voyage qu'il aurait pu faire.

Il regarde sa montre. A cette heure-là, la place de la

Fontaine s'anime doucement. Le receveur ferme sa poste, le percepteur enfile ses gants blancs, le pharmacien baisse son rideau de fer, et tous les trois montent tranquillement la ruelle. Ils saluent Benvengu, posent leur bras gauche sur le zinc et, en attendant les autres, ils commandent un verre de vin.

— Tiens, voici Jiget et Joseph…

Assis sur le muret, petit Louis roule une cigarette, une vraie. Pauvre, n'a-t-il pas souffert mille morts à fumer du maïs tout le long de cette pute de guerre ?

Au-dehors, Tatave et Boudièu engueulent le cafetier :

— Laisse couler, te dis-je, vois, mon verre est vide encore…

— Vé, mets-toi le goulot dans la bouche et laisse-moi tranquille !

Là-bas, accroupi comme un crapaud dans l'herbe, le facteur se prépare à pointer. Un silence pensif se fait autour de lui quand, insouciant, le garde champêtre arrive et, tonitruant, salue la compagnie. La boule du facteur se perd dans la nature.

— Et voilà, c'est de ta faute ! Tu m'as fait viser du mauvais œil !

Les joueurs de belote déplient leurs cartes en éventail. Ce sont toujours les mêmes. Sauf Honoré, bien entendu… Fumier de Baraut ! Sans parler des autres pauvres, de Giuseppe le forgeron, de Léon, de Camille, de Jean-Pierre et de ce malheureux Francis, mort pour avoir voulu repartir…

Fernand monte la « rompe-cul » en haletant, il a pris un coup de vieux sur les épaules. Il serre la main de monsieur Consé. A Juzan, tout le monde dit bonjour à tout le monde, même si on n'est pas du même sentiment.

Jourdan et Margarido vont à petits pas vers le muret ombragé. Ils marmonnent sourdement, courbés vers leur canne, ils se disputent encore et toujours, comme avant.

Le train de banlieue roule dans la grisaille, les murs délabrés défilent, Paris s'effiloche. Les petits pavillons fleuris et les marronniers de Joinville, Saint-Maur et La Varenne se serrent les uns contre les autres, enlacés par la courbe verte de la Marne.

« Ce soir, j'appellerai Joseph », décide Andréloun.

Grâce au téléphone, il sait tout ce qui se passe à Juzan, les bonnes et les mauvaises nouvelles, le temps qu'il a fait, le temps qu'il fera. S'il vente, le mistral souffle jusqu'ici. S'il fait beau, le soleil brille à Paris…

« Allô, Joseph ? Quoi de neuf ?

— Bartoumièu a donné son troupeau à son fils. Il a bien fait…

— Baptistin est mort ? Pauvre…

— La fille de Christian se marie… avec un de la ville… Qui donc ?…

— Et le château ? Toujours fermé ? Peuchère…

— "Elle" vit à Toulon chez les parents du commandant… "Lui" est à Paris avec le général de Gaulle… »

La voix de Joseph tremble, comme il est fier…

« Maintenant, "ils" sont à Paris, tous les deux… Non, "ils" ne sont pas passés par ici… "Elle" attend un enfant… »

Andréloun allume une cigarette.

Le train freine devant la petite gare de Boissy-

Saint-Léger avec les couinements pointus d'une scie sur le métal. Andréloun descend du wagon et se faufile rapidement vers la sortie pour s'en aller voir Virginie. C'est vers elle que ce train l'emmène chaque semaine, bien qu'elle ne le reconnaisse plus, bien qu'elle dorme sans cesse d'un sommeil médicamenteux qui entrouvre ses lèvres et creuse ses yeux.

Le directeur l'accueille.

— Madame Rasclou est morte aujourd'hui.

Le cœur d'Andréloun chavire, il porte la main à son visage et s'appuie contre un mur.

Le lendemain, il remercie son patron, un imprimeur de la rue du Montparnasse, puis il dit adieu à ses amis parisiens.

— Je retourne au pays pour y enterrer ma mère.

— Reviendras-tu ?

— Qui vivra verra... Peut-être...

Il s'installe dans le train bleu, celui tant rêvé, celui sur le flanc duquel est inscrit « Dijon, Lyon, Valence, Marseille ».

Il fera le reste de sa route au hasard des rencontres, à pied, en charreton ou en camionnette. L'enterrement est prévu pour le surlendemain, rien d'autre ne le presse. Il grimpera doucement les dernières collines en donnant des coups de pied dans les fourmilières.

A l'approche du village, il remettra son béret sur la tête.

Il est encore loin de Juzan et pourtant, déjà, par-dessus les toits, deux tours trapues apparaissent.

Andréloun allume une cigarette.

Il pose son soulier sur le premier pavé de la « rompe-cul » quand, du pas de sa porte, une bonne vieille secoue sa main de haut en bas.

— Eh ! Bonjour, Parpaïoun.

Puis elle se retourne vers son intérieur et crie :

— L'Andréloun est revenu !

Une casquette bouge derrière la fenêtre. Une main vieillie s'agite. Andréloun soulève son béret.

— Salut, Angelo !

Plus loin, c'est Maria Bartolini qui se précipite vers lui. Elle est toujours aussi démonstrative, exubérante, elle lui caresse le dos, l'épaule, le visage.

— Bénies soient les saintes... Mère de Dieu... Te revoilà...

Andréloun arrive sur la place de la Fontaine.

— Vé, regardez qui arrive !

— C'est pas Dieu possible !

— L'Andréloun !

Ils ont levé les bras en l'air.

— Alors, Papillon, c'est pas beau Paris ?

Andréloun claudique un peu, fait une grimace, ferme un œil. Est-ce parce qu'il n'a pas fait l'imbécile depuis longtemps ou est-ce parce qu'il est très ému qu'il n'arrive plus à renifler d'une seule narine ?

— Tu tombes bien, vois, le percepteur a la fièvre, viens, viens faire le quatrième !

— Je suis en deuil.

— Pauvre, c'est donc vrai ? Alors, assois-toi et compte les points.

Andréloun enlève son béret et le fourre dans sa poche. Il ne comprend pas pourquoi mais il n'en a plus besoin. Il serre la main de ses amis et s'assied entre le pharmacien et monsieur Consé, face au balcon des Italiens…

Mais il tient la promesse qu'il s'est faite, il ne regarde pas le château.

Quand la partie se termine, monsieur Consé étend ses jambes.

— Ce matin, j'ai reçu une lettre de madame Fabre…

Les mentons se tendent. Andréloun met quelques secondes à comprendre qu'il s'agit de Marie-Marseille, il boit une lampée de pastis et repose son verre.

— Elle revient demain, avec sa petite. Paraît que le commandant est parti faire la guerre en Indochine.

— Quel homme, tout de même !

— Cela fait un bon bout de temps qu'on ne les a pas vus, dit le pharmacien.

— Eh oui… Cinq ans bientôt. Depuis la Libération ou presque…

Andréloun jette un rapide coup d'œil vers la façade endormie. Bien qu'il fasse chaud déjà, sous sa chemise un frisson froisse sa peau. Son regard s'est arrêté à la grille.

La grille…

Les autres parlent du capitaine Félicien, ou du commandant Frédéric. Ils n'en ont pas encore fini avec leurs souvenirs, avec le maquis de Saint-Pierre, avec tout le reste. Andréloun, lui, a les yeux vides.

« Coquin de sort, je n'aurais pas dû revenir », pense-t-il. Puis il se rassure, il fait une moue, gonfle imperceptiblement sa poitrine et soupire. La fumée de sa cigarette s'en va droit devant lui.

— Tout de même, cinq ans loin d'ici, elle qui s'y plaisait tant... Elle a dû trouver le temps long, pauvrine...

Il se sent vieux, vingt-sept ans déjà. Il s'attarde à regarder vers la grille, à gauche du pilier, et croit y voir apparaître une petite fille...

Il écrase sa cigarette sous sa chaussure.

2

La cloche bat, funèbre, tandis que les villageois entrent dans la nef.

Andréloun est au premier rang. Tête basse, il pense à Virginie, pauvre femme qui a bien fait de mourir puisque sa vie n'était plus une vie comme les autres vies. Des souvenirs accourent, l'enserrent, l'étouffent. Petit, elle le serrait contre elle ; grand, c'était elle qui s'accrochait à lui. Elle l'aimait trop, à en perdre le bon sens, à en perdre le souffle. Elle souffrait, haïssait, hurlait pour lui…

Andréloun pleure. C'est Virginie qui l'a fait sensible comme une fille.

Pauvre femme que rien n'apaisait. Il se revoit, enfant encore, tentant en vain de la consoler d'un malheur infini. Pour elle, il a réinventé toutes les tendresses, tous les mots d'amour, rien n'y a fait.

Les gens défilent un à un pour réconforter Andréloun, comme c'est encore la coutume. Les embrassades des femmes et les poignées de main des hommes se succèdent. Chacune le réchauffe et l'étonne. Le temps a bien fait son travail, il n'y a plus de moqueries ni de rancunes. Peut-être n'y en a-t-il jamais eu que dans la tête de Virginie ?

Une main gantée saisit la sienne. La voilette d'un chapeau s'approche, un parfum inconnu embaume, une femme l'embrasse sur une joue sans rien dire. Andréloun, surpris, n'a pas le temps de réagir que déjà la femme s'éloigne et qu'une autre saisit ses poignets et dit :

— On la regrettera beaucoup...

Celle-ci, Andréloun ne l'a pas entendue.

L'après-midi même, il descend à la ville pour rendre visite à son ancien patron, l'imprimeur, dans l'intention de se faire embaucher. Pas comme le grouillot qu'il a été, mais comme compositeur typographe cette fois, puisque à présent il connaît le métier.

Son patron l'engage pour un mois.

— Après, nous verrons...

Andréloun reprend le car que Célestin conduit encore.

— Té, te revoilà, fada ? Et comment va ?

— Tu vas me voir tous les jours, mon patron m'a repris. Et toi, quoi de neuf ?

— J'ai passé cinq ans derrière les barbelés.

Ils ont tant bavardé qu'ils n'ont pas vu se dérouler la route.

Il est six heures quand Andréloun passe près de la fontaine. Elle coule paisiblement comme avant, comme toujours. Il aperçoit immédiatement la grille grande ouverte, le château réveillé a écarté ses rideaux et repoussé ses fenêtres. Dans la cour d'accueil, une petite fille s'amuse avec un ballon rouge.

Une femme élégante apparaît sur le perron.

— Magali ! appelle-t-elle.

Andréloun s'assoit sur le bord du bassin. La fillette et sa mère disparaissent.

Boudièu arrive en claudiquant, il passe devant le Papillon, qui fume et bade.

— T'en veux ? dit-il en balayant le château d'un bras généreux. Il est à vendre !

— A vendre ?

— Paraît que la solde du commandant ne suffit pas à payer tout ce qu'il faut payer ! Tout augmente, le vin surtout, répond Boudièu.

Son rire découvre ses chicots. Il tape dans le dos d'Andréloun.

— Viens me raconter le Paris de maintenant. Dans le temps, j'y ai été, moi aussi.

Andréloun offre à boire à Boudièu. C'est bon de se retrouver en famille.

Quand le soir descend, bien avant que la place de la Fontaine ne s'endorme, un peu rêveur, Andréloun revient chez lui. Chez lui, c'est chez Rasclou, Rasclou l'aigri, le pauvre vieux grigou qui, toute sa vie, a traîné sa fausse misère derrière lui.

Comme il ne sait pas quoi faire, il va et vient du haut en bas de la maison. Deux chambres, une à chaque étage, sordides. Le dégoût le prend, pas seulement le dégoût du désordre et de la misère, le dégoût des souvenirs. Il a eu tort de se faire embaucher ; sans cela, il serait reparti le soir même. A Paris, les murs n'ont pas de traces ni de mémoire.

Il s'accoude à la fenêtre, allume une cigarette.

Quelqu'un descend la rue. Au pas, Andréloun reconnaît monsieur Consé.

— Ce cochon de Tatave a chié devant tout le monde en plein milieu du jeu de boules. Les autres ont failli l'esclaper en petits morceaux.

Andréloun imagine la scène et rigole.

— Bonne nuit, l'Andréloun.

— Bonne nuit, m'sieu l'Maire.

C'est bon, c'est chaud. Andréloun sourit, il s'est trompé, il ne partira plus.

3

C'est dimanche et le marché bat son plein sur la place de la Fontaine. Andréloun traîne au milieu des tables de chez Benvengu pour, enfin, en choisir une, un peu en retrait, d'où l'on voit sans être vu. Il a une idée derrière la tête, même s'il s'efforce de prétendre le contraire. Il commande un pastis et regarde vers la grille.

Il ne s'est pas trompé. Marie-Marseille traverse la cour. Elle est vêtue d'une élégante robe beige à pois marron, si fluide qu'elle se balance aux mollets et se gonfle aux genoux. Elle tient par la main la petite brunette. Elle ouvre le portillon et s'avance, elle penche la tête vers la gamine qui sautille, sa voilette se soulève.

« Dieu qu'elle est maigre... Pauvre, comme ma bicyclette... »

En passant devant chez Benvengu, Marie-Marseille caresse des yeux les consommateurs attablés. Son regard frôle Andréloun, un léger sourire apparaît sur ses lèvres, mais elle ne s'attarde pas et presse son pas vers l'église.

« Mécréante comme elle est, je me demande bien ce qu'elle va y faire... »

Mais il est heureux tout de même.

Un sourire, une obole, une aumône... Espérait-il mieux ?

Andréloun attend patiemment que la cloche annonce la fin de l'office. Il ne se savait pas si bête. A quoi lui sert d'attendre qu'elle revienne, lointaine, passagère ? N'a-t-il pas eu son content de peine pour aujourd'hui ? Il ferait mieux de s'en aller traîner ailleurs. Il y est presque résolu quand monsieur Consé s'assoit en face de lui.

— Bonjour, Parpaïoun.

— Bonjour.

Comme les larges épaules de monsieur Consé masquent la place de la Fontaine, Andréloun décale imperceptiblement sa chaise.

— Je m'en vais nettoyer ma maison, dit-il pour dire quelque chose. J'ai demandé à Jiget de m'aider.

— C'est une bonne chose. Et ton travail ?

— Ça va, le patron me garde.

La cloche sonne. Andréloun décide de ne pas regarder devant lui, et, pour en être sûr, il baisse la tête et dessine d'un doigt des volutes sur le marbre de la table de Benvengu. Il en revient aux travaux qu'il projette. Il explique à monsieur Consé qu'il veut mettre au feu toutes les affaires de Rasclou et recouvrir de peinture les murs et les fenêtres.

— De la peinture blanche, ce sera plus joli...

Il fait un long discours, mais pas une seule fois il ne soulève les paupières. A présent, il regarde ses doigts serrés autour de son verre.

C'est alors qu'une ombre les enveloppe et qu'un

parfum s'installe. Andréloun le reconnaît, un frisson de plaisir fait trembler ses jambes.

Marie-Marseille s'assoit entre eux et prend sa fille sur ses genoux. Le cœur d'Andréloun bat contre ses côtes. Il met une main sur sa cicatrice et tend l'autre.

— Bonjour, madame.

Marie-Marseille roucoule un bref instant avant de répondre :

— Bonjour, Andréloun.

Puis elle se tourne vers monsieur Consé.

— Des clients viennent visiter le château cet après-midi, à trois heures. Pourriez-vous venir ? Mon mari aimerait que vous soyez présent.

Monsieur Consé s'étonne.

— Il ne me fait pas confiance, souffle-t-elle.

Mais elle se reprend aussitôt :

— Il sait bien que je préférerais ne pas vendre, explique-t-elle avec indulgence.

Un éclair de détresse passe dans ses yeux et, pour l'éteindre, elle bat des paupières. Andréloun ne dit rien, il triture son paquet de cigarettes.

— Il le faut bien, pourtant… termine-t-elle d'une voix raisonnable.

— Je l'achèterais bien, moi, ose Andréloun.

Il aurait aimé ajouter : « Pour te le rendre… », mais les mots se sont étouffés dans le fond de sa gorge.

Marie-Marseille tourne vivement son visage vers lui. Elle a entendu les mots bien qu'ils aient été inaudibles.

Andréloun fait une grimace.

La petite fille en rit furtivement, puis elle s'agite. Elle a le visage allongé de son père.

— Dites, maman, on s'en va ?

— Voulez-vous une limonade ? lui propose sa mère.

— Oh oui, s'il vous plaît !

— Je viendrai donc cet après-midi, dit monsieur Consé. J'arriverai à l'avance pour que vous me disiez à quelles conditions doit se faire la vente.

Benvengu pose un verre de limonade devant l'enfant. Marie-Marseille se penche vers sa fille, ses ongles longs et roses fascinent Andréloun. Monsieur Consé, pensif, reprend la parole :

— Savez-vous qu'il m'est venu une idée, une fameuse idée même ? Je pense que, si vous le vouliez, nous pourrions nous organiser pour faire visiter le château aux touristes. A tous ceux qui, lassés des plages, commencent à s'intéresser à l'arrière-pays. La mairie se chargerait de la publicité... Cela paierait peut-être les frais et...

Son cœur bat certainement sous son costume, juste sous la rosette...

— ... ainsi le village revivrait, ajoute-t-il.

Il est vrai que le village se meurt. Partout, il y a des volets fermés sur les fenêtres closes.

Le visage de Marie-Marseille s'éclaire, elle semble rêver un moment puis elle dit :

— J'en parlerai à mon mari.

Un plein bon Dieu d'anges égarés se bousculent au-dessus de la terrasse de Benvengu. Le petit vent frais de midi se lève, il fait frissonner la voilette.

— Dès demain, ma fille et moi nous irons nous promener, murmure Marie-Marseille. J'aimerais revoir tous les alentours avant de repartir...

— Vous repartez ?

— Bien sûr, dès que le château sera vendu.

La petite s'ennuie et s'agite encore. Marie-Marseille se

lève. Elle tend la main vers Andréloun. Celui-ci revient de si loin, de Vallon blanc peut-être, qu'il se dresse brusquement. La table frissonne et les verres se renversent.

— Grand couillon, dit monsieur Consé.

Et voilà, c'est ainsi que tout se finit. Il n'aura pas besoin de fuir, de s'en retourner à Paris.

Andréloun rentre chez lui. Les autres avaient raison de dire que quelque chose ne tourne pas rond dans sa tête. Il renifle, il voudrait redevenir imbécile.

« Elle est malheureuse », pense-t-il.

Peut-être tout autant qu'elle l'aurait été avec lui.

Jiget frappe à la porte. Il est chargé de seaux et de pinceaux.

— La-la-la… peint-peint… peinture, bégaie-t-il.

Ses yeux écarquillés, ravis, s'assombrissent en découvrant le visage défait d'Andréloun. Alors il prend son ami dans ses bras. Chez lui, les grands gestes remplacent les mots qui ne veulent pas sortir.

Les beaux jours sont revenus. Jiget et Andréloun ont remis à neuf la vieille maison de Rasclou. Le rémouleur a acheté toute la marchandise de l'ancien quincaillier et l'a mise dans une petite remorque, qu'à présent il traîne à travers la campagne, derrière lui. Il n'y a plus guère de couteaux à aiguiser…

Andréloun a installé un petit atelier dans l'ancienne boutique. Le soir, il apprend à graver des dessins sur des plaques métalliques, des petits dessins qui serviront à orner les en-têtes du papier à lettres et des cartes de visite.

Il y a longtemps qu'il avait envie de s'y essayer. Il est heureux d'y avoir réussi.

Un petit voilage recouvre le carreau et le sépare de la rue. Quand il revient de son travail, il allume une lampe, dessine et grave jusqu'au milieu de la nuit. Il n'aime pas dormir, il rêve trop à des choses imbéciles.

Parfois, ses amis frappent contre la vitre. « Oh, l'Andréloun, tu viens boire un coup ? »

Le château n'est toujours pas vendu. Marie-Marseille y vit encore avec sa petite fille. Elle n'est plus si maigre, elle a retrouvé ses joues lisses et son corps rond de jadis. Le dimanche, lorsqu'elle passe devant la fenêtre d'Andréloun pour se rendre chez le boulanger, elle lui fait un petit signe à l'aveuglette à travers le rideau.

Mais Andréloun a compris, il ne se met plus à l'affût. Ainsi a-t-il moins mal dans la poitrine.

Ce jour-là, Andréloun s'est tant attardé à parler de dessin, d'encre et de gravure en compagnie de son patron l'imprimeur qu'il a manqué le car qui le ramène à Juzan, celui que Célestin conduit. Qu'importe, il fera le chemin à pied. Les jours s'allongent, il a tout son temps – du temps à revendre, du temps à user.

Il marche sur le bord de la route, il pense à son travail et ne regarde pas devant lui.

La petite Juva 4 est garée sur le bas-côté, il s'y cogne presque, mais il la reconnaît tout de suite. Le capot est soulevé et Marie-Marseille contemple le moteur sans y toucher. Ses yeux de bronze s'éclaircissent dès qu'elle aperçoit Andréloun.

— Tu tombes bien, vois, je suis en panne.

Le cœur moribond d'Andréloun ressuscite d'un seul coup, il bat la chamade sans savoir s'il faut s'en réjouir ou s'en désespérer, tant il s'est habitué à ne plus s'entendre cogner dans la poitrine. Andréloun approche de Marie-Marseille et le miracle se reproduit. Elle n'a jamais été si belle, si vulnérable et si têtue, si pareille à jadis.

— La fée Marie a encore fait une bêtise, susurre-t-elle en roucoulant. Il faut que tu viennes à son secours…

Le ciel est bon, le ciel est doux. Elle n'a rien oublié de leurs anciennes aventures. Machinalement, Andréloun tâte sa cicatrice. Sa gorge ne laisse rien passer, pas un mot de tous les mots qu'il voudrait dire. Il se penche vers le moteur, dont il se fout éperdument. D'ailleurs, il ne connaît rien à la mécanique, il n'a jamais possédé de voiture, il ne sait même pas conduire. Comme il ne sait que faire ni que dire, il met une main sur le radiateur.

— Oh bon Dieu, que c'est chaud !

— Je suis contente de te voir, dit Marie-Marseille.

Il relève la tête. Elle rayonne, elle est heureuse d'être avec lui.

Alors, aussi soudainement que jaillit un feu d'artifice, Andréloun éclate de rire. S'il se laissait aller, il gambaderait comme autrefois devant la grille. Du doigt, il désigne le moteur.

— Je n'y connais rien, avoue-t-il. A mon avis, si tu ne comptes que sur moi, nous allons rester là toute la nuit !

Il la regarde encore, non, il la dévore et elle se laisse dévorer par lui.

Ils se sont revus plusieurs fois loin de la foule curieuse, sur la plage souvent, chastement – si toutefois le désir étouffé peut s'appeler chasteté.

Elle lui a raconté sa vie. Sa vie prisonnière de ses beaux-parents, sa vie à Paris dans des réceptions pleines d'uniformes et de vaniteuses chipies. Elle ne parle jamais de son mari, le beau commandant Frédéric, mais Andréloun sait depuis longtemps que c'est un homme ambitieux qui ne vit que pour lui. Autoritaire aussi, sûrement qu'il commande et qu'elle doit obéir.

— Je mens toujours autant, finit-elle par avouer.

Malgré leurs élans de tendresse mesurée, malgré les souvenirs sagement égrenés, chacun d'eux ne songe en secret qu'à l'amour qui, logiquement, devrait les réunir.

Andréloun se résigne de nouveau à tout abandonner, à repartir pour Paris quand, en plein hiver, un drame éclate en Indochine. Un avion explose dans le ciel et tue tous ses passagers.

4

Le château de Boichosey se réveille tristement sous un ciel blanc de fin d'hiver. Dans la chambre d'or où, au-dessus du semainier, les dorures ont vieilli, au creux de son lit, Marie-Marseille s'étire.

Bien sûr, la mort de son mari l'a terrassée, elle a trouvé le ciel bien injuste de faire périr cet homme courageux, honnête et promis à un si bel avenir. En l'imaginant déchiqueté dans le feu de l'explosion, elle se glace. Frédéric ne méritait pas l'horreur de finir ainsi.

Marie-Marseille se lève.

Tout à l'heure, se dit-elle, lorsqu'elle traversera le village, elle mentira pour la dernière fois. La dernière de toute sa vie… Non pas en affichant un chagrin qu'elle ressent sincèrement mais en cachant qu'elle n'est pas désespérée, du moins pas autant que tout le monde le pense.

Elle le sait à présent : l'âme a mille replis, mille faces, mille secrets.

Elle va et vient, paupières basses, de la salle de bains à la chambre. Sombre et réservée, elle s'efforce d'accorder plus de pesanteur à ses gestes. Elle va et vient, décente et pudique, soucieuse de faire bonne contenance, d'assombrir le bronze de ses yeux… Soucieuse de ne pas trahir la légèreté qui s'empare d'elle chaque fois que sa vigilance cesse…

C'est plus fort qu'elle, plus fort que sa volonté, par bouffées chaudes venues du plus profond de son ventre elle savoure sa vérité : elle est libre comme elle ne l'a jamais été. Elle est seule à savoir combien elle mérite cette liberté !

Va-t-elle un jour cesser de se la reprocher ?

En passant son gant de toilette sur ses joues, elle se rembrunit encore.

Il lui faudra aussi taire une autre réalité, taire qu'elle a une autre raison de se réjouir : le ministère de la Guerre a bien fait les choses, les indemnités versées à la veuve du commandant Frédéric Fabre, mort en mission, ont payé les impôts du château – dont, par ailleurs, aucun acheteur n'a voulu.

C'est à la fois sordide et miraculeux. Atroce mais providentiel. Magique.

Elle en crierait de soulagement, d'un bonheur instinctif qu'il lui faudra masquer.

Est-elle une mégère sans cœur ?

Elle sait bien que non. Le château de son père… Elle serait morte debout si elle avait dû le céder aux enchères imposées par le Trésor public.

Elle pourra le garder encore un peu, toujours peut-être, si le plan touristique de monsieur Consé réussit.

Elle mentira donc à tout le monde, mais ce ne sera qu'un mensonge passager.

Marie-Marseille enfile un pantalon de toile et un chandail bleu.

Elle sourit.

Son père… Chaque fois qu'elle l'évoquait jadis, chaque fois qu'elle l'évoque encore aujourd'hui, elle voit briller les yeux extasiés d'Andréloun.

Marie-Marseille se fige, le peigne accroché à sa chevelure.

Andréloun…

« Allons, avoue-le, le voilà le vrai mensonge qui se prépare… »

Revoir Andréloun en douce…

Et Marie-Marseille comprend que, si l'amour le veut bien, elle ne s'arrêtera jamais de mentir.

Remerciements

Au si sympathique Louis Rebuffel, qui a su si bien se souvenir des nombreux tracas de la vie quotidienne sous l'Occupation.

A Gabriel-Henri Blanc, pour son bel ouvrage parfaitement documenté et merveilleusement illustré à la plume, *1914-1945*.

A Jacques Delarue, pour son livre, *Trafics et crimes sous l'Occupation*.

A tous les acteurs du « Cercle Massillon » d'Hyères pour leur interprétation de *La Pastorale de Maurel*.

DANS LA MÊME COLLECTION

Jean Anglade
Un parrain de cendre
Le Jardin de Mercure
Y a pas d'bon Dieu
La Soupe à la fourchette
Un lit d'aubépine
La Bête et le Bon Dieu (essai)
La Maîtresse au piquet
Le Saintier
Le Grillon vert
La Fille aux orages
Sylvie Anne
Mélie des Sept-Vents
Le Secret des chênes
Jean-Jacques Antier
Autant en apporte la mer
La Croisade des Innocents
Le Rendez-vous de Marie-Galante
Marie-Paul Armand
La Poussière des corons
La Courée
tome I *La Courée*
tome II *Louise*
tome III *Benoît*
La Maîtresse d'école
La Cense aux alouettes
Nouvelles du Nord
L'Enfance perdue
Edouard Axelrad
Au fil du fleuve
Erwan Bergot
Les Marches vers la gloire
Sud lointain
tome I *Le Courrier de Saigon*
tome II *La Rivière des parfums*
tome III *Le Maître de Bao-Tan*
Rendez-vous à Vera-Cruz
Mourir au Laos
Annie Bruel
La Colline des contrebandiers
Le Mas des oliviers
Les Géants de pierre
Michel Caffier
Le Hameau des mirabelliers
La Péniche Saint-Nicolas
Jean-Pierre Chabrol
La Banquise
Didier Cornaille
Les Labours d'hiver
Les Terres abandonnées
La Croix de Fourche
Etrangers à la terre
L'Héritage de Ludovic Grollier
Georges Coulonges
Les Terres gelées
La Fête des écoles
La Madelon de l'an 40
L'Enfant sous les étoiles
Les Flammes de la Liberté
Ma communale avait raison
Les blés deviennent paille
Yves Courrière
Les Aubarède
Anne Courtillé
Les Dames de Clermont
Florine
Dieu le veult
Les Messieurs de Clermont
L'Arbre des dames
Alain Denis
Sans les honneurs de la guerre
Alain Dubos
Les Seigneurs de la haute lande
La Palombe noire
La Sève et la Cendre
Alain Gandy
Adieu capitaine
Quand la Légion écrivait sa légende

Un sombre été à Chaluzac
L'Enigme de Ravejouls
Les Frères Delgayroux
Michel Hérubel
La Maison Gelder
La Falaise bleue
Denis Humbert
La Malvialle
Un si joli village
La Rouvraie
La Dent du loup
L'Arbre à poules
Les Demi-Frères
Michel Jeury
Au cabaret des oiseaux
Louis-Jacques Liandier
Les Gens de Bois-sur-Lyre
Jean-Paul Malaval
Le Domaine de Rocheveyre
Jean Markale
Notre-Dame de la Nuit
Dominique Marny
A l'ombre des amandiers
Du côté de Pondichéry
Henry Noullet
Sur la piste de Samrang
La Falourde
La Destalounade
Bonencontre
Michel Peyramaure
Les Tambours sauvages
Pacifique Sud
Louisiana
Frédéric Pons
Les Troupeaux du diable
Claude Riffaud
Mékong Palace
La Crique de l'or
Rêve de Siam
Jean Rosset
Vir'vent
Les Derniers Porteurs de terre
Annie Sanerot-Degroote
La Kermesse du diable
Le Cœur en Flandre
L'Oubliée de Salperwick
Jean Siccardi
Le Bois des Malines
Jean-Claude Sordelli
La Dernière Saison
Jean-Michel Thibaux
La Bastide blanche
Le Secret de Magali
La Fille de la garrigue
Le Roman de Cléopâtre
La Colère du mistral
L'Homme qui habillait les mariées
Violaine Vanoyeke
Les Schuller
Le Serment des 4 rivières
Brigitte Varel
Un village pourtant si tranquille
Les Yeux de Manon
Emma
Colette Vlérick
La Fille du goémonier
Le Brodeur de Pont-l'Abbé

Achevé d'imprimer en mars 2005
sur les presses numériques de Bookpole
BP 12 - ZI Route d'Etampes 45330 Malesherbes
http://www.imprimerie-bookpole.com

pour le compte de la Société
Les Presses-Solar-Belfond S.A.
12, avenue d'Italie
75627 Paris Cedex 13

Imprimé en France

Dépôt légal : janvier 2000
suite du précédent tirage
N° d'édition : 6786 - N° d'impression : B05/05604M